Helmut Krausser

Schweine und Elefanten Roman

Hagen des Lokalpropheten Schwänereien und
Schweinegesang.
Rachelied, mit Tromm und Tromp, oder:
Strophen deren Summa:
Alles Fotzen bis auf Silke, fern wie ein verdammter
Stern am Arsch der Galaxie.

Rowohlt Taschenbuch Verlag

Leierbeherrschende Hymnen –
welchen Gott, welchen Heroen,
welchen Mann werden wir besingen?

Pindar. 2. Olympische Ode.

Originalausgabe
Veröffentlicht im Rowohlt Taschenbuch
Verlag GmbH, Reinbek bei Hamburg, Mai 1999

Umschlaggestaltung Beate Becker/Notburga Stelzer
(Foto: David Drebin)
Autorenfoto Copyright © by Isolde Ohlbaum
Satz Trinité No.2 PostScript (PageOne)
Gesamtherstellung Clausen & Bosse, Leck
Printed in Germany
ISBN 3 499 22526 3

1. Buch On the road

I Rituale der Schwermut

An den Wänden perlt Kondenswasser herab. Es ist finster, bis auf den blau verrauchten Streif, der durch die Lücke im Rollladen fällt. Warum ich nicht hinausgehe, in eine der Kneipen mit Spätlizenz, hinaus aus dieser, in eine andere Beklemmung?
Es ist gar nicht spät, es ist früh. So früh schon.

Im gebeugten Kreuz des Morgens
beginnen die Rituale der Schwermut, Patinawort zwischen neudeutschem Klingslang, gleich noch eins hinterher: *geheiligt.* Jawohl, geheiligt zum Beispiel sei der Kiosk am Parkrand, sehet, dort spreizen sich seine Läden, Triptychon und Tabernakel, Riß im Frühlicht, her damit, Pappkaffee und Newsflash, Unterdruckerzeugnisse der Sensationsgier, hier gleich verkauft samt Kurzkommentar, und so kommen sie alle aus Löchern gekrochen, nachtüberlebtes Reliktzeug, dem jedes nusche Tach zum Gebet gerät.
Gebetgerät. Hier bleibt das Leiden verdeckt, dritter Klasse, im untersten Schiffsbauch, der bei schwerem Seegang eingezogen wird zugunsten der Galionsbrust.
Vorflutlichtlicher Hexenkessel.

Große Liebesgeschichten sind groß, weil alles Widerliche verschwiegen wird.
Zum Beispiel: Manon auf dem Dampfer in die Verbannung. Und Des Grieux, ihr Galan, der sich den Aufenthalt auf dem Schiff teuer erkauft hat – ließ er sich etwa zu den Gefangenen ketten? Arbeitete er als Küchenjunge?

Speiste er mit dem Kapitän und sang Manon zur Nacht ein Schlaflied über zwei Treppen hinab? War die Situation nicht irgendwie peinlich? Ach, Silke ...

Die Spieler kommen. Kommen zu den Steintischen am Kiosk, falten ihre Bretter auseinander. Auch wird die Holztruhe geöffnet, das Gartenschach mit verwitterten Figuren munitioniert.

Spiele beginnen. Spiele zwischen in etwa gleichwertigen Gegnern, von denen am Abend jeder behaupten kann, er habe knapp gewonnen. Den Kiosk betreibt Martina, eine fette blöde Sau, der manchmal Tochter Silke hilft, die ist blöd und schlank und brustabklemmend schön, eiserne Jungfrau, da war noch nix im Busch. Glaub ich.

«Rudi, kannst du mir zehn Mark pumpen?»
«Bin ich doof oder was?»
«Ja. Und geizig.»
«Gelobt sei der Herr!»
«Albert, kannst du –»
«Ne.»

Der Morgen strahlt, der Morgen ist groß von Sonne und Mai, im taufeuchten Gras hockt Karo, mehr als vier Dekaden alt, Singlefrau und selbstbewußt, seit Jahren auf Trebe, verlaust und klobig. Die hat nen Schlafsack, der stinkt wie nasse Schafe, und vor Strolchen und Neonazis versteckt sie sich nachts in der Holztruhe, da wo die Schachfiguren hingehören, die prompt nicht vollzählig sind. Schon geht Gezeter los, und irgendwann schraubt Albert seine Beinprothese ab, die dient fortan als weißer Turm, und für den fehlenden Springer leiht man bei Martina einen Gummistiefel.

«Sag mal, Karo ...»
«Ich hab auch kein Geld, Hagen.»
«Schon klar, eben darum: Sag mir, was Ekstase ist.»
«Ekstase?»
Sie räkelt sich im Gras, spreizt die Beine, wirft den Kopf in den Nacken.
«Wenn's wärmer wird ein Bier ... und eine Rauchmöglichkeit ...»
«Das genügt?»
«Das ist doch was.»
«Würdest du mich lieben, wenn ich drum bitte?»
Karo macht ganz große Augen.
«Siehst du den Beckskasten dort?»
«Seh ich.»
«Ist er halbvoll oder halbleer?»
Ich überlege.
«Er ist halbvoll mit leeren Flaschen.»
«Du Dummerchen.»
Sie springt auf und holt den Kasten her, was Martina zu gestrenger Beobachtung zwingt.

«Jungs, ihr sauft zuviel!» war des alten Mannes Kommentar, wenn wir ihm wieder zehn leere Bierkästen brachten, um Flaschenpfand zu kassieren. Er gab uns die sechzig Mark und fuhr die Kästen auf den Hof, zu den riesigen Türmen aus anderen Bierkästen. Wir verließen den Supermarkt, stiegen in einem unbeobachteten Moment über den Zaun, holten zehn neue Leerkästen, fuhren die wieder in die Getränkeabteilung und so fort. Wir gingen einer geregelten Tätigkeit nach. Jedesmal ächzte der alte Mann und sagte: «Jungs, wirklich, ihr sauft zuviel ...» und wir sagten: «Naja, haben halt keine Zukunft, verstehste?» Der Alte seufzte und nickte, ich weiß nicht, wie oft wir ihm dieselben Kästen angedreht haben, einmal zu oft auf jeden Fall.

«Also», spricht Karo, «was siehst du?»
«Wo?»
«Im Kasten.»
«Lauter leere Flaschen.»
«Um mich zu ärgern?»
«Ne. Ehrlich nicht.»
«Paß auf.»

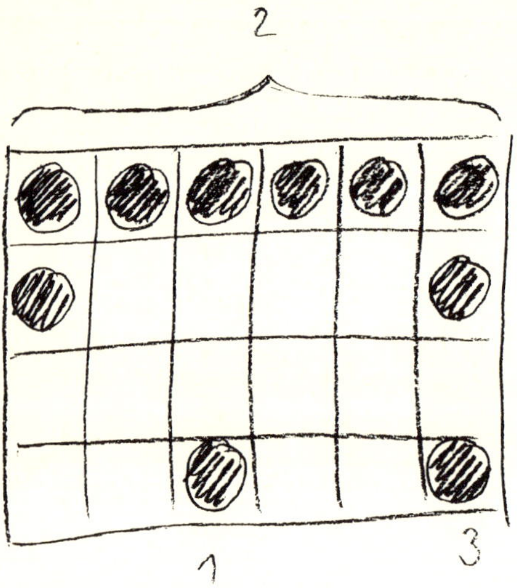

Karo deutet auf die in der Skizze mit Nummer 1 bezifferte Flasche.
«Das da ist die Jungfrau Johanna. Sie steht vor den weltlichen und klerikalen Richtern. (Ziffer 2) Hier an der Seite – für die Richter unsichtbar, der Nachruhm. (Ziffer 3) Jetzt gesellt er sich zu ihr (sie stellt Flasche Nummer 3 zu Flasche Nummer 1) und spendet ihr Trost.»
«Im Ernst?»
«Hmmhm.»

«Das ist toll.»
«Das merkste dir jetzt für den Rest deines Lebens.»

Angenehm wundertütiger Mensch, ich wünschte, Karo steckte im Körper von Silke, o Silke, mit dem blonden Haar, du schimmernd gußeiserne Fotze! Willst mich nicht, dabei hättste mich gar nicht verdient!
Und jetzt geht Silke zur Berufsschule, läßt mich allein, zwischen Menschen, die ihre Halbwertzeit hinter sich haben, und Karl will nur noch um eine Mark pro Partie blitzen, Karl, der einzige hier, der ein bißchen was auf der Kante hat, Ex-Chefchemiker von BASF, nach einer derenhintergründenieganzaufzuklärenseinwerdenden Explosion schön abgefunden in Rente geschickt
Der Kaffee kostet Zweifuffzig, das hab ich frühestens nach der dritten Partie wieder drin, machtn Stundenlohn, läuft alles glatt, von gradmal einem Heiermann.

«Karl, laß uns die Partie um nen Zehner spielen, und ich geb dir einen Läufer vor, ist das ein Angebot?»

Das ist waghalsig, Amok zu Tagesbeginn, denn, um ein bekanntes Bonmot abzuwandeln, Karl ist Karl, aber ein Läufer ist ein Läufer. Er sieht mich mißtrauisch an.
«Zeig erst, daß du nen Zehner hast!»
«Kristemorgn.»
«Blötzn! Blötzn mit Kristemorgn!»
Es gibt eine Verzweiflung, die eine Art perverser Geborgenheit mit sich herumschleppt.
Wahrscheinlich ist es die Ahnung, man sei noch zu jung, um wirklich verzweifelt zu sein.

Diese Geborgenheit ist da, wird einem aber nicht bewußt. Man bemerkt sie erst viel später, wenn einem ihr Fehlen auffällt.

Meine Mutter – sie kaufte so gern billiges Brot und hortete es im Gefrierschrank. An jenem Abend hatte sie vergessen, das Brot rechtzeitig herauszuholen, wir saßen hungrig auf dem Balkon im achten Stock, mit der Wurst, den Gurken, den Radieschen – und sahen dem tauenden Brot zu. Plötzlich nahm meine Mutter eine eisigglitzernde Scheibe hoch und hielt sie ausgestreckten Arms der Sonne entgegen. Mein Vater folgte ihrem Beispiel ohne zu zögern – fasziniert machte ich mit. Es sah großartig aus, ähnlich einem Druidenritus – wir drei auf dem Balkon im achten Stock des Hochhauses brachten der untergehenden Sonne ein Stück gefrorenes Brot dar, mit einem Kranz von staunenden, hälserenkenden Nachbarn. Balkongeschichten. Ich erinnere mich an die Nacht der Schreie – als die Familie hinauslief, um sich am Selbstmörder zu ergötzen, im sechsten Stock gegenüber. Er hatte es sich anscheinend im letzten Moment noch anders überlegt, klammerte sich mit beiden Händen am Geländer fest, bemüht, seinen Körper wieder hinaufzuziehen. Ich begriff. Nicht er war es, der schrie, die Schreie kamen von Zuschauern, ihm selbst schien die Situation peinlich zu sein, ich durfte nicht weiter zusehen, wurde zurück ins Bett geschickt. Am Morgen entdeckten wir oben ein verbogenes Geländer, unten einen Blutfleck.

«Hast du den Zehner oder nicht?»
«Nein.»
«Dann verschwinde!»
In diesem Moment legt Rudolf (70) vor mir auf den Tisch zwei Fünfer. Er benutzt Hartgeld, weil er blind ist. Dafür ein passabler Schachspieler.
«Ich setz auf Hagen.»

«Danke, Rudi. Fürs Vertrauen.»
«Bin mit drei Mark dabei.»
«Einverstanden.»

Aber Karl, das dumme Arschloch, weigert sich.
«Ich spiel lieber mit Gustav.»
Ob er feig sei, frag ich, was das solle, frag ich, Karl macht auf stur, winkt mich vom Tisch, lehnt die Forderung ab. Gustav, den zieht er mir als Kombattanten vor, unglaublich. Gustav zählt nicht, ist morgens um acht schon angebläut vom Kümmerling.
«Komm wieder, wennde selber Geld hast. Dieses dauernde Pumpen geht mir aufn Sack, Junge, du bist 22, kannst arbeiten gehn, oder?»
«Halt die Fresse.»
Gustav: Ich lach mich schwarz.
Rudolf: Seid nett zum Hagen. Der ist noch ganz mit Seele gefüllt. Der tropft, wenn man draufdrückt.
Ich: Ihr geht mir alle auf den Sack.
Karl: Ich war auch mal jung, noch jünger als jetzt du – was hats mir genutzt?
Ich: Hättste mehr draus machen sollen!
Rudolf: Ich hab mich bis hierher gebracht. Das ist schon was.
Karl: Dazu hab ich nich so lang gebraucht.
Rudolf: Hast es dir schlecht eingeteilt.
Karl: (*Jetzt wieder zu mir*) Wenn ich so wenig Jahre im Arsch hätte wie du, ich würde weiß Gott was machen!
«Gott weiß zuviel.»
«Verpiß dich!»
«Okay, ich verpiß mich und hol Geld. Und dann spielen wir um einen ZWANZIGER, und ich gebe dir ZWEI Läufer vor, jeder hats gehört! Habt ihr doch?»

Alle nicken, Rudolf und Gustav, Albert und Karo, Martina, sogar die bekloppte Walburga und schließlich, mit einem feisten kleinen Lächeln, auch Karl.

Wer glaubt, ich hätte nie gearbeitet, irrt. Leider. Es ist wahr, Arbeit schändet nicht. Aber Kollaboration. Tolles Wort – und eine prima Ausrede, denn alles war politisch und jeder ein Opfer des Systems, rumlungern demnach ein friedlicher Protest. Wenn man sich durchrang zu arbeiten, weil es nicht anders ging, mußte es Stil haben, mußte Erwerb und Genuß vereinigen, eine gewisse Würde gewährleisten, wie der Job in der Opernstatisterie, der nichts anderes war als ein Stehplatz mitten im Kunstrausch.
Es gab sogar eine Festanstellung, für die ich mich vor den Freunden nicht zu schämen brauchte. Das war im Winter vorm Abitur.
Die Arbeit begann um fünf Uhr nachmittags, in einem Bürohaus am Ratzinger Platz, oberster Stock. Ein Betrieb, ähnlich der Wach- und Schließgesellschaft, Überwachung von Firmen und Ladengeschäften, man arbeitete mit einem privaten Sicherheitsdienst zusammen, bei Bedarf wurden Typen in hellblauen Uniformen losgeschickt, die Funkgeräte und Schlagstock, aber keine Schußwaffen trugen. Nicht offiziell. Mich setzte man an die Zentrale, an die große Alarmanlage, wo alle Kabel zusammenliefen, ein unübersichtliches Ding mit tausend Knöpfen und kleinen roten Leuchten. Drei Dutzend Objekte waren dran angeschlossen, von Siemens-Außenlagern bis zu kleinen Goldschmiede-Werkstätten.
Ich habe immer mit den kleinen Gesetzlosen sympathisiert, mir war flau beim Gedanken, durch mich könne einer im Gefängnis landen.
Politisch heikel. Ich redete mich keineswegs drauf raus, daß die, wenn ich es nicht machte, wen anderen fänden. Ich machte es, weil die Arbeit traumhaft war, irgendwoher brauchte ich Miete und Essen, und ich war mit beidem im Rückstand.

Ein Bier, vier Zigaretten.

Die Flohmarkthallen an der Dachauer Straße. Aufgelassene Kasernengebäude, dort hingen, wie vergessene Würste, Althippies in Hängematten rum. Die meisten lebten von der Sohi und machten nebenher auf Trödler. Und weil sie sich nachtlang den Stiertrunk gaben, stand morgens manche Tür unverschlossen in der Landschaft. Dann konnte man ein bißchen wildern. Wenn man Glück hatte, fand man irgendeine alte Nähmaschine, für die es im Pfandhaus 20 Mark gab. Überall auf dem Gelände liefen Hunde herum, aber es waren Hippiehunde, die bewachten nichts, die bellten nicht und bissen nicht, die dösten oder rammelten einander, und nur wenn mittags über Lautsprecher eine Cat-Stevens-Platte lief, wurden ihre rudimentären Instinkte geweckt. Aus einer der Hallen hatte die Stadt preiswerte Übungsräume gemacht, aber meine Band war bei der Verlosung leer ausgegangen. Wir mußten für unser Kabuff pro Monat 300 Steine löhnen, 60 pro Kopf, für Münchner Verhältnisse fast günstig.

Ich war der Sänger dieser Band, ich hatte den Übungsraum besorgt und den Mietvertrag unterschrieben, das machte mich unangreifbar.

«Hagen, erzähl doch noch mal, wie du uns den Übungsraum besorgt hast!»

Na gut, ich komm dahin, Gleichmannstraße 10, sage, wir sind ein Streichquintett und üben beruhigende Wirkung aus auf Mensch und Umgebung, aber die Frau sagt, es gibt noch einen anderen Interessenten, der will im Keller Chinchillas züchten, bereit auch, 50 Steine mehr zu löhnen.

«Aber – denken Sie an die Chinchillascheiße, wissen Sie überhaupt, daß die so scharf wie Chilisoße ist? Das brennt sich überall rein, das kriegen Sie nie wieder raus!»

Die Assonanz von Chinchillascheiße und Chilisoße wirkte auf die Frau so überzeugend, daß sie mir sofort den Schlüssel übergab. *Genie&Handwerk*, genialste Band der Welt, hatte endlich eine Heimstatt, nachdem wir monatelang in El Condes Zimmerchen probten, unplugged, versteht sich, in einer Zeit, als unplugged noch für saftlos stand. Ich schweife ab.

Wenn die fünfzehn Tippsen und ihre Chefs gegen 17:30 den riesigen Raum voller Schreibmaschinen und Topfpalmen verlassen hatten, blieb ich allein zurück, einziges Lebewesen im fünfstöckigen Gebäude.
Von der Alarmanlage mußte ich nur wissen, daß auf ein hysterisches Piepsen ihrerseits meinerseits eine gewisse Telefonnummer zu wählen war. Dann meldete sich eine Stimme und ich mußte sagen, daß dieses Ding wieder piepst. Das geschah sehr, sehr selten, und wenn doch, hatte meist nur der Wind ein unverriegeltes Fenster gekippt, und die hellblauen Männer rannten hin, um es gemeinschaftlich zu schließen. Manche Bewegungsmelder reagierten auf besonders fette Ratten oder eine versehentlich eingesperrte Katze. Kam vor. Einmal im Monat vielleicht. Meine Aufgabe war letztlich auf pure Anwesenheit beschränkt. Der Mann für den Fall der Fälle.
Neben der Alarmanlage stand ein klappbares Feldbett mit Schlafsack. Es gab auch einen Fernseher, klein und schwarzweiß, auf dem war, Kanal eins, die Pforte unten zu sehen, aber auf Kanal zwei und drei liefen ARD und ZDF. Und es gab einen Kühlschrank mit Gratisgetränken, A- und O-Saftflaschen im Bonsaiformat. Von denen waren mir drei pro Nacht gestattet. Bier brachte ich selber mit und ging an die hochmodernen Schreibmaschinen, um meine Gedichte endlich mal sauber zu tippen. Drei Viertel der Halle lagen im Dunkel, es war sehr still, monströs still, es roch nach Plastik, Sesselleder und Bohnerwachs, draußen schneite es, und von den Fenstern sah man auf die Kreuzung mit den vielen Ampeln, jeden zweiten Tag im Winter gab es einen Auffahrunfall. Ich schrieb und rauchte und trank die halbe Nacht, bevor ich in mein Feldbett kroch. Manchmal ging ich du-

schen, einen Duschraum gab es ja auch, und ich besaß sogar die Schlüssel zum Materiallager, hamsterte Kugelschreiber, Farbbänder und Schreibmaschinenpapier – genug für die nächsten zehn Jahre. Ich stellte mir Firmenausweise aus mit falschen Namen, richtig mit Bild und Stempel, die waren glaubhaft genug, wenn man beim Schwarzfahren erwischt wurde. Hielt man mit Ferngesprächen maß, ging selbst das problemlos durch.

Zurück zun Flohmarkthallen. Die Übungsräume sind abgesperrt. Je ...

Vorgestern wurde da immens gefeiert, Lärm gemacht. Die *Politicians*, die *Supernixons*, *Der Stürzer featuring Readymade* und die Schwermetaller von *Van Dalen*. Letztere, simple Lebensformen aus Pickeln und Haaren, hatten sich, man weiß nicht wie, einen Plattenvertrag ergaunert und zwei Fäßchen Bier springen lassen – ist doch lausig, zwei Fäßchen – für zwanzig Musiker mit Anhang.

Und wir, stolz wie unbeeindruckt, wir glückliche Wenige, wir Brüder, denn wer heute daran Anteil nimmt, der soll mein Bruder sein, spielten eine Fünfzehn-Minuten-Improvisation von *All Tomorrows Parties*, die geil war und groß und der Rausch des Daseins an sich. Allerdings kannten die Sackgesichter von Van Dalen diesen Song weder, noch mochten sie ihn. Sela. Immer öfter stieg mir der Verdacht vom Bauch hoch in den Hals, wir täten unser Heldisches nicht nur gratis, auch umsonst. El Conde, Gitarrero, hatte am Ende der Session gefragt, Hagen, Hagen sagte er, Hagen (dreimal) – wann werden wir berühmt?

«Frage von Wochen.»

«Und wann gibts Groupies?»

«Kurz davor.»

«Okay.»

Morgens um sieben wurde ich von schmalen Händen mit langen Nägeln gerüttelt. Die ersten Sekretärinnen kamen und sagten «Feierabend!» Das war in Ordnung. Selbstverständlich wurde Schlafen bzw. Vorhandensein dürftig entlohnt, sechs Mark vierzig die Stunde, doch es waren viele Stunden, vierzehn Stück, viermal die Woche. Für einen Schüler häufte sich da einiges an. Nach der Arbeit fuhr ich ins Gymnasium. War ich zu spät, hatte ich die Ausrede, von der Arbeit zu kommen, (kommvonnerarbeit ...) das machte jeden Lehrer stumm. Hättn idyllisches Leben sein können. Mit jedem Gehaltsscheck gings erstmal auf die Rennbahn nach Daglfing, und selbst wenn dort alles krumm lief, wars nicht schlimm, dann hatte ich was zu schreiben und einen Ort, um zu schreiben, mit korrekten Rahmenbedingungen. Und hätte das Piepsen begonnen, ich wäre zur Stelle gewesen. Pflichtbewußt. Das funktionierende Rädchen in der Schaltzentrale der spätkapitalistischen (sohießdasdamals) Überwachungsmaschine. Wenigstens zu Anfang.
Ich wurde nachlässig. Wurde mutig. Ging ab und an über die Straße, in die Kneipe, spielte am Flipper, trank ein Bierchen, redete mit anderen Arbeitern über die schwierigen Zeiten. Erst eine halbe Stunde dann und wann, dann ganze Stunden, im April dann, bevor die Kündigung kam, verließ ich die Kneipe einmal zu jeder vollen Stunde, um in meinen Arbeitsplatz kurz reinzuhören.
Die Kündigung, das war entwürdigend, erfolgte nicht deswegen. Niemand hatte mich erwischt, im Gegenteil, man sprach mir volles Lob aus. Das Ganze hatte den Grund, daß ein raffitückischer Mensch auf die Idee gekommen war, meine Stelle mit einer Tippse zu besetzen, die neben dem Warten auf das Piepsen Schreibarbeiten erledigen konnte. Würdn bißchen mehr kosten, wär aber effektiver. Ich bin der Welt gekürzt worden. Wegrationalisiert. Man bot mir den Posten eines Parkplatzwächters an. Ich sah, daß es Frühling wurde und ging in Pension. Echt würdevoll. Erst hinterher fiel mir auf, wie weit ich unter meinen Möglichkeiten geblieben war. Nie hatte ich zur Arbeit Freunde oder Freundinnen mitgebracht. Und hätt ich damals

schon Schlimmer-Finger-Heinz gekannt, welchen Reibach hätten wir einscheunen können. Man bleibt unter seinen Möglichkeiten, wenn man zufrieden ist. Nie zufrieden zu sein ist der halbe Weg zum Glück.

Ein Bier, fünf Zigaretten. Nochmal Dachauer Straße. Strandgut des letzten Flohmarktsonntags.
Mitten im Kies, frei habhaft unter der Sonne, liegt eine Partitur. *John Cage – Water Music.*
Sieht sicher hübscher aus, als es klingt. Wem soll man die verkloppen?
Ich, mit der Partitur, immerhin DIN A3, macht was her, zur Trambahn, unterschreib auf der Titelseite mit *John Cage*, (wie sonst?) schon hoffnungsvoller, gibt nichts, aus dem nicht was zu machen wäre, also, wenn man das nicht in Bares verwandeln kann, taugt es wenigstens als stilvolles Geschenk, oder etwa nicht?
Eines Tages werde ich haben, was ich will, und ich werde vergessen haben, was ich wollte. Es wird kein Hochgefühl in mir sein. Ich werde die Leere mit billigen Spielen füllen und kein Gott wird bei mir wohnen.

Ich spaziere, weil bewegliche Ziele schwerer zu treffen sind. Paul kriegt fünfzig Mark von mir, ich muß ihm die nicht geben, aber wenn er sie nicht kriegt, und möglichst heute, leiht er mir nie wieder was. Paul ist geldfett, weil Medizinstudent vorm Physikum, sowas verscherzt man sich nicht.

Im Alter von sechs Jahren wurde ich zum Symbolisten. Als ich im Luitpoldpark einen kugelrunden Batzen Vogelkacke für eine schöne Murmel hielt – und gleich begriff – es war eine Murmel gewesen – man hätte sie nur nicht berühren dürfen.

Nein, wirklich – die Sonne am Morgen einer durchgemachten Nacht im Mai in München ist klasse, weil man sonst um diese Uhrzeit pennt, allerhöchstens in Italien touristenmäßig früh aufsteht, also glaubt man sich, an einem sonnig-schrägen Morgen einer durchgemachten Nacht im Mai in München, nach Italien versetzt. Jetzt, da die Knochen durchtränkt sind vom Schlafentzug, wärs ein leichtes, heimzufahren, den Kopf aufs Kissen zu knallen, extrem stillos wäre das und schrecklich rational.

Heute ist Mittwoch, Mittwoch ist ein Tag, wie der Name sagt, mitten im Niemandsland der Zeit, da laufen abends im Tanzlokal Platten aus der seligen Ära des Pop, abgemischt von DJs, die nebenher an Chroniken der laufenden Lustlosigkeit literieren, und sonst?

Ein Vorteil der Jugend ist, viele Leute zu kennen, denen gegenüber man unverschämt sein kann. Ein Mittagessen mit Nudeln scheint greifbar wie das zweite Bier.

Kommt es nicht im Übermaß emphatisch, zu denken, daß alle gelebt habenden Menschen in ein und dieselbe Sonne, ein und denselben Mond gesehen haben? Und zu allen haben die gesagt: ist gut, der nächste bitte, weitergehn. Wahnsinn, nicht? Zwischen Sonne und Erde und Mond und Erde existieren, verborgen in unsichtbaren Schläuchen, Relikte alles bislang verzeichneten Aufschauens.

Solang es noch zwei Leute gibt, die man anpumpen kann, gibt es ein Morgen und ein Übermorgen. Alles andere ist Fiktion im Grenzgebiet Arkadiens.

Just an diesem aussichtslosen Mittwoch begann die Geschichte mit Valerie.

II Auferstehungssymphonie

Als Sechzehnjähriger hab ich mal auf dem Gehsteig einen blauen Wellensittich liegen sehen, halbseitig flügellahm, was interessant war, weil in dieser Straße an jedem Lichtmast ein Zettel hing – Blauer Wellensittich entflogen, Belohnung, Anschrift – ich lockte den Vogel zu mir, mit Kekskrümeln, er schien hungrig, schwupp, Plastiktüte drüber und zur angegebenen Adresse geradelt, Tüte auf den Gepäckträger geklemmt, der Vogel flatterte mit seinem gesunden Flügel, es dauerte, bis er Ruhe gab, und als ich ankam, wars schon beunruhigend ruhig. So eine Scheiße.
Den toten Vogel in der Tüte – wer kauft das? Ich klingelte nurmehr aus purer Gemeinheit.
«Ist das Ihrer?»
«Mein Gott, ja ...» Hinter der Frau erschien ein kaum vierjähriges Gör, begann beim Anblick des seligen Haustiers zu flennen, zu schreien, in allerhöchsten Tönen zu kreischen ...
«Ich weiß, was Sie sagen wollen. Er ist tot, Sie haben recht. Hab ihn so gefunden.»
Lüge, gesotten in pietätischem Blick. «Hab gedacht, besser, ich bring ihn trotzdem vorbei, dann wissen *Sie wenigstens, daß er tot ist. Andernfalls hätten Sie sich vielleicht Ihr Leben lang gefragt, ob er nicht im Versuchslabor, naja ...»*
Die Besitzerin sah mich verstört an, als ob sie mühsam ausrechnen müsse, inwieweit mir nun zu danken sei. Schlußendlich holte sie ihr Portemonnaie und drückte mir fünf Mark in die Hand. Ich hielt den Mund. War nurn toter Vogel, was kann man da verlangen?

Mit John bei Paul.
«Ist doch son Komponist, oder?»

«Genau. Selbst du hast von ihm gehört, das sagt doch einiges.»

«Ich kann das nicht annehmen. Ich meine, dir bedeutet das was, und mir ja nicht so, also …»

«Paul, bitte …»

«Irgendwie wärs mir lieber, du gibst mir den Fuffi cash, ehrlich …»

«Hör mal, ich bin durch die halbe Stadt getigert, um dir das zu geben.»

«Aber das ist wahrscheinlich mehr wert als fünfzig Mark.»

«Da hast du völlig recht, eindeutig. Doch meine Schulden zahl ich, wenns sein muß, damit.»

Paul wußte nicht recht, wie er seine Rührung in Worte fassen sollte.

«Machen wirs», schlug ich ihm vor, «einfach so: Du kriegst die Partitur als Pfand, und sobald ichs mir leisten kann, löse ich sie wieder aus. Für *siebzig* Mark. Alles klar?»

«Klar.»

«Kannst du mir die zwanzig vielleicht gleich geben? Ich bin echt knapp.»

Es gibt noch gute Menschen. Sie werden weniger, aber es gibt sie.

Mit einem bügelglatten Zwanziger spazierte ich bei Paul aus der Haustür, ohne beschädigtes Gewissen, was sind zwanzig Mark für den angehenden Herzchirurgen? Und später, wenn ich berühmt geworden sein würde, würde jeder dankbar sein, der behaupten konnte, ich schuldete ihm noch was, ja, die Mitgliedschaft im Interessenverein zur Eintreibung Hagenscher Kleinschulden würde einer exklusiven Auszeichnung gleichkommen. Davon war ich überzeugt.

Wodurch berühmt? Und wann?
Liebe Freunde, bevor ich das Geschenk des Glaubens erhielt, waren auch in mir Zweifel und Kleingeisterei, doch fürchtete ich mich nicht, und statt den Zwanziger im Wettstreit mit Karl zu verdoppeln, schritt ich zum Tempel der fleischlichen Bilder, was bedeutet in den Keller der Videothek am Sendlinger Tor. Dort wandelte ich zwischen den langen Regalen der Pornoabteilung, was billig kam und dem Blättern in einem Magazin im Sexshop gleich, nur daß man nicht umblättern mußte, nicht angeschnauzt wurde und sich triebhaft Angestautes gleich vor Ort, im toten Winkel der Überwachungskamera, entladen konnte.
Damit verbundene leichte Risiken erhöhten den Reiz, ebenso der Umstand, daß ich mich nicht, wie oft um diese Uhrzeit, allein im Keller fand. Eine Frau stand vor der winzigen Abteilung des Horrorregals, und ihr Blick glitt unentschlossen die Reihen auf und ab. Der Horror schien Alibi und Ausrede. Ich war überzeugt, daß es ihr peinlich war, vor meinen Augen einen Porno auszuwählen und ihn die Treppe hinauf zur Kasse zu tragen. Minutenlang beglotzten wir das zur Verfügung stehende Bildmaterial, sie hatte dabei fünfzig Filme zur Wahl, ich fünfhundert, weshalb es für Außenstehende so aussehen mußte, als tanzte ich durch den Raum, während sie verurteilt war zum abwartenden Stillstand.
(Peters legendärer Anmachspruch: *Ich bin Organspender. Brauchen Sie was?* Verworfen weil Plagiat. Blinddarm des Ethos. So voller Ehrgefühl warn wir da noch …)
Sie sah ganz gut aus, kurz vor Mitte Dreißig, ihre Erscheinung hatte Stil, hatte Klasse, ohne daß man sofort sagen konnte, warum. Die schlichte Perlenkette vielleicht über dem engen schwarzen Rollkragenpullover, vielleicht auch die glanzschwarzen Lackstiefel unter dem langen roten Faltenrock.

Von Natur eher schüchtern, geht mir mitsamt dem Schlaf manche Hemmung verloren, ich trat hin zu der Frau, sagte: «Könnten Sie mir eventuell helfen?»
«Wobei?»
«Es ist so: Meine Freundin sieht Ihnen entfernt ähnlich und –»
«Echt?»
«Sie hat mich losgeschickt, weil sie ... naja, sie möchte sich mit mir mal nen Porno ansehn, Basiskurs Erfahrungsschatz und so. Jetzt weiß ich nicht, ich meine, das Angebot ist riesig, könnten Sie mir mal von Ihrer Warte, fachfraulich sozusagen, was geeignet wäre – damit ich nicht plump mit der Tür in den Bach, Sie verstehn?»
«Daß du mich verarschst, ja.»
«Mein Anliegen enthält eine gewisse Penetranz, aber ...»
Weiter kam ich nicht, ein Schwall herzhaften Gelächters stürzte auf mich herab, der mir die Sprache raubte und das Mitlachen aufzwang. Dieses luxuriöse Wesen (schulterlanges Dunkelbraun, blasser Teint) war weder gesellschaftlich noch altersmäßig meine Kragenweite, aber erheiterte Frauen sind beinah gewonnen, sagt eine Weisheit aus dem Morgenland, und nimm was du kriegst, sagt der abendländische Volksmund, schon schlug die Wünschelrute an, schien etwas möglich, von Verbalerotik bis hin zur schnellen Mesalliance im toten Winkel.

Leider, plötzlich und unerwartet, stieg die Frau (Lippen und Nägel in warmem Karmesin) lachend die Treppe hinauf, ließ mich und mein Penetranzanliegen ausgelacht am Treppenabsatz stehen, ganz und gar unabenteuerlich. Ihre Stiefel haben auf dem Treppenholz sehr hübsch geklackt, ich wünschte mich von diesen Stiefeln sanft begangen und sah den metallenen Absätzen hinterher voll wehmütigem Trennungsschmerz. Es war nicht jene Art des Abgangs gewesen, die einlädt, unauffällig zu folgen, drum blieb ich im Keller, nahm die Abfuhr nicht schwer und machte mir noch eine schöne Zeit.

Um es vorwegzunehmen, das war Valerie, und sollte es unglaubhaft wirken, daß wir uns binnen zweier Tage ein zweites Mal begegneten, gebe ich zu bedenken, daß (a) ich auch eine andere Anbahnungsszene hätte erfinden können, (b) das Leben die gekünstelsten Geschichten schreibt und (c) München ein Dorf ist.

Heimwärts. Heute gegen Karl zu spielen, ohne beide Läufer, wäre nicht Wahnsinn, sondern Unsinn. Sinnlos. Zuhause gibts eine Dose Ravioli und Musik, einen Porno und ein gutes Buch für hinterher. Zuhause meint das Zimmer im Erdgeschoß des Hauses der Frau Bertram. Wo ich zur Untermiete wohne, im Monat für 230 Mark mit Frühstück. Wo ich nicht mehr lange wohnen dürfte, schade, eigentlich hab ich gern hier gehaust, der Garten ist groß, voll exotischer Blumen, mit einem kleinen, flachen Zierteich, wo sich nachts die Katzen zum Goldfischessen treffen.

Zwei Bier, acht Zigaretten.

Bei Frau Bertram landete ich kurz vor meinem 19. Geburtstag. Sie schien eine liebe alte Dame zu sein, rauchte, wenn sie sich etwas gönnen wollte, bleistiftlange Mentholzigaretten und hielt sich aus meinem Zimmer fern. Wir kamen gut miteinander aus. Das Frühstück bestand in der Mitbenutzung von

Toastbrot und Nutella, beides unbegrenzt, so hatte ich noch in schlimmsten Zeiten was zu kauen. War ich mit der Miete im Rückstand, zeigte sie Verständnis und Geduld, ich glaube, nicht so sehr aus Großzügigkeit, denn aus Unbehagen, über Geld zu reden. Ihre Eltern hatten eine Fabrik in Schlesien besessen, hatten in einem Schloß gewohnt, bevor holterdipolter alles verlorenging, und sie sich – ungelernt – als Sekretärin durchbringen mußte. Etwas von der höheren Tochter war ihrem Wesen erhalten geblieben, es äußerte sich in einer durchaus angenehmen Sprödigkeit. Sie zwang mich nie zur Konversation, zeigte sich jedoch für jedes Plauderminütchen dankbar. Gab kaum Gehaltvolles, über das wir beide reden konnten, blieb aber sonst nichts übrig, mußte man nur den Namen Dustin Hoffman fallenlassen. Dann monologisierte Frau Bertram stundenlang über *Tootsie*, ihren Lieblingsfilm, insofern bemerkenswert, als sie nach ihrem dreißigsten Lebensjahr nur ein einziges Mal den Weg ins Lichtspielhaus gefunden hatte, eben in jenen kitschklamottigen Film, der ihr soviel bedeutete.
Ihr Häuschen lag am westlichen Stadtrand, einer Gegend, wo man im Spätsommer Mais von den Feldern pflücken oder Salat aus den Gärtnereien stehlen konnte, immer in Angst vor freilaufenden Wachhunden. Zur Bereicherung meines Speiseplans dienten auch Pilze der umliegenden Wälder, oder Joghurtpaletten, die frühmorgens unverschlossen vor die Supermarkttüren geliefert wurden.
Ich kam zurecht. Irgendwie.

Silke sah neulich so geil aus. Ganz in Schwarz. Schulterfreies Feinripp-Top, kurzer Lederrock, Pumps und – Beine – schlank, glatt, leicht gebräunt, hart gezeichnete Silhouette, zeitlos schön. Andauernd hab ich sie von hinten geguckt, geträumt, ihre Kniekehlen zu lecken. Mir wärs binnen dreier Sekunden gekommen.

Wenn es Abend wurde, ging Frau Bertram manchmal in den Garten, pfiff oder machte seltsame Schnalzgeräusche, und es dauerte einige Wochen, bis ich den Mut fand zu fragen, was das bedeute.

«Puzi», sagte Frau Bertram, «Puzi ist weggelaufen. Aber sie muß ja noch irgendwo sein da draußen.»

«Wer ist Puzi?»

«Mein Rauhhaardackel. Sie haben ihn nicht zufällig gesehen?»

«Nein.»

Frau Bertram drehte sich um, pfiff, machte Schnalzgeräusche, rief Puzipuzipuzipuzi – ich fragte, wann der Hund denn weggelaufen sei. Daran konnte Frau Bertram sich nicht genau erinnern, im letzten oder vorletzten Sommer.

Es klingelt. Komo ist dran, erste Geige bei *Genie&Handwerk*. Und letzte, wenns nach mir geht.

«Hat Hilfszwerg angerufen?»

Wir wußten über Hilfszwerg nichts, außer: er hatte ein Independent-Label, das sonderbare deutsche Bands produzierte, er hatte vor Jahren das Etikett NDW erfunden, soff seither viel Wodka und legte oft tagelang den Hörer nebens Telefon. Meistens dann, wenn wir ihm ein neues Demo-Tape geschickt hatten.

«Nein.»

«Hast *du* ihn angerufen?»

«Nein.»

«Ich finde, du tust zuwenig für unsere Band.»
«Findest du.»
«Wir sollten es auch bei der Industrie probieren.»
«Hmhm.»
«Und einen neuen Namen suchen. *Genie&Handwerk* klingt nach Kunst. Kunst ist out.»
«Hast du einen Vorschlag?»
«*Erregte Welpen.*»
«Erregte Welpen?»
«Ja.»
«Ich ruf dich an, wenn Hilfszwerg anruft.»

Befremdlich wurde es, als Frau Bertram von einem gewissen Tag an so tat, als sei Puzi, nach einer langen Hundeodyssee, zurückgekehrt. Sie redete mit dem Dackel, kraulte ihn, säuberte sein Fell, ich fragte mich oft, was passieren würde, nähme ich ein langes Messer und stäche ein auf das Stück Luft, das Frau Bertram da streichelte. Ob und welche Konsequenzen das zeitigen würde? Meinen Rausschmiß? Ihren Herzkasper? So viele Dinge erfahren wir nie, nur weil wir nett sind. Und es ist gefährlich, lernte ich, leichtsinnig auf Dinge einzugehen, von denen man nichts versteht.
Spät eines Abends, als ich Zigaretten ziehen wollte und fragte, ob ich Puzi gassihalber mitnehmen solle, einmal um den Häuserblock, sah mich Frau Bertram merkwürdig an, als hielte sie mich für fieberkrank oder betrunken.
«Das kommt überhaupt nicht in Frage. Er würde Ihnen sicher weglaufen.»
«Und wenn ich die Leine nehme?»
«Er würde Ihnen trotzdem weglaufen!»
Auf tiefsinnig-hinterfotzige Art klang das logisch.

Ich zuckte mit den Achseln und ging zur Tür, hörte hinter meinem Rücken noch, wie Frau Bertram beruhigend summte und «Platz» murmelte, «Platz, das ist doch nur der Herr Trinker, sowas beißt man nicht».

Ich bekam eine ungute Vorahnung. Würde mich nach ner neuen Bude umsehen müssen.

Mochte auch damit zusammenhängen, daß der einzige Sohn der Frau Bertram, der in Niederbayern lebte, unvermutet zu Besuch kam und die Nicht-Anwesenheit einiger Soldatenhelme der ersten Jahrhunderthälfte im Keller beklagte. Die hatte ich vor so vielen Monden schon zum Militariahändler getragen, daß ich mich beinah unschuldig fühlte und glaubhaft leugnen konnte, mit deren Verschwinden etwas zu tun zu haben.

Zum Verhängnis werden sollten mir nicht die Helme, sondern eine Flasche Kirschsaft.

Im hintersten Eck des Kellers lagerten verstaubte Flaschen, auf einer stand: *Sommer 51*. Selbstabgefüllter Wein, dachte ich, und nahm mir eine für die Ekstase, die im Leben das wichtigste ist. Um untrunken zu Bett zu gehen. Ich weiß nicht warum, aber Frau Bertram bewahrte im Keller nullprozentigen, möglicherweise selbstgepreßten Kirschsaft des Jahrgangs 51 auf, der nicht mal zur archäologischen Erbauung dienen konnte. Weiß Gott, wofür dieser Kirschsaft gestanden haben mochte, Frau Bertram sah mich, seit sie das Fehlen dieser einen Flasche bemerkt hatte, schräg und halb von oben an, wie einen Klingelbeutelschneider, schlimmer, einen Reliquienschänder. Bald darauf fragte sie, wie lange ich noch bei ihr zu wohnen gedächte, das kam, kannte man ihre Art, um verpflichtende Worte einen Bogen zu machen, bereits dem halben Rausschmiß gleich.

Ich stellte mich dumm, spielte auf Zeit. Zupaß kam ein nicht ernst zu nehmender Schwächeanfall der alten Dame, der mir erlaubte, ihren aufgerundet Beinah-Zentner vom Garten ins Schlafzimmer des ersten Stocks zu tragen, ihre Stirn mit feuchten Tüchern zu kühlen, was mir einen Samariter-Bonus von drei Monaten einbrachte.
«Aber im Herbst dann müssen Sie sich was Neues suchen!»
So deutlich hatte sie es vorher niemals ausgedrückt. Immerhin gab sie mir Spielraum, und immerhin lebte ich in einer Zeit, in der drei Monate aus einem Niemand einen Pop-Star machen konnten. Das war der Stand der Dinge.

In der Post lag ein Brief von Wolfi.
Ein Zwanziger, drei Zeilen:

Wie soll das nur enden?
Du bringst mich noch ins Armenhaus und dich dazu.
gez. Meine Mutter

Überall gabs Restvorräte guter Menschen, auch wenn deren Mütter dringend von mir abrieten. Es lohnte sich zu leben. Irgendwann, schwor ich mir, würde ich diese Menschen einmal nicht enttäuschen. Es wird ein Fest geben, ein rauschendes, für alle Gläubigen und Gläubiger.

Ich aß die Büchse Ravioli, hörte Mahlers Auferstehungssymphonie, schlief, stand auf, und als es Donnerstag wurde, fortgeschritten Donnerstag, fuhr ich in die Waldwirtschaft, zum Backgammonturnier.

III Bandnudeln und Streichkäse

München in den Achtzigern war ein Dorado für Backgammonspieler. Wir hatten Marmorstein, den späteren Weltmeister, hatten Blachian, den Semifinalisten, hatten Tänzer, Exweltmeister bei den Amateuren, hatten laufend amerikanische Profis zu Gast und jede Menge verrückter, vor Geld strotzender Freier. Um in der Waldwirtschaft anzutreten und Karriere zu machen, war nur Kapital nötig. Backgammon ist auf lange Sicht kein Glücksspiel, auf kurze Distanz leider doch. Ohne Pelz und Fettreserven blieb nichts übrig, als erst stundenlang mit Fluffies zu spielen, um einen Fünfer pro Punkt. Das Startgeld beim Turnier der Champions betrug satte zweihundert Mark. Riskanter Einsatz, bei 32 Teilnehmern im K. O.- System. Man mußte, damit sich das rentierte, wenigstens die Vorschlußrunde erreichen.

Kurz vor Ablauf der Anmeldefrist, nach zwei Stunden Pflichtarbeit, hatte ich DM 230 erspielt, und möglicherweise wäre es äußerst raffiniert gewesen, heimzufahren und bequem vom Gewinn zehn Tage hinzuvegetieren. Wolfi, der liebe, gute Wolfi hätte seinen Zwanziger wiedergesehen, seine Mutter wäre beschämt gewesen, triefnaß vor Reue – ach je, der Taschentriumph, der Mauerblümchenstrauß – oft war ich nah daran gewesen, seinem Reiz zu erliegen, einmal wars tatsächlich geschehen, ich war geflohen, war mit dem Erspielten schlaflos zu Hause gesessen und hatte zu altern begonnen. Hatte über den Sinn des Lebens nachgedacht, bis er verlorenging.

Dabei fällt mir der denkwürdige, nur einmal unterbrochene Monolog Alberts vom letzten Freitag ein:

«Ich mach mir, wenn ich zu Haus bin, ein Büchsenfleisch vom Norma, mit Curry, eine Dose auf ein Pfund Bandnudeln und ein halber Streichkäse rein. Gibt drei Portionen. Man kann auch Tomatenmark reintun. Ohne Käse bleibt es saftiger beim Aufwärmen. Kostet 5 Mark. Drei Portionen.»

Zwischenruf Karl: Und welchen Wein dazu? *(Gelächter allumher am Parkrandkiosk)*

Albert: Beim Wein kennt sich mein Bruder aus. In Frankreich. Ich hab ihn verdroschen als Kind, drum lädt er mich nie ein. Nach Frankreich. *(Pause)*

Aber einmal war ich von mir aus in Frankreich. Da gab es keine Schachspieler. Keine guten. In Frankreich. Echt. Da kam ich hin. Da bin ich bewundert worden. Einmal hätt ich beinah ein Autogramm geben müssen. Das war ein offenes Turnier in Paris. Ich hab nicht gewonnen, weil die Stadt voll war mit Exilrussen. Heute gibt es auch in Frankreich wieder Schachspieler. Auch gute. *(Pause; dann der Big Point:)*

Ihr seid ja nur Patzer! Weil ich jetzt einer von euch bin, ändert das nichts dran, daß ich mal keiner von euch war.

Toll, nicht? Albert (63) ist der ärmste von den miesen alten Knochen am Parkrandkiosk. Ein Kotzbrocken, übler Intrigant und Nörgler, aber wie er *redet,* das schwimmt oft auf der Grenze zwischen Debilität und hoher Lyrik, manchmal zieh ich heimlich einen Zettel und schreib das auf, z. B.:

Im September.

Im September fahr ich aufs Turnier nach Salzburg.

In Salzburg.

Da kenn ich eine Frau.

Da kenn ich eine Frau, da wohn ich billig zur Miete.
Ist eine ältere Frau.
15 Mark mit Frühstück.
Einfachem Frühstück.
Kleines Zimmer. Klo aufm Gang.
15 Mark.

Das *war* hohe Lyrik, wenn auch Albert nichts davon wußte. Solch arabeske O-Töne sammelte ich, nicht gezielt, nicht gesucht, pickte auf, was vorüberkam, für einen großen polyphonen Roman, der, quasi ohne Schweiß und Zutun, mit der Zeit von selbst entstehen sollte. Vielleicht würde es auch ein Drama werden. Mal sehen. Vier oder fünf Seiten waren es bereits. Manchmal schrieb ich aus der Erinnerung ganze Dialog-Passagen auf, z. B.:

Albert: In den Siebzigern. Da hab ich dreimal hintereinander das Turnier von Bad Audorf gewonnen. Das wurde im K.O.-System gespielt. Bei Remis entschieden Blitzpartien. Gab immer nur Naturalien zu gewinnen. In Bad Audorf.

Gustav: Lang ists her.

Albert: Das war nicht so wie heute. Wo jeder Arsch in die Rangliste kommt. Da war ich Nummer Zwanzig in Deutschland. Nummer Zwanzig. Heut fahrn alle nach Ungarn. Zahlen 'n bißchen was und kaufen Ranglistenpunkte ein. Wie im Supermarkt.

Karl: Die goldenen Zeiten von Bad Audorf!

Albert: Ich hab fürs Schach gelebt. Du nicht.

Karl: Ne. Ich lebe *vom* Schach.

Albert: Weilde nen Blöden gefunden hast. Damals gabs nicht so viele Blöde. Wer gegen mich gespielt hat, gab sich Mühe wie gegen Bayern München.

Karl: Du Arschloch Nummer Zwanzig! Warum gehst du nicht heim und hängst dich auf?

Albert: Du! Du hast ja nicht mal gedient.

Karl: Wozu? Gab ja dich.

Albert: Drecksau.

Rudolf: Jetzt biste still, ja?

Gustav: *(nippt am Kümmerling)* Der Albert, der hat Ehre! Sonst nix, aber Ehre. Nummer Zwanzig. Ich versteh das. Und du, mit deiner erschlichenen Frührente, machst dich lustig über ihn.

Karl: Ich hab mir nichts erschlichen. Das ganze Labor ging hoch, ich hatte über zweihundert Splitter inner Fresse – möcht dich mal sehen, mit zweihundert Splittern inner Fresse. Ehrlich, nur so anschauungshalber.

Karo: Sind gar keine Narben geblieben.

Karl: Ne. Narben sind was für Kassenpatienten. Ich war der Chef-Chemiker, verstehste?

Wie dem auch gewesen sein mag.

Ich überstand die erste Runde der Champions-Trophy unbeschadet, gegen einen Studenten, der glaubte, Stochastik sei in diesem Spiel alles. Es stimmt zwar, andererseits auch wieder nicht. Das führt zu weit – ich gewann, das genügt. Und sah auf die Paarungstafel für die zweite Runde: H. Trinker – *V. Bergmann.* Nie gehört. Ich setzte mich an den Tisch und wartete. Es war *sie.*
Die Frau aus der Videothek.
Sie erkannte mich erst, als ich sie anstarrte. Und lächelte. Verlegen. Glaub ich. Gab mir die Hand, tat einen Würfel in ihren Becher und legte eine Fünf vor.

Kein Wort wurde gesprochen. Sie war von Natur aus hohlwangig, mit hohen Backenknochen, beim Überlegen sog sie die Wangen zusätzlich ein, das wirkte ausgezehrt und kränklich, ihre ohnehin dünnen Lippen bildeten einen roten Strich, wenn sich ihre Position verschlechterte. Dann wirkte sie wie von Schiele gemalt, nicht ohne Reiz. Ihr Haar, das spaltbreit neben den Wangen her schwang, fast schwarz, betonte die Ovalform des Schädels.

Schmale Hälse, im Verbund mit Cellistinnenfingern, treiben mich zu manchem, aber – nackt würde sie vermutlich ein Gerippe sein.

Ich spielte, nervös geworden, unsicher, lag dennoch bald mit 10:2 vorn, in einem Match auf elf Punkte. Diese Frau hatte von Backgammon keine Ahnung, wie sie in Runde 2 vorgedrungen sein konnte, war mir schleierhaft. Sie zerstörte ihr Timing in einem Eins-Drei-Backgame mit sinnlosen Sicherheitszügen, gab den Dopplerwürfel in Fifty-fifty-Positionen, zog sehr schnell und übersah interessante Varianten. Warum sie nicht bei den *Beginners* mitspielte, wo das Startgeld nur 50 DM betrug? Natürlich: Geld war ihr egal. Der betuchten Lady war langweilig. Ich fragte:

«Möchten Sie ein Unentschieden?»

«Ähmm. Wie ist das gemeint?»

«Zweihundert für ein zehn zu zehn. Das ist mein Angebot.»

«Das wär doch irgendwie Betrug, oder?»

«Nein. Das ist so üblich.»

«Ehrlich?»

Welche finanziellen Agreements die Gegner in egal welcher Phase des Matches vereinbaren, ist allein deren Sache. Man kann in schwierigen Lagen teilkapitulierend Punkte zu *geben* anbieten, man kann in nicht ganz sicheren Gewinnstellungen risikoscheu Punkte zu *nehmen* anbieten, ebenso auch Geldbeträge, das ist ein wichtiger Anti-Glücksfaktor, davon lebt das Spiel. Sagen wir: davon leben die Profis.

«Ich muß dir also zweihundert geben, dann steht es unentschieden, und wir machen das entscheidende Spiel, richtig?»

«Genau.»

«Und wenn ich das Spiel verliere, krieg ich dann die zweihundert zurück?»

«Nein.» Herablassendes Nein, aber die Frage war so blöd, ich mußte einfach grinsen.

«Okay.»

Ich bekam die zwei Hunnis. Die Frau schien das Prinzip schnell kapiert zu haben, beugte sich leicht vor und flüsterte, heimlichtuend.

«Gibst du mir für nochmal hundert die 3 / 1 und den Sechserpasch vor?»

Ihre Stimme klang süßlich und hell, ein bißchen aufgeregt.

«Die 3 / 1 UND den Sechserpasch?»

«Ja. Ich darf doch fragen?»

Das hieß, sie würde von Anfang an eine Gewinnstellung haben, die ich erst, mit Präzision und ein bißchen Glück, umbiegen mußte. Andererseits waren mir damit DM 300 Kapital sicher, im Falle einer Niederlage konnte ich mit fetten Freiern zocken, um zwanzig pro Punkt.

«Na schön. Auf gehts.»

Als ich verloren hatte, strahlte sie wie ein Kindergartenlampion. Zum Reindreschen. Ich schwieg, gab ihr nicht mal die Hand. Sie hatte, trotz der Vorgaben, immer noch zwei Extremwürfe gebraucht, um zu gewinnen. Sowas kann ich nicht ab,

nehm ich immer persönlich. Verrecken sollst du, sofort und mit Schmerzen.
«Nicht traurig sein», summte, halb miaute sie, machte alles noch schlimmer. Beim nächsten Wort, Funkenschlag und Fememord, ich schwörs, da hätt der Sarkophag gebrannt.
Sie ging und trug das Ergebnis in die Paarungstafel ein.

In der ersten Runde hatte es Martin, Spitzname «Doc», mit ihr zu tun gehabt. Kein überragender, aber ein solider Spieler.
«He, Martin, sag mal – wie konnte das passieren, daß du gegen diese Ziege rausgeflogen bist?»
«Sie hats gekauft.»

Wie müßte ein Liebesbrief an Silke beginnen?
Hießest Du Elvira Madigan, dies wäre ein Klavierkonzert.
Nein.
Du wartest doch bloß auf 15 Zentimeter gesunde Härte, gibs endlich zu!
Nein.
Deine Augen müßten umzäunt sein. Nie waren zwei Höllen so blau.
Naja.
Spürst du denn nicht, wie mein Herz auf dich einschlägt?
Möglich.
Hast Du Lust auf Pizza im Da Pico?
Wahrscheinlich am ertragreichsten.

Ich beobachtete Valerie den ganzen Abend. Ihr Spiel basierte nicht auf Bluff. Sie verlor in der dritten Runde gegen Bogdan, den Kroaten, ganz und gar chancenlos. Ohne daß sich ihr Niveau nennenswert gehoben hätte. Danach saß sie noch ein bißchen rum, guckte dem Finale zu, trank Prosecco, und wenn sich unsere Blicke trafen, lächelte sie – schelmisch, freundlich, hintergründig? Irgendwas dazwischen. Meine Wut wich der Neugier.

«Sie sind zum ersten Mal hier, nicht?»
«Ja. Es ist toll.»
Marmorstein gegen Bogdan. Spannende Phase. Wir konnten uns nur flüsternd unterhalten. Es ging auf Mitternacht zu.
«Ich bin Valerie. Valerie Bergmann.» Sie streckte mir die Hand hin.
«Hagen.»
«Kannst mich duzen. So alt bin ich noch nicht.»
Sie war zu alt, um ohne Angebot geduzt zu werden. In der Videothek hatte ich sie auf Mitte Dreißig geschätzt, jetzt, bei besserem Licht, korrigierte ich die Schätzung um drei, vier Jahre aufwärts.
«Die Anmache gestern fand ich ganz originell.»
«Warum sind – warum bist du dann davon?»
«Ich mußte lachen. War mir peinlich.»
«Wollen wir noch ein bißchen spielen?»
«Ich bin müde. Gehn wir an die Bar?»
«Du zahlst. Falls du ein Gewissen hast.»
«Okay.»

Vor die Erstbeste hintreten und sagen: HAB MICH LIEB. *Und mein es ernst, sonst hau ich dir solang in die Fresse, bis du wenigstens überzeugend lügst. Ach, Silke ...*
Ich erfuhr nicht viel. Sie lebte in Bogenhausen, von ihrem Mann getrennt, hatte keinen Beruf und jede Menge Zeit. Im übrigen war mir das egal. Ein potentieller Fick. Möse mit beiliegender Frau. Selbst diese verengte Sicht war nicht so mitrei-

ßend, daß ich deswegen auf die Knie gegangen wäre. Ich fürchtete, meine Zeit zu verschwenden, überlegte, ehrlich zu sein, ehrlich und schnell, überlegte, zu fragen, hör mal, kannst du mich für heute nacht gebrauchen? Ansonsten geh ich lieber noch ne Chouette zocken. So isses eben.

Heute denke ich, es hätte ihr gefallen, sie hätte genickt und wir wären gefahren, hätten Spaß gehabt, mehr oder weniger, für eine Nacht oder zwei. Aber wir wählten – gemeinsam – die umständliche Tour. Sie fragte, ob ich ihr ein paar Tricks beibringen könne, damit sie sich im nächsten Monat nicht mehr so doof vorkäme.

Klar, warum nicht. Sie reichte mir ein Kärtchen, dann ging sie, ohne Händedruck. Nur: *Ciao* – und ab in die Nacht. Durchs Fenster sah ich ihr hinterher, ihr Gang war staksig, sehr apart, sie stieg in ein Klischee mit zugeklapptem Verdeck.

Mein Gott. Eine Frau, alleinstehend nach langjährig glückloser Ehe, mit Geld wie Heu – langsam wurde mir bewußt, daß ich nicht halb so verdorben war, wie es die Situation erfordert hätte.

IV Des Genius Schwingen

Vier Bier, 13 Zigaretten.
Übungsraumabend, Gleichmannstraße.
Geige, Baß und Schlagzeug probten unseren neuen Song. *Forbidden Brides.*
Ich schrieb am Text herum. Es würde unser zehnter potentieller Welthit sein.
Draußen regnete es. Wir zweifelten uns gegenseitig an. Alles großartige Musiker, Häuptlinge mit Kreativkraft. Alles Bandleader. Gruppenführer. Der Stürzer machte jetzt in Avantgarde, Peter am Baß war für ihn da, bester Bassist Mitteleuropas, und nur weil er neu war, hielt er noch das Maul. Aber es war zu spüren, da lauerte eine Vision, eine Vorstellung, wie seiner Meinung nach alles in die Gänge zu kommen hätte. Auch Micha, der Drummer, wartete nur ab, schlug stur seinen Beat, bedrohlich wie der Zeiger einer Uhr. Und Komo – Kapitel für sich.

El Conde, triefnaß, betrat den Keller mit euphorischem Gesicht.
«Hört alle her», rief er in die Runde. «Ich hatte eine Eingebung! Die Schwingen des Genius haben mich gestreift!»
Wir, allesamt, scharten uns um ihn und seine Fender Telecaster.
«Das Schlüsselwort heißt *Monotonie*. Einzige Antwort auf Vielfalt und Anything Goes. Micha, schlag mal so!» Er klatschte vor, und Micha schlug.
«Alle unsre Songs werden monotonisiert. Dieselbe Geschwin-

digkeit. Alle! Dumpfbackenklack. Tanzrausch der Gleichform. Ich würde sagen: 120 Schläge in der Minute. Hundertprozentiger Wiedererkennungswert. Eine Art pervertierter Alan Vega, mit ironischem Protestcharakter. Wie findest du das?»
Er sah dabei mich an. Niemand sah *ihn* an.
«Wann hast du dir das ausgedacht?»
«Gestern abend, warum?»
«Hattest du viel vom Blut des Herrn?»
«Naja ... Nicht gut?»

Wie sollte man's ihm moderat sagen?

«Ist ne Scheiß-Idee.»
«Ja?»
«Leider.»
Wuchtiger Moment aus Stille, wie eine Bö im Raum, zischend und kalt.

«Hat Hilfszwerg angerufen?»
«Nein. Aber wir haben einen Gig in Immenstadt. Im Jugendclub. Bringt 300 und Benzin.»
«Super. Ist die Idee wirklich so scheiße?»
«Ungern, aber: ja.»
«Wär was Unverwechselbares. Dacht ich.»
«Unverwechselbar ist von Haus aus suspekt.»

Er machte ein tief enttäuschtes Gesicht. Er tat mir leid.
Die anderen, ich las es ihren Augen ab, waren meiner Meinung. Das allein war wichtig. *Genie&Handwerk* würde fortbestehen. Für den Moment. Und wir spielten. Vollkraft. All die unvergleichlichen Songs, mit denen wir nicht berühmt geworden

waren. Das ganze Programm einmal durch. Wir waren groß. Im Übungskeller Gleichmannstraße Nummer Zehn, nirgends sonst.
Abgesehen von einer vagen Zukunft in Immenstadt.

Interludium Fischerwirt.
Bier satt, Zigaretten noch und noch.

Schwall schlechten Atems, frontal in die Fresse aus zahnarmem Mund – ich sei in der Waldwirtschaft gottgleich gewesen, spricht sich rum, hab wohl geprahlt, voilà, ⇒verzweifelte Bitte um Geld für die Dosis, gib du sie mir an Gottes Stelle, Gott, der meiner lang nicht mehr gedacht hat. Solch Jeremiaden verschließt sich schwer das Herz, ich avanciere, von Dankbarkeit geadelt, zum St.Georg der Mainacht. Gleich kommen andere, aufmerksam geworden, frech krallen mich die Finger: «Wir sind doch auch!» und «Warum dem?» – dann könnt ich den Tresen mit Galle bestreichen, dem Gesocks eins reinwürgen mit Macht, ehrlich, da gibts keine Kollegen mehr.
«Kannstn Bolzenschußgerät brauchen?»
Wer, ich? Aufblick, die Frage nach Ernstgehalt zu prüfen. He?
«Is billich – und ihr schreit doch immer: *Killt die Schweine!* Ja wien? Ohne Bolzenschußgerät – und wennde ma Amok läufst, biste gleich viel effektiva!»
«Mensch, Sven, ich doch nich, guck hier» – Zeigefinger an die Stirn – «da drin orgelt mein Stalin.»
«Aba», sagt Sven – «Dreißig Piepen!» – er hält das als Argument für unschlagbar.
«Und», sagt Sven, «wennde schon son Pazifist bist, isses ja besser, das Ding liegt bei dir als bei mir. Nich? Mitm Bolzen-

schußgerät in der Tasche – dreißig Steine – und das Ding funktioniert, stammt frisch ausm Schlachthaus, habs selber besorgt. Da klebt noch warmes Blut dran.»

Der will mich totsabbeln.

«Gib mir lieber ne Zigarette», sag ich, «besser, sie schadet mir als dir.»

Und Sven, endlich, beleidigt, trollt sich, Kneipe gerammelt voll. Eine Art Geborgenheit erfüllt den Raum, diese schon erwähnte, perverse, die sich immer zu spät als solche erweist.

«Greta, bring nochn Helles bitte, ich seh dunkle Zeiten kommen . . . .»

«Feieramd.»

V Ratzefummelharte Nippel

Ein schönes, großes Haus. Zweistöckig, mit einem gelb verglasten Pentagonerker an der Nordfront, mit Kupfergiebeln, breiten Fenstern. Nicht einsehbarem Flachdach, randbegrünt. Der Garten von hohen Thujenhecken umzäunt, ohne Beete und Bäume, kurzer Rasen, wie für Golfzwecke gepflegt. Kiespfade, aus weißen, fast kugelrunden Steinen, unwirklich beinahe, wurden die einmal im Monat poliert?

Im Innern des Hauses, der Villa, auf den ersten Blick kein Protz. Abgesehen vom Foyer an sich. Kaum Bilder, geschweige denn Poster, kein Teppich, nur blanker Stein, eine alte Holzstanduhr, eine Kommode, und alle Türen nußbaumgleich langweilig, selbst die der Toilette unterschied sich in nichts von denen, die zur Küche, zum Wohnzimmer, zum Keller führten. Frei im Raum, ähnlich einer Röhre, aus der man das Metallgeländer herausgefräst hat, die Wendeltreppe nach oben. Gästezimmer, so erfuhr ich gleich zu Beginn des Besuches, gebe es zwei im ersten Stock, dazu zwei Arbeitszimmer und Valeries Schlafgemach.

«Was ist in dem Erker?»

«Gerümpel. Wieso?»

Erker faszinieren mich. Auf meinem ersten Grundschulweg gabs einen, Aura der romantischen Enklave, oder des Meditationsplatzes gebildeter Renaissancefürsten, etwas, wohin man flüchten kann, wo man gefangengehalten wird, die Bibel übersetzt, oder das Sequel dazu schreibt.

Der Schulweg, Paradies meiner Kindheit. Urlaub zwischen zwei Teilzeithöllen.

Ein guter Schulweg, mit Haselnußbäumen, Zeitungsständen, Verkehrsunfällen, winzigen Süßwarenläden. Kinoplakaten.
«Im Keller ist ein Pool.»
Klang nach Aufforderung. Unklar, ob hygienisch oder erotisch motiviert.

Das Becken war klein, der Raum nicht größer als acht mal fünf Meter. Holzgetafelte Wände. Der Kachelboden, blau und blank, schimmerte im Licht dreier Filmscheinwerfer. Es gab eine Bar, davor eine Theke mit drei lederbespannten Drehhokkern.
«Hast du Hunger?» Sie machte keine Anstalten sich auszuziehen. Blieb hinter der Bar, schenkte Wodka in zwei Gläser. «Willst du schwimmen oder nicht?»
Mein Zeug war muffig und verschwitzt. Bildete einen malerischen Haufen Müll auf den Kacheln. Ich hatte einen Ständer. Verfrühtes Kompliment, drum wandte ich Valerie den Rücken zu. Muß knabenhaft genant gewirkt, muß ihr gefallen haben, bestimmt.
Sprung ins laue Wasser.
«Wodka?»
So viele Fragen.
Sie nahm das Glas, ging zum Beckenrand und bückte sich. Ging in die Hocke, als ich mit ihr anstieß. Ihre Oberschenkel, ungewöhnlich muskulös für die magere Statur, bogen das geschlitzte Kleid auseinander. Sie trug keinen Slip, ich sah ihre Möse, buschiges Tier im Halbdunkel, das, wenn Fetzen Licht drüber wegschwankten, ein violettes Maul bekam. Ich ließ das Glas fallen, stützte mich mit den Ellbogen ab und berührte mit der linken Hand ihr Knie. Es wäre ein Einfaches gewesen, sie in den Pool zu ziehen, mit ihr zu schwimmen, sie zu ertränken.

Meine Hand kroch Finger für Millimeter für Finger für Millimeter ihren Oberschenkel hinauf, Tage dauerte das, und sie blieb hocken und sah irgendwohin, weit über mich hinweg, mein rechter Ellbogen war aufgeschürft, die Kante des Beckens rieb auf meiner Brust, und Valeries Beine schliefen in der Hocke langsam ein, trotz aller Stimulation, und wir wurden beide ungeduldig, und sie rückte in der Hocke ein paar Zentimeter nach vorn und ich schob mich ein paar Zentimeter weiter nach oben, bis mein Kopf, vom Saum ihres Kleides umrahmt, eintauchte in den Ursprung der Welt, ein leichter Hauch Süße, wie von gezuckerten Pinien im Rohr bei 180°, in einem Meer von Wilder-Frische-Seife-Lastwagen, gekenterten, von der Fähre zwischen Bari und der Peloponnes. Es ging nicht mehr. Sie krallte mir ihre Nägel (nagelte mir ihre Krallen?) in den Rücken, stemmte mich hinauf, ihr entgegen, aber die Bekkenkante benutzte meine Rippen als Waschbrett, und meine Ellbogen waren wund und knacksten komisch, und meine Finger wollten ins Schwarze, und meine Zunge wollte auch da rein, und es gab noch vieles was da hin wollte, und es war schmerzhaft, blödsinnig und wahnsinnig erotisch, Valeries Schenkelmuskel zitterten, Krämpfe drohten, etwas mußte geschehen, und ich hapste nach diesem Mösenbusch und biß mich fest, umfaßte ihren kleinen Po und plötzlich: platsch.
Plötzlich, alles dunkelblau und violett, waren wir Neptun und Nixe, am Grund des kleinen Hausschwimmbads, und wir tauchten nicht auf, um Luft zu holen. Valerie griff nach meinem Schwanz, mit beiden Händen, rieb, preßte ihn an sich, zog dabei auch noch das Kleid aus, wirklich sportlich, und jetzt holten wir doch Luft, man muß nichts übertreiben, aber ließen uns gleich wieder hinab und begingen einander mit Händen, Mund und Füßen und allem, was da war. Sie schaffte es nicht, meinen

Schwanz unter Wasser in den Mund zu nehmen, ohne sich zu verschlucken, und wenn ich ihre Rosette leckte, strampelte sie vor Vergnügen, verschluckte sich wieder, hustete, tauchte auf, röchelte, ließ sich wieder hinab, und so fort. Ihre Brüste waren klein und steil, mit himbeerfarbenen Spitzen, die im Wasser zu fluoreszieren schienen. Von ihrer Möse schmeckte man jetzt wenig. War auch egal.

Bei allem, was man über Valerie sagen kann: Silke war sie nicht.

Ich war erregt, aber unheilig erregt, es schwang etwas von einem Job da mit, einem Stricher-Job oder gemeinem Beischlafsdiebstahl. Wir trieben es die halbe Nacht, in vielen Zimmern, mit viel Prahlerei, spätestens nach dem vierten Mal ging es, mir wenigstens, nur noch ums Prestige. Kam der Saft, tat es weh, unter der Eichel brannte es wie Feuer.

«Kannst du nochmal?»
Ich erinnerte mich an das, was Stalin gesagt haben soll, als man ihn bat, nicht so nah an der Front spazierenzugehen, er könne von einer Kugel getroffen werden.
«Ich könnte. Aber ich will nicht.»

Und als es Tag wurde, versammelten sich die Ältesten des Volkes, die Hohepriester und Schriftgelehrten und führten ihn vor ihren Rat und sprachen: Bist du der Hagen, so sage es uns! Er sprach aber zu ihnen:
«Ich möchte was trinken. Ich will mich in den Garten setzen und Rotwein trinken. Hast du Rotwein?»
«Schlürfst du ihn mir aus dem Nabel?»
Fragen über Fragen.

Sie brachte den Wein. Wir saßen im kurzen Gras und sahen den Mond an, ein dünnes blasses Scheibchen, das pseudopoetisch herumhing. Wär gut gewesen zu gehen.

Aber Herodes mit seinen Soldaten verachtete und verspottete ihn, legte ihm ein weißes Gewand an und sandte ihn zurück zu Hagen. An dem Tag wurden Herodes und Hagen Freunde; denn vorher waren sie einander feind.

Dauernd nachschenken müssen. Mühsam ists, aus Nabeln zu trinken.
«Weißt du, was ich gern hab?»
«Woher?»
«Steck mir die Zunge ins Ohr, ja, und streichel mich, hier.» Sie legte meine Hand auf ihre Fut.
Erogene Zone. Merken.
«Und sag mir was.»
«Was?»
«Was Dreckiges. Fieses.»
«Okay. Du blöde Fotze, du, du ...»
«Anders!»
«Böses kleines Mädchen, hat wieder schmutzige Phantasien, läßt es sich von wildfremden Männern im Freien besorgen ...»
«Ja ...»
«Liegt da, im stichelnden Gras, Nippel ratzefummelhart, Beine weit gespreizt, stöhnt, mit rotgeschwollenen Schamlippen, mit geschlossenen Augen bietet sie sich an, gibt sich preis, harrt der Dinger, die da kommen ...
«JA! »
« ... die verdorbene Schlampe, sabbert vor Geilheit, und wenn ein Finger in sie eindringt, aus der dunklen Nacht in sie hineinfährt, einer von zehn wildfremden Fingern ...»

«JA! JA!»
«Dann umklammert ihre Möse den, pumpt ihn zu sich, gierig, will gleich die ganze Hand, stülpt sich über die Faust, öffnet sich, macht weit die Tore auf...»
«Findest du mich zu weit?»
«Nein. Ganz normal.»
«Ich hatte noch kein Kind.»
«Nein?»
«Also doch.»
«Doch was?»
«Du findest mich zu weit.»
«Blödsinn. Mein Schwanz ist zu dünn.»
«Dein Schwanz ist nicht dünn. Was redest du für Scheiße?»
Sie setzte sich auf. Ich setzte die Flasche an und trank.

«Willst du die Nacht hierbleiben?»
«Ist das ein Rausschmiß?»
«Nein. Kannst eins von den Gästezimmern haben.»
«Gut. Ich kann mir kein Taxi leisten.»
«Du *mußt* nicht hierbleiben. Ich kann dir das Taxigeld geben.»
«Seh ich aus wie ein Schnorrer?»
Das Lächeln, das ihr von einem Mundwinkel zum andern huschte, entsprang vielleicht meiner Einbildung.
«Komm mit.»
Drucke von Klee, Kandinsky und Miró hingen im Flur. Sie zeigte mir ein Zimmer im ersten Stock. Funktional, wertfrei gesagt. Sah aus wie im Stundenhotel. Sogar das obligate Waschbecken war da. Plötzlich kam mir der Verdacht, ich sei mit Valerie nicht allein in diesem Haus, hinter den Nußbaumtüren wären meine Vorgänger archiviert, um bei Bedarf angeklingelt

zu werden. Es gab im Haus tatsächlich eine Art wilhelminisches Klingelsystem, mit grünen Kordeln aus geflochtenem Samt. Sonst gabs noch einen Schrank, ein rustikales Bett, einen Spiegel, ein Tischchen mit Stuhl und weiße Lamellen vor dem Fenster.

«Hattet ihr oft Gäste?»
«Zum Schlafen ists gut genug.» Ihre Stimme klang hart und gar nicht mehr süßlich.
«Gibts hier irgendwo nen Aschenbecher?»
«Ich bring dir einen.»
«Und noch ne Flasche von dem Wein, wenns geht? Ich brauch das, um einzuschlafen. Darf auch ein billiger sein.»
«Wir können zusammen noch was trinken.»
«Ehrlich gesagt –»
«Schon gut.»
Sie ging und brachte mir die Trinität der letzten Dinge, Aschenbecher, Glas und Flasche.
Mouton Rothschild. Angeberin.

Die Wettsaufereien bei El Conde – Einsatz fünf Mark, gleichbedeutend mit zweieinhalb Litern, und das Spiel ging so: Jeder schenkte ein Viertelliterglas voll, trank es in einem Zug ex und rief dann: EIN VERSCHNITT VON MEHREREN WEINEN AUS LÄNDERN DER EUROPÄISCHEN GEMEINSCHAFT! *– solange, bis er einen Fehler machte und ausschied. Das war die Light-Variante. Bei der harten Version lautete der Trinkspruch einfach nur* HOSSA!! *– da lichteten sich die Reihen erst Stunden später.*
«Wow», sagte ich, «Mouton Rothschild! Naja, nurn 78er.»
«Was ist mit dem 78er?»
«Mäßiger Jahrgang.» Ich hatte keine Ahnung, es war blind getippt.

«Zum Saufen ist er gut genug.» Ihre Stimme klang sehr hart und angesäuert.
«Genau. Ausm Nabel schmeckt das eh alles gleich.»

Man darf mir vieles vorwerfen, nur nicht, daß ich in diesem Haus auf Zeit gespielt hätte, iwo. Sie wünschte mir, knapper als es Geschriebenes vermitteln kann, Gutnacht und warf von außen die Tür zu.
Jetzt, mit dem Umdrehen des Schlüssels im Schloß, war ich glücklich. Beinah zufrieden.
Noch eine halbe Packung Zigaretten, eine Flasche Rothschild, wes Jahrgangs auch immer, Zeit, ein Fest zu feiern, die Miete für Juni besaß ich zudem, das Leben konnte groß sein, und ich flüsterte: *Halleluja*. Spendete eine Libation für die Götter, die es anging.
Das große, einsame Trinken nach getaner Arbeit. Die Melancholie gepräpelter Verlorenheit, ja, war mir ein Vergnügen gewesen, zu drei Vierteln, ich hatte mein Bestes gegeben und dennoch das Wichtige für mich behalten.
Zeit wars, für Silke ein Gedicht zu machen, aber ich, gefangen vom Anblick der eidotterfarbenen Rauhfasertapete, konnte kein Gedicht mehr machen, näher dem Luxus niemals, sank zu Bett, versank in einem Kübel Daunen, über mir schlug weich etwas zusammen, Morpheus klatschte in die Hände, zack und weg, schnell ging das.

VI Geborgen- und Verbotenheit

Null Bier, null Zigaretten.
«Hallo?»
Keine Antwort. Jeder Schritt im stillen Haus wurde zum Tasten.
Wäre dies ein Krimi, würde ich irgendwo auf Valeries blutüberströmte Leiche stoßen und ganz tief in der Scheiße stecken.
Im Wohnzimmer, vor der Terrasse, war ein runder Tisch gedeckt, frühstücksübliches Zeug, neben hübschen gelben Nelken. Valerie Bergmann saß hinter der Zeitung und wünschte guten Morgen, als wären wir zwanzig Jahre verheiratet. Sehr merkwürdig. Die Zeitung fiel auf den Boden, aus der Kamera kam ein Klick.
«Was soll das?»
«Ich mach Fotos.»
«Die klebst du irgendwo ein?»
«Manchmal. Hast du gut geschlafen?»
«Das war ein Bottich, kein Bett.»
«Warst du schon oft irgendwo zu Gast?»
Sie schien ganz gut gelaunt. Und hervorragend geschminkt.
Ich kannte kaum Wesen, die sich schminkten. Gehörte zu einer Generation ohne Make-up und Mode und war von den Möglichkeiten der Kosmetik überrumpelt. Ehrlich. Valerie sah frisch und fruchtig aus, hatte einen engen kurzen Rock an, trug Stöckel, mit weißen geflochtenen Riemen. Die Beine, mit ihr überzeugendstes Kapital, kamen so zu optimaler Geltung, oder, um es anders zu sagen – an den Beinen war sie mehr Silke als sonstwo.

Und erst der Tisch!
All die kleinen Gläschen Marmelade, die Baguettes, Semmeln, das gebräunte Toastbrot, die Eierbecher, sogar zwei beschlagene Piccoli standen in der hereinbrechenden Frühlingssonne, und Schinken gab es, eine Schüssel mit Rührei.

Nächte, in denen ich in ein Pfarrhaus eingestiegen war und zwischen den Requisiten eines Volkshochschultheaters geschlafen hatte, meinen Körper in den samtenen Bühnenvorhang gerollt. Das Pfarrhaus besaß eine kleine Küche, da kochte ich zum Frühstück Erbsensuppe aus der Packung, dazu Tee – es war schön, angenehmes Nebeneinander von Geborgen- und Verbotenheit. In diesen Nächten onanierte ich bis zu fünfmal und träumte von Fleisch, von nacktem weiblichem ebenso wie von gewürztem, mit Grillstreifen drin.

«Hast dir aber viel Mühe gemacht.»
«War nicht ich. War Hanna.»
«Wer ist Hanna?»
«Mein Mädchen.»
«Meinst du – Bedienstete? Oder Tochter?»
«Ich hab keine Kinder. Glaubs endlich.»
«Tschuldigung.» Ich begann zu essen, stürzte mich auf Schinken und Rührei.
«Ist das Dekoration oder Material?»
«Das ist Sekt. Trink. Kannst ihn auch einstecken. Für später.»
Jetzt hatte sie mich beleidigt. An einem so sonnigen Morgen.
Schweigend verschlang ich auf Vorrat alles, was es bei Frau Bertram nicht gab.
Der Kaffee – Gourmet-Kaffee aus Guatemala – machte mich glücklich.

Valerie schoß ein Foto.
«Kannst du damit bitte aufhören?»
«Warum?»
«Sind wir im Zoo? Oder was?»
«Hör mal!»
Ich lauschte. Ihr Tonfall hörte sich weichenlegend an. Ob sie mich mochte oder verabscheute, war meinem tief in mir schlüsselhaft existenten Angenommen-werden-Wollen nicht egal. Sie war viermal hart gevögelt worden letzte Nacht. Viermal eng verbunden waren wir einander gewesen, und ob es auch uncool klingen mag und peripher vor dem Angesicht der Geschichte, ich hätte mir, in eitel-jung-männlicher Sehnsucht, ein nettes, zum Soweitermachen aufforderndes Wort gewünscht.

«Hör mal, ich mach Fotos, klar? Du könntest lieb sein und Modell stehn.»
«Was? Akt?»
«Ja.»
«Porno oder Kunst?»
«Dein Schwanz, wenn er abspritzt.»
«Also Kunst. Für die Sammlung?»
«Gibt keine Sammlung.»
Es hätte entsetzlich sein müssen, so zum Kunstgegenstand degradiert, eingekauft zu werden. Derart tief gedemütigt, hätte mir Mordlust aus allen Poren brechen, hätte das Aufbegehren violent werden, einen Totschlitz mit zersplitterter Kaffeetasse nach sich ziehen müssen. Nichts von alldem. Nur Geilheit. Knips mich! Dein williges Werkzeug!
«Für hundert Mark komm ich dreimal auf den Tisch.»
«Das ist preiswert.»

«Findest du?»
Ich umfaßte ihre schlanken Knie, malte mit der Fingerspitze Fadenkreuze auf die Kniescheiben, küßte mich aufwärts, Route von gestern, fast ja schon ein Trampelpfad. Hielt mich für clever, war jung und blöd, ahnungslos von dem, was da begann.

Es wären an dieser Stelle viele Worte zu verlieren. Ich hab sie alle gestrichen. Als sinnloses Nachhinein verurteilt und verloren.
Ich bohrte meine Finger in ihre Schultern, drehte mich, drehte uns, ein Tanz, zu dem mir kein Name einfällt, aber man müßte eine Musik dazu spielen aus Glocken und Pfeifen und einem Bordun von Äxten, die in weiche Hölzer tauchen.

VII Am Parkrandkiosk

Martina ist ungnädig.

«Sachma, willst du hier den ganzen Tag rumsitzen, ohne was zu bestellen? Oder wie?»

So faucht sie den armen Albert an, eindeutig das schwächste Glied der Entourage.

Albert: Ich hab doch schon'n Kaffee gehabt.

Martina: Hört ihr das? Er hat schon'n Kaffee gehabt! In sechs Stunden! *Einen* Kaffee!

Albert: Dann nehm ich halt noch einen.

Martina: Ach? Simma heut gut aufgelegt?

Geduckt und gedemütigt versinkt Albert bis zum Oberkiefer im Steintisch.

Karl: Frauen lieben nicht das Geld. Frauen lieben die Sicherheit. Da sind sie von Natur aus drauf programmiert, weil sie ja ihrem Nachwuchs die besten Bedingungen bieten wollen. Dem Alphatierchen sind sie treu und gar nich polygam. Is in Ordnung! Erst wenn sie die Sicherheit schon haben, lernen die Frauen auch das Geld zu lieben. Als würden sie da erst begreifen, daß beides irgendwie zusammenhängt.

Martina: *(macht sich an Karl ran. Schon seit Tagen.)* Ich mag dich. Keiner sonst mag dich, aber ich – find dich ganz gut.

Karl: Weißt du, das ist mir nich *scheißegal*, aber *fast*.

Martina: Du tust, als wär ichn Vertreter, der dir was aufschwätzen will. Aber wennde dich am Kiosk beteiligst und wir ausbauen, da kannste Steuern sparen, soviel zahlst du überhaupt nicht.

Will wer noch was?

Gustav: Schampus

Martina: Hab ich nicht.

Karl: Zieh dich aus.

Martina: Hab ich nicht nötig.

Ich: (*im stillen*) Ihr seid so ekelhaft. So wunderschön häßlich. Man müßte Bänke aufstellen und Eintritt verlangen.

Albert: Wart ihr mal in Wien? In der Kaisergruft? Die Sarkophage aus Erz. Viele Sarkophage. Groß. Muß deprimierend gewesen sein für Kaiser.

Karl: Sei still.

Albert: Wenn man die Stelle gesehen hat, wo noch Platz für einen war. Da liegt auch vom Napoleon die Frau. Das ist ein Gefühl. Da liegt was, keinen halben Meter weg, in was der Napoleon abgespritzt hat. Der Sissi ihr Sarg war mit Kränzen geschmückt. Über und über. Die meisten stammten aus Ungarn.

Karl: Halt endlich deine Klappe.

Nebenkriegsschauplatz.

Martina: Wenn du ihn ranläßt, dann mit Gummi. Zur Oma macht der mich nicht!

Silke: Ich kann ihn ja nicht mal ausstehn.

(*Von wem reden die? Nicht von mir. Ich werde eifersüchtig*)

Martina: Das ist einer von denen, wenn die sich maln bißchen Mühe geben, kann man sie schon ausstehn – und dann is zu spät.

Silke: Spinnst ja!

Genau. Sei standhaft!

Martina: Hätt ich wen gehabt wie du mich, mir wär einiges erspart geblieben.

Silke: Zum Beispiel ich?

Martina: Tss ...

Zurück an der Hauptfront.

Albert: Wißt ihr, daß man dem toten Napoleon seinen Schwanz abgeschnitten hat? Abgeschnitten und versteigert. Eine reiche englische Dame hat den gekauft. In Spiritus. Zwei Zentimeter.

Gustav: Das hat dich gefreut ...

Albert: In Ungarn gibts die meisten Selbstmörder auf der Welt.

Rudolf: Logisch.

Albert: Und in Island die meisten Schachgroßmeister. Im Verhältnis. Da ist es kalt. Warmwasser ist billig. Wegen der Geysire. Ich war mal in Ungarn. Im Schwefelthermalbad. In Island war ich noch nicht.

Karl: Still!

Gustav: Das war schlecht. Mit dem Springer auf a5 hättest du gemußt.

Karl: Hier gehts um Geld, halts Maul! Kontra!

Martina: Wollt ihr noch was?

Albert: Kaffee. *(gut aufgelegt vor lauter Angst)*

Gustav: Bier

Karl: Alkfrei. Ich verlier zuviel.

Martina: Kannst es dir doch leisten.

Karl: Hast recht. Silke, vergiß das Alkfrei, wofür lebt man denn?

Walburga: Warum spielst du nicht so?

Karl: Weil diese Figur nicht so zieht.

Walburga: Man könnts ihr doch beibringen …

Gustav: Finger nich in unserm Brett rum!

Walburga: Ich hab der Sissi ihre Schleppe geschleppt in Venedig. Wie eine riesige rote Zunge war das. Man hat den Statisten gesagt, sie sollen Sissi bös anschweigen. Und ich war sauer, weil sie taten, was man ihnen gesagt hat. Tätervolk. TÄTERVOLK! Arme Sissi. Sie konnte nichts dafür, nicht? Ich rief ganz laut *Vivat! Vivat Hosianna!* Gesegnet sei die Kaiserin mit dem vielen langen Haar.

Martina: Dann hammse dich rausgeschmissen?

Walburga: Aber Sissi drehte sich um. ZU MIR! Das vergeß ich nie. Ihr Kind wurde gepfählt an einem Gartenzaun.

Rudolf: Na klar.

Walburga: Ihr seid alle so blöd.

(alle kichern, selbst ich.)

Ich lernte, Nudeln zu kochen, das war schön. Wasser heiß, Nudeln rein, dann den richtigen Moment abwarten und die Nudeln vorm Ertrinken retten. Am Anfang hab ich mich verbrüht.

Karl: Jetzt halt dein Maul!

Ich: Nein. Endlich sagt jemand hier was Schönes.

Karl: Misch du dich nicht rein.

Walburga: Manchmal waren die Nudeln schon tot. Weil ich geschlafen hab.

Karl: Das ist mir sowas von wurscht!

Ich: Du bist so ein lausiger Spieler.

Karl: Ach? Dann setz dich doch hin, spiel gegen mich!

Endlich hab ich ihn soweit! Mein Zwanziger fliegt auf den Tisch. Jetzt gibt es kein Zurück. Ohne beide Läufer! Wow, das ist circensisch, ist spektakulär, alle scharen sich ums Brett, selbst der blinde Rudolf.

Walburga: Immer Nudeln machen müssen
immer Nudeln machen müssen,
jeden Mittag, jeden Mittag,
arme Nudeln, arme Nudeln.

Ist interessant zu sehen, wie viele Menschen nicht das erreicht haben, was sie wollten – und dennoch weiterhin am Leben sind. Das zeigt – sie wollten was, was sie gar nicht wirklich brauchten.

Karl: Mach deinen Zug, Bürschl!

VIII Dutzend toter Frösche

Es war was wie eine gegenseitige Vergewaltigung, so wälzten wir uns durchs Erdgeschoß, ohne Rücksicht und Behutsamkeit, Stülptanz von Geilheit und Besitzdrang, rissen einander die Kleider vom Leib, umvögelten das halbe Haus, landeten wieder, irgendwann, auf dem Frühstückstisch, Werwölfe verwandelten sich, klebrig vor Schweiß und Marmelade, erinnerten sich an alles und grinsten.
Könnten die alten Knaben vom Kiosk mich so sehen! Genau das dachte ich dabei. So isses. Eben.
«Mein Gott.» Sagte sie. «Ich hatte einen Orgasmus!»
«Du auch?»
«Im Ernst. Gestern nacht war keiner da.»

Sie hatte gestöhnt, gestern nacht, mit den Augen gerollt. Hatte mitunter galvanisch gezuckt wie ein Dutzend toter Frösche unter Strom. Ich schwörs. Wenn man sich *darauf* nicht verlassen kann, worauf? Frauen mit Orgasmus-Problemen nerven. Könnten sichs ja, wenn alles nichts hilft, selber machen, und die es nicht mal selber schaffen, haben nicht genug an sich gearbeitet, basta. Mist. Half alles nichts. Mein Selbstwertgefühl blieb beschädigt.
Das Eßzimmer bot den Anblick eines Saustalls. Valerie, glücklich, begeistert, was tut sie? Läutet. (Bedeutet in diesem Haus das Ziehen einer Kordel.) Und was passiert?

Hanna betritt das Zimmer, kaum daß ich mein entleertes Gemächt in der Hose verstauen kann. Valerie, noch nackt, Saft fließt ihr am Bein herab, Riesensauerei, befiehlt in kaltem Ton: «Bring das bitte in Ordnung!»
Hanna sagt nicht Grüß Gott, Hanna schweigt und geht, holt Eimer und Besen, Valerie lacht noch immer.

Wo war ich hier? Das war zuviel, vorweltkriegsmäßig kam das ja. Und Hanna – Entität ähnlich Rebeccas Zofe im Hitchcockfilm, über 50, euphemistisch als ‹Mädchen› tituliert, ein Mensch in Schwarz, aus Stein geschnitzt, Schultern nach oben gestemmt wie weiland Nosferatu, an der Grenze zur Unwirklichkeit, anders als mit filmischen Exempeln gar nicht zu meistern – Valerie tuschelt, tut vertraulich. *Die habe schon unter ihrem Vater gedient.*
Ich zog mich ganz schnell an und lief weg, weit weg, zum Parkrandkiosk, wo, was zuvor beschrieben, geschah.

IX Zeit des Pomps und der Windlichter

Mein Markenzeichen ist die Plastiktüte – leicht und elastisch, man kann sie klein falten, schnell loswerden, sie wird selten gestohlen, niemand vermutet Wertvolles darin, man kann sie auf nassem Untergrund ausbreiten oder bei Regen über den Kopf stülpen. Verbringt man die Nacht draußen, steckt man am besten die Füße rein, damit sie warm bleiben. Mit einem Stein darin gibt sie eine brauchbare Waffe ab.

Karl hatte keine Chance gehabt und sie prompt genutzt. Was soll man lange drüber reden?
Blödsinn.

Manchmal gingen winterbleiche Beine vorbei, unter kurzen Röcken bei seitlichem Licht. Wie leicht mich das von meiner Traurigkeit ablenkte. Frauen, mit Blicken beklebt wie Litfaßsäulen, machten Werbung für das Weiter, ich war ihnen so dankbar … Spazierte langsam, sehr langsam, fette kleine Straßen hinab (oder hinauf? Wer weiß das schon?), ging ziellos durch die Stadt, kam an einen buntbegangenen Platz, setzte mich auf eine Kinderschaukel, mit kahlgeschorener Seele, hätte so gerne Stift und Papier genommen, aufgeschrieben, was geschah, aber ich wußte nicht, was geschah, für wen es gut war und warum. Bohrte alle Finger in die Stirn. Wenn ich wenigstens anständig kaputt wäre, dachte ich, und mir die Mülltonnen ein Heim böten, wenn sich alles erübrigen würde, alles zu spät wäre, viel zu spät. Ich hatte kein Mitleid mit mir selbst, ich hatte Mitleid mit allem, was da kreuchte und fleuchte, weil es keinen Sinn besaß, weil es solange keinen Sinn besaß, als ich ihm keinen nennen konnte. Sela.

All die Jüngelchen, karrieregeil und mit flackernden Augen – würden sie die Welt am Ende vor mir finden? All die zarten Frauen, die in sich geduckt durch den Supermarkt huschen, ich seh sie an, mit offenem Blick. Ach, wären sie nicht so scheu, so ängstlich, kämen sie auf mich zu und gingen mit mir, ich würde –

Aber sie kommen nicht, sehen zur Seite …

Vier Bier, zwanzig Zigaretten. Sonnenuntergang.

Als Kind hatte ich die Angewohnheit, einen Arm aus dem Zugfenster zu halten, um den kalten, schweren Druck der Luft zu spüren. Bis ein Ast dagegenpeitschte.

Wenn ich aus Zugfenstern blicke, weiß ich, warum ich kein Tagebuch schreibe. Zu viele vorbeirauschende Bilder – sie aufzuzeichnen wäre Zeitverschwendung. Das Tagebuch ist eine Eselsbrücke auf der Suche nach Entschuldigungen für verlorene Zeit. Aber es gibt keine verlorene Zeit und keine gewonnene, es ist alles eins und nichts ohne einander.

Mir war schwindlig von 22 Sonnenumkreisungen.

Ich hatte nie mit einer älteren Frau geschlafen. Sichtbar älter. Hatte mir Mühe gegeben gestern nacht. Das brutale Vögeln am Morgen war viel besser gekommen, sie mochte es hart, das machte mir angst.

Für sie mußte ich ein halber Junge sein, eine Art gesetzlich erlaubter Lustknabe – mobiles Fotoobjekt – was sollte das alles, was machte ich mit meinem Leben, vor allem: was nicht?

Von Fluchtwegen durchlöchertes Denken. Durchgeschüttelt vom Abwägen kleinkrimineller Erwerbsstrategien.
Ich fühlte mich als Schwein, in das ein kleiner Elefant eingenäht war. Je drängender der Elefant aus mir heraus wollte, um so dicker erfraß ich mir die Schwarte, die ihn dran hinderte. Ich sah viele Schweine, die ihre Elefanten in gleicher Weise stillgelegt hatten. War von daher geneigt, an das Gute im Menschen zu glauben, selbst wo es längst erstickt und versteinert war. Wenn man aber das Gute nurmehr kohabitant mit dem Blöden entdeckt, wofür entscheidet man sich? Für die Intelligenz – bis man sich Gutartigkeit ohne Verluste leisten kann.

Da waren auch Penner im Gras, die schwafelten und stritten, abgefüllt in die Wiese wankten und sich fallen ließen. Mit jeder Gebärde verehrten sie das Leben auf eine heimliche Art. Soviel gutgetarnte Zärtlichkeit … ich sah viele Male hin – wo war die Kraft des Unkrauts, das durch Autobahnen bricht?
Zwei Schnecken. Sie krochen über den Kiesweg. Sinnlose Flucht. Von einem in das andere Gras. Was erwarteten die sich? Liebespaar ohne Chance. Räder vieler Kinderwagen rollten auf es zu. Ich mochte Schnecken gern, ob lebend oder in Butter geschmort; hob beide auf und setzte sie über.

Zur Wahl gestellt, zwischen der Frau und dem Gedicht, wähl ich die Frau. Selbstverständlich. Franziska. Bloß als Beispiel. Gute einsachtzig, stämmig, Backen nußknackergewaltig, Hände wie Schaufeln. Immer windgefüllter Mantel, selbst bei geschlossenem Raum. Großer geiler Mund, geübte Lippen. Studiert Gesang an der Musikhochschule, kommender Wagner-Alt, Lieblingsrolle Erda, schafft es im Bedarfsfall bis runter zum Tenor.
Die erste Frau, die's mir oral gegeben hat, auf einem hübschen

kleinen Friedhof am Stadtrand. Dort waren wir gesessen und hatten der Deutschen dunkle Gesänge rezitiert, Hölderlin, Rilke, Heym, die alle, hatten stundenlang über Metrik bei Heine und George und Trakl diskutiert, mit den Fingern in feuchter Erde gewühlt und den Geruch eingesogen.

Franziska. Wir hatten Vergangenheit gemeinsam. Ruhmlos innige Verknüpfung. Erinnerung an Weltveränderungswahn, schlechterletzt von Peinlichkeit durchseucht. Peinlich gerade das, was am erregendsten gewesen war. Wenn wir im Wein das Blut gesucht hatten und in den Kerzen ewiges Licht. Wenn wir eine kanale Unterwelt bauten aus Gedenkstein. Druckvolle Wörter verehrten, wie *Sündenpfuhl* und *Leib* und *Gralsburg*. Zu Todesurteilen fähige Priester, selbsternannt, kultischer Abschaum. Bis der Blowjob den Zauber zerbrach, bis wir fickten zwischen den Gräbern – nein, *LügeLügeLüge*, zum Ficken gingen wir in den Wald, das ist ein Unterschied wie Baal und Hyperion.

Vorbei die Zeit des Pomps und der Windlichter. Schluß mit Abendland-Erhabenheit.

Was haben wir dagegen eingetauscht? Ich bin mir nicht sicher. Wir haben die Unsicherheit empfangen. Haben dem Zweifel ein Zimmer zugewiesen, von wo er bei Tag aufräumen kommt im Palast.

«Hagen! Warum rufst du nicht vorher an? Jetzt hast du Glück gehabt.»

Ehrlich? Endlich. Endlich Glück.

Sie erzählte, derzeit selten zu Hause zu sein, pendle häufig zwischen München und Berlin (Berlin war groß in Mode), habe einen sexualmagischen Therapeuten kennengelernt – klang nach tollem Stecher.

Ich mochte ihr Zimmer. Poster aus Langs *Nibelungen* zierten die Wände, überall lagen Platten, Notenblätter, und auf dem Fensterbrett stapelten sich ungespülte Teller.

Die Ernsthaftigkeit ihres Gesangsstudiums nach soviel vagen, schnell aufgegebenen Ideen. Beneidenswert.

Ich erzählte. Vom Parkrandkiosk. Von *Genie&Handwerk*. Schließlich auch von Valerie.

Alles.

«Das tut dir nicht gut.»

«Glaubst du?»

«Und du?»

«Weiß nicht.»

«Was ist los mit dir?»

«Nichts.» Ich zerrieb meine Zigarette im Aschenbecher.

«Deine Stimme klingt knotig. Unentspannt.» Sie redete mit dem Tonfall ihres Therapeutenstechers.

«Wir sollten uns betrinken.»

«Keine Lust.»

Franziska gab sich oft maskulin, zog gerne über Frauen und deren Schwächen her, hätte sich mit Penis und Hoden im Dasein sicher heimischer gefühlt, hatte, zu Beginn der Pubertät, mit nassen Wickeln ihre Brüste am Wachsen zu hindern versucht (vergeblich) und auf die erste Periode mit einem Nervenzusammenbruch reagiert.

«Was könnten wir unternehmen?»

Es klang, als sei bereits fast alles erfolglos unternommen worden. Klang erschreckend. Da ging etwas vorbei an uns, nahm Entliehenes wieder mit.

«Weiß nicht.»

«In der Oper gibts Elektra. Bringst du uns rein?»

«Kein Problem.»

Wir waren oft in der Oper gewesen. Der Job als Statist hatte mir die Geheimgänge des Hauses offenbart, Wege zum kostenlosen Genuß. Und Elektra – größer denkbare Ekstase existiert auf Erden nicht, wir also hin, ich, dem Portier gut bekannt, durch den Bühneneingang, öffne Franziska die Tür am Eck zum Marstall, dann hinauf, vierter Stock, in die Lichtgalerie, wo die Scheinwerfer von oben schönen Schein auf die Szene werfen und man den Sängern auf den Kopf spucken könnte, hypothetisch (sowas tut man nicht), aber – unten – hervorragende Besetzung, Rysanek und Ligendza, volle Wucht entfesselten Orchesterklangs, der blitzkriegzeusgewittergriechischgroßdeutsche Sound von 1909 – ich hatte nur eines im Kopf, Franziska sollte an mir herabschmelzen, mein Ding in den Mund nehmen, die geballte Ladung abbekommen, heute im Mai wie einst im September, seis aus sentimentalen Gründen, Vergewisserung des Selbst und seiner Trophäengalerie bei geänderter Umwelt, bei Gott, bei allen Göttern, ich zog, auf der Lichtgalerie – und manchmal kamen Techniker vorbei, die einen schräg ansahen – meinen Schwanz heraus, ließ ihn erwartungsfroh baumeln, versteift vor Angst mehr denn aus Lust.
«Was machstn da?»
«Nix.»

Es hatte keinen Sinn. Wir verstanden einander nicht mehr. Vergangenheit kapitulierte vor der Gegenwart. Unten begann das Schlußduett Chrysothemis – Elektra, die beiden verstanden sich ja auch nicht, und etwas Großes entstand trotzdem. Das tröstete über vieles hinweg.
Plump übersetzt, bedeutete es, ich konnte noch jahrelang weiterwurschteln wie bisher, nichts würde damit, weder so noch so, entschieden sein. Die Versuchung, es Franziska zu erklären.

Abbruch des Versuchs.
Sie mußte nicht alles begreifen. Und was den Abend über schon an uns vorübergegangen war, ging nun noch enger, immer wieder, tanzte Tango, postmortal, ging für immer. Hinüber.

Das Licht am Ende der Vorstellung. Aufgescheucht flatterte da was, fand keine Ruhe.
Wieviel Nächte hatte ich mit Franziska durchgemacht? Wieviel Ekstase auf Kosten des Schlafes gehabt? Gäbe es gewonnene Zeit, wir wären reiche Leute.
Nun, im Hofgarten gestrandet, taugte sie als Kopfkissen. Etwas bleibt, und nicht immer das Beste.
«Was ist bloß mit dir los? Und diese Valerie –»
Ich legte ihr zwei Finger auf den Mund, tauchte in den verwehrten Schoß der Erda, suchte und suchte. Weltschmerz als Begriff dafür ist kärglich.

«Franziska?»
«Hmmm?»
«Gehn wir noch vögeln?»
«Nein, ich bin verliebt.»
«Verstehe.»
«Was verstehst du?»
«Naja, wenn wir vögeln würden, wärst du nicht mehr verliebt.»
«Das verstehst du nicht.»

Gefrorene Bilder in den Ofen schieben. Zusehn, wie sie verbrennen. Wenn eine alte Freundschaft stirbt, wird mir die Leiche unerträglich.

«Ich verschwinde.»

«Wohin?»

«Wir telefonieren, wenn ichs weiß.»

Sie sah mir halb besorgt, halb beleidigt hinterher, mit zusammengekniffenen Brauen.

Ahnte sie, wie sehr ich mich zusammengenommen hatte, um den Abschied *nicht* als Beleidigung zu formulieren? Wie groß die Versuchung gewesen war, zu schreien: NIE MEHR! ICH WILL DICH NIE MEHR SEHEN! ALLES HAST DU VERKOMMEN LASSEN! Wenn sie dennoch beleidigt reagierte, wie sollte man das nennen? Unverhältnismäßig? Zufällig korrekt? Instinktiv korrekt?

Es ist ungefähr so, als ob man den perfekten Mord begeht, und dennoch in der Todeszelle landet, beklagt eines anderen Mordes, an dem man völlig schuldlos ist. Ein Zwiespalt der Gefühle müßte das sein …

Ziel bei Fuß!

Die Färbung einer Stadt bei Nacht – bläulich, braun, grau, schwarz, selten sogar dunkelrot.

In München gab es alles. Diese Gegend, Südrand von Bogenhausen, war vom dunklen Samtkästchengrün, in das Frauen nach dem Ball ihre Juwelen betten. Mußte nicht Samt, konnte auch, um Grade heller, Filz sein, wenn ein paar Straßenlaternen zusammenstanden. Aber Städte ändern ihre Farben mit dem Grad der Vertrautheit. Ob ich vor all dem hier Furcht empfand, Minderwertigkeit, Verachtung oder Neid, war längst nicht raus. Wer ich war und was ich wollte, lag verschüttet unter irgendeiner Sozialisation, der ich zu mißtrauen gelernt hatte.

Ich mußte nachmittags von 14 bis 18 Uhr am Schreibtisch sitzen, weil meine Noten eine zu große Summe ergaben, sollte üben, lernen, aufholen – vier verlorene Stunden Zeit. Damals schmeckte Zeit nur gefüllt. Ich begann, auf den hinteren Seiten der dicken Schreibblöcke Gedichte zu verfassen, die waren kurz – und leicht zu verstecken. Partisanenkunst. Jeden Mittwochabend gingen meine Eltern in den Tanzverein, das war ein Fest. Auf der Schreibmaschine tippte ich die Ernte der vergangenen Woche sauber ab, überbrachte sie am nächsten Morgen Bernhard, dem besten Freund, damit er sie für mich aufbewahrte. Hätten meine Eltern sie gefunden, sie wären vernichtet worden. Nach nur einer Stunde überlebter Volljährigkeit floh ich vom Zuhause, stieg in einen Zug weit fort. Die Gedichte verloren danach an Gefährdung und Wert.

«Ist Val – ist Frau Bergmann da?»
«Nein.» Hannas Stimme war ein leises Durchdiezähnezischen.
«Wann kommt sie zurück?»
«Spät.»
«Ich möchte hier auf sie warten.»
«Also, ob das –»
«Das geht schon. Sicher.»
Sie schnaufte laut, als ich an ihr vorbei trat.
«Kann aber spät werden.»
«Hier gibts doch nen Fernseher?»
Hanna stand hilflos herum, überlegte. Bis aufs linke Augenlid bewegte sich da minutenlang nichts.
«Können Sie mir vielleicht noch was zu essen bringen? Danke.»
Aus ihrem Gesicht fielen Ekel und Wut wie berstende Windschutzscheiben. Machten dämlicher Ratlosigkeit Platz. Verstörte Augen, geschürzter Mund. Der dürre Körper wackelte

beim Gehen wie ein Roboter, ein Aufziehspielzeug – im Wohnzimmer zeigte sie auf einen Sessel und sagte, sie würde in der Küche nachsehen.

Freitagabend vor zwei Jahren: Partytime bei Franziska, wir saßen alle im Wohnzimmer ihrer abwesenden Eltern, brauten Irish Coffee, redeten über Filme, Platten, Philosophien, alles mögliche, Superstimmung in kontinuierlicher Klimax. Gegen drei Uhr waren alle betrunken, die Debatten wurden freizügiger, wie immer ging es um Sex, um den Unterschied zwischen den Geschlechtern und die diversen Möglichkeiten ihrer Verschmelzung, und als es am schönsten und lustigsten war, sagte Astrid, sie müsse gehen, sich schlafen legen, müsse in fünf Stunden zu arbeiten beginnen, könne nicht drauf verzichten, es gebe 16 Mark die Stunde. Wir johlten und hielten sie zurück, alle Astrids Freunde, liebten Astrid, konnten ohne sie nicht sein, fesselten sie an den Stuhl, legten zusammen und stopften ihr achtzig Mark in die Hosentaschen, alles ein Liebesbeweis, damit sie an diesem Samstag nicht an die Supermarktkasse pilgern mußte. Es war ein peinlicher Vorgang, der sobald geschehen, sinnlos wurde. Astrid hätte diesen gutbezahlten Job verloren, sie flehte uns mit Tränen in den Augen an, sie loszubinden, wir banden sie schließlich los, die Stimmung war völlig verdorben, Astrid legte unser Geld auf den Tisch und ging. Schweigen.

Hanna brachte Roastbeef, Essiggurken und Salsa, dazu einen Korb gealterter Brezen ohne Salz. Es schmeckte. Sie blieb im Türrahmen stehen, sah mir beim Essen zu. Verständlich, weil im Fernsehen, kurz vor Mitternacht, nichts Interessantes lief. Dennoch unerträglich.

«Machen Sie ruhig Feierabend.»

«Verzeihung, Herr –»

«Trinker.»

«Wie auch immer: Ich glaube nicht, daß Ihr Verhältnis zu Frau Bergmann so vertraut ist, daß ich Sie hier allein lassen darf.»

«Sie meinen, Valerie hat sonst noch Liebhaber?»

«Nein. Das geht Sie überhaupt nichts an. Ihre Art ist impertinent.»

Die Haushälterin, so nennt man das wohl offiziell, verschränkte die Arme vor der Brust, wendete auf dem Absatz und zog sich zurück. Wahrscheinlich nicht weit genug. Irgendwo außerhalb des Wohnzimmers – sagt man in solchem Ambiente *Salon*? – irgendwo da draußen lauerte sie, mit ihren zurückgelagerten Schultern, ähnlich einem Körper, dessen Hände auf den Rücken gefesselt sind.

Ich benahm mich unmöglich, wie ein Schnösel. Doch hatte mich Hannas Erscheinung von Beginn an in hemmungslose Konfliktbereitschaft versetzt. Dieses Eisfleisch von Gesicht, altersbraun, halb Urinstein, halb Leiche, dieses giftige Sporen aussamende, streng nach Sagrotan und Scheuerpulver (nicht wirklich, aber mehr als metaphorisch) riechende Gestell, über uralten Sandalen braun bestrumpft, sonst schwarz-rustikal und zugeknöpft, klein und drahtig, tiefliegende Augen, kalt und grau, gleichermaßen flink wie leblos, dazu diese traurige Ich-hab-ein-Leben-lang-gearbeitet-Aura, verbunden mit dem widersinnigen Stolz kleiner Schweine, größeren Tieren dienen zu dürfen, diese widersinnige Jetzt-gehör-ich-irgendwie-dazu-Mentalität.

Ich hatte fürchterliche Angst vor ihr. Sah mich nach Videos und Spirituosen um. Nach Ablenkung. Hätte gerne die Schränke alle geöffnet.

Es gab ein Bücherregal. Erstdrucke. Impulsware aus Preziosen. Wert, gelesen und gestohlen zu werden. Ich blieb sitzen, verängstigt von der Möglichkeit, Hanna, die mich mit dem ersten Blick richtig eingeschätzt hatte, würde mir die Tür weisen, die Bullen rufen, ach, am liebsten hätte ich eine Pistole hervorgezogen und sie über den Haufen geschossen, meine Hemmschwellen samt Hannas Leiche im Garten verscharrt und drauf herumgetrampelt.

Einmal, ein einziges Mal, bin ich beinah zum Mörder geworden. Der ärmliche Anlaß macht die Geschichte so unglaubhaft, daß sie – beinah – nicht mehr wirklich ist.
Es geschah – beinah – in jenem Pfarrheim, in welches ich nächtens eingestiegen war, um, gewärmt vom Bühnenvorhang des Volkshochschultheaters, Ruhe zu finden. Morgens gegen sechs betrat eine Frau die Räume, eine Putzfrau, nehme ich an, wollte, nehme ich an, längst in meinen Besitz übergegangenes Geld aus dem Klingelbeutel stehlen. Ich, eben wach geworden, verbarg mich hinter der Tür, die sich geöffnet hatte, stand da, atemlos, und – ich schwöre – wäre jene Putzfrau meiner ansichtig geworden, hätte sie die Tür nur um wenige Grade nach innen bewegt, Schreckliches wäre geschehn, nie hätte sie erfahren, warum sie sterben mußte, erwürgt von meinen bloßen Händen. Sie aber sah, der Klingelbeutel war leer. Und ging und lebte munter fort, Gott weiß wie lang. Ohne irgendeine Ahnung.
Hinterher darüber nachzudenken, schon wenige Minuten hinterher, war entsetzlich gewesen. Ein panischer Augenblick hätte alles verändert, bestimmt hätte man mich ausfindig gemacht, verurteilt und weggesperrt. Und ich hätte zehn Jahre lang beteuert, unschuldig zu sein.
Dabei – mir wäre die Möglichkeit offengestanden, einfach wegzurennen, nackt an der Putzfrau vorbei, banal in den Tag hinaus, mit keinem größeren Verlust als ein paar dreckigen Klamotten und 15 Mark aus dem Klingelbeutel. Natürlich, logisch, aber – diese Version war einfach nicht vorhanden gewesen. Alles in mir hatte angesetzt zum Sprung. Seither –

«WAS IST HIER LOS?»
Valerie trug einen Regenmantel, obwohl den ganzen Abend kein Wölkchen am Himmel zu sehen gewesen war. Nein, es

war kein Regenmantel, war ein Designer-Cape, das lackmäßig zu den hohen schwarzen Stiefeln paßte. Nicht schlecht.

«Ich hab auf dich gewartet.»
«Du spinnst wohl! Hanna, warum haben Sie ihn reingelassen?»
«Ich wußte nicht recht ...»
Sie wußte nicht recht, und ich hörte nicht recht.
Stand auf, beherrscht, mühsam beherrscht, und stolzierte an den beiden Schicksen vorbei zur Haustür. Hätte sich Valerie nicht in letzter Sekunde entschlossen, «Bleib da!» zu rufen, ich wäre gedemütigt vom Feld gegangen. So ging ich nicht gedemütigt vom Feld, ging einfach nur. War im Endeffekt egal.

Nicht nach Hause.
Gabs einen kategorischen Imperativ, lautete er so.
Egal, ob man trauern mußte, feiern durfte – nicht nach Hause.
Gottverfluchte Raketenscheiße.

Richard? Um diese Uhrzeit in der Schwulendisco, zwischen Aidsangst und Voluptas.
Astrid in Zürich. Astrid durchstreichen. Blödsinn. Franziska in klein. Paul? Ne. Weil Kreide minus siebzig. Roland? Minus hundertzehn, unmöglich. El Conde? Zuviel dicke Luft, nicht dick, das falsche Wort. Gedämpft. Auf kleiner Flamme. Weil Hilfszwerg noch nicht angerufen hat. Nie anrufen wird.
Clarissa. Vielleicht. Clarissa auf Spaghetti Diavolo in der Bodega Bar. Oder Bernhard. Besser Bernhard.
Telefonat mit Bernhard. 23:50

«Ist heut noch irgendwo was los?»
«Nur geschlossene Gesellschaft.»
«Echt? Wen hast du in Arbeit?»
«Clarissa.»

Eine uralte lila Jukebox stand im Fischerwirt, die Tische waren aus grobem Holz und trugen keine Decken. Abkassiert wurde sofort. Legendäre Absturzklitsche, voll, sachte gesagt, merkwürdiger Menschen. Aber der Fischerwirt hatte zu. Totale Verdunkelung. In einem der Fenster klaffte ein sternfömiges Loch. Das Loch lag zu hoch, um hindurchzusehen, und das Fensterglas war zu dreckig. Ich war oft hier gewesen, um Geschichten zu sammeln. Es war die einzige Kneipe, die ich liebte. Saufen kann man billiger zu Hause, nicht?

Jetzt war die Nacht zum Wettlauf geworden.
Wo gabs noch eine Schlacht zu schlagen in dieser friedensbewegten Zeit? Mein Habit war das eines stolzen Feiglings, aber manchmal, manchmal kam diese violente Lust, Risiken einzugehen, eine Front zu suchen, an der man kämpfen konnte, für irgendwas, gegen irgendwen. Und jedes Unentschieden würde schmachvoll sein.

In der Alabama-Halle gabs ein Festival mit österreichischen Punk- und Wavebands. Da kam man jetzt, nach Mitternacht, umsonst rein. Da amüsierte man sich. Da war schlechte Musik. Und schlecht war ab gewissem Umfang wieder gut. Alle Werte zersetzt. Für eine erträglichere, kunstlose Welt, in der noch das erbärmlichste Stück Dreck reüssieren kann. Dieses Konzert bildete, historisch betrachtet, den letzten Terrorakt der französischen Revolution. Vorne, unterhalb der Bühne entstanden kleine Schlägereien, drüber eine spärliche Flugschau geworfener Bierbecher, im weißen Licht voller Schweiß, von Bassdrums verzerrt, die Halle reichlich mit Zuckung gefüllt, die Leute nickten im Takt, wollten sie sagen – HEY, DER IST OKAY DER TAKT? Ich sah mir weißgeschminkte Gruftiemädchen an, mit kathedralischen Frisuren, schwarzen Augenringen, und in den Ohrlappen mächtig schwerer Schmuck. Eine unsichtbare Kraft schob den Pulk der Tanzenden gegen den Hallenrand, wo er heftig mit mir kollidierte. Jemand rammte mir seine Schulter in den Magen, ich legte mich an mit dem Kerl, wurde eingeschlürft vom Sog der Meute, stürzte und sah Heere schnellstampfender Sohlen, Menschen, die ich nicht kannte, hoben mich hoch. Das gab es also noch. Auf der Bühne holte ein sonnenbebrillter Sänger aus zum Refrain. Das Publikum zeigte Einverständnis. Blut lief mir warm über die Backe, nichts Großes, aber man muß eben nachsehn. Ich legte ein paar Blätter Klopapier auf die Wunde, rauchte eine Zigarette, fünf Skins kamen durch die Tür und fanden mich fast wehrlos vor. Obgleich ich die Haare eher kurz trug. Sie begannen zu schlagen. Schaut den an, riefen sie und deuteten auf das Klopapier: DER HAT KACKE IM KOPF! Da war eine ganz ekelhafte Sache im Gang, so mit Stiefeltritten und Gestank – *was bildet ihr euch ein!* rief ich, *nehmt Haltung an!* Da glotzten die blöde, beinah erwartungsvoll, ich: *Was glaubt ihr, wen ihr vor euch habt?* – das war ein Brüller, ehrlich, er gab mir die halbe Minute, bis antifaschistische Hilfstruppen kamen, ein loser, zivilcouragierter Haufen, geeint vom allerletzten Feindbild. Ich kroch in ein Scheißhaus, sperrte ab und hörte das Handgemenge als Radioübertragung. Neue Zigarette, neues Glück. Die Schmerzen wurden vom Alkohol gedämpft, aber Tränen der Wut liefen an mir herab, wär ich nur auf den Friedhöfen geblieben, auf dem gemütlichen

kleinen Germeringer Waldfriedhof, wo man in aller Ruhe trank des Nachts und aus Windlichtern Landebahnen formte für die Gespenster Andrejevs und Flauberts …
Ich dachte an René, Gründungsmitglied von *Genie&Handwerk*, mit 24 tot umgefallen auf seiner eigenen Geburtstagsparty, Herzinfarkt am Klavier beim Spielen von Debussy – die Party war prompt im Eimer gewesen, und auf den Waldfriedhof gingen wir auch nicht mehr, René lag dort, alle anderen Friedhöfe waren häßlich, er hätte nicht Debussy spielen sollen, bloß nicht Debussy. Ich hasse meine Generation.
Draußen knallten Körper gegen die Klotür, wechselhafter Kampfverlauf, Münder schrien Flüche.
Großmütig vergab ich meiner Generation – mit der rechten Backe am kalten Stein der Klomuschel ist man aufgelegt zum Vergeben – ich langte nach oben, zog die Spülung, schaufelte mir Wasser über den Kopf, wie wärs? –
In einem Biedermeierzimmer sitzen, neben jungen Damen mit kunstvoll geflochtenem Haar, und Hausmusik genießen, vom Cembalo, Akupunktur fürs Innenohr, völlige Schmerzfreiheit – und eine Liebste haben, der man ein versiegeltes Billett sendet, das sie abends dann öffnet, wenn ihre Finger im Traum unters Schlafgewand finden, zu einem Unterleib, wert dafür zu kriechen, zu bluten, nette Sonette zu schreiben, all das …
Da draußen lief ein kleiner Krieg, winziger Dreiminutenkrieg, und wie ungeheuer schön und gut war meine absperrbare Zelle, mein Minilazarett, in dem mich niemand besuchen kommen würde.
In der Grundschule hatte ich mich oft auf dem Klo eingesperrt während der großen Pause – Prügeleien nutzten mir nichts, selbst wenn ich sie gewonnen hätte. Ein bißchen Dreck an meiner Jacke hätte zu Hause mehr Hiebe eingebracht als zehn ver-

lorene Kämpfe. Also Klo. Comics auf dem Klo. Und die Schulbücherei, zu der ich einen versteckten, unabgesperrten Eingang wußte. Von dort konnte man durchs Fenster klettern, mußte nicht den Haupteingang benutzen. Auf den vielen Fluchten nahm ich viele Bücher mit. So hat das angefangen.
Später, als die Klos während der großen Pausen der Hip-Treff wurden, Jungs und Mädchen rauchten, Sekt soffen, über Sex redeten, war ich längst Teil der Einrichtung geworden, man duldete mein Beisein, bezog mich ein. So hat das angefangen.
Alles war ruhig. Die Welt ist ein (Jubilat!) hochmusikalisch-episches Poem – man muß sich nur Ohren kaufen, die Schreie in Gesang verwandeln. Außerdem – wir zwangsernährten Wohlstandsbengel – welche Beschwerden stünden uns an? Wie viele Wehwehchen müßten wir horten, damit ein Seufzer nicht nach Anmaßung klänge …

Ich öffnete die Tür, schleppte mich hinaus, hinaus aus der Halle, verzog mich mit drei Büchsbier in eine Seitengasse, spärlich beleuchtet. Man könnte auch in einer finnischen Blockhütte sitzen oder in einem Rettungsgummiboot aus Taiwan, ich kraulte durch die Pfützen der Gasse, erwürgte monströse Regenwürmer, spaltete ihre Leiber, und sie lebten, bewegten ihr zerstückeltes Fleisch, O ICH HASSE MEINE GENERATION!!

Dann herrschte Ruhe über den Wassern.
Hier war ich Held, erschuf mir eine Saga, voller Stürme und Pfützenungeheuer, es braucht jeder seine Saga, man geht nicht mehr ohne, und hinter mir, stumpf und ungebildet die Wucht der Baßtrommel, das große Tam-Tam, alles ging weiter, geht

immer irgendwie weiter – Wahlspruch der Gefangenen, der Gedemütigten, der gevierteilten Regenwürmer.

Ich rollte mich, beinah zufrieden, in einen warmen Haufen Müll, schlief ein zwischen Pappbechern, hatte meine Schlacht gehabt.

X Mitteltexas

Die Häuser schwammen im Frühlicht, zäh und sacht, verzauberte Gondeln.

Über der Stadt lag Flimmern, die Luft war von Nervensträngen durchsetzt. Mein Kopf, falsch angeleimt zwischen porösen Schultern, übertrug, was immer schon war, in ein unerhört Neues. Soviel stumpfes, abgenutztes Licht, ich glaubte mit einmal, Bergwerksarbeiter zu verstehen und Witwen und – nein, mehr verstand ich nicht.

Wenn man die ganze Welt anzündete, was bliebe übrig, von der gewesenen Größe des Menschengeschlechtes zu zeugen?

Teflonpfannen?

Frau Bertram saß (samstags immer) im Garten vor dem Goldfischteich, mit nach oben gelegten Beinen, paffte Menthol, nippte am Orangensaft. Neben ihr auf dem Boden lag ein Rauhhaardackel, der mich nicht beachtete.

«Tag, Frau Bertram.»

«Guten Morgen.»

«Wo ham Sie den Hund her?»

«Puzi? Wieso? Was ist mit Ihnen los?»

«*Das* ist Puzi?»

«Selbstverständlich. Sie sehen schlecht aus. Wenn ich das sagen darf.»

Der Dackel wackelte mit dem Kopf, guckte mich an.

«Hallo Puzi!»

«Wuff.»
«Lang nicht gesehen.»
«Wuff?»

Nebenbei.
Eine schreckliche Story im Stil des Spätsechzger Mitteltexas-Trash, über einen Mann, der seine verstorbene Geliebte in einem bestimmten Baum wiedergeboren glaubt. Von da an haust er neben dem Baum in einem Zelt, spricht mit dem Baum, beschläft ihn sogar. Tragische Wendung: Der Baum soll abgeholzt werden, der Mann richtet unter den Holzfällern ein Gemetzel an, bis die Polizei ihn abknallt. Happy-End: Der Baum landet in einer Sargfabrik, wiedervereint verfaulen die Liebenden in der Friedhofserde.
In der Zusammenfassung gewinnt das Sujet.

Keine Ahnung, wie sie's so schnell geschafft hat. Wahrscheinlich über die Waldwirtschaft, die wegen diverser Einladungen zu Backgammon-Turnieren meine Adresse besaß.
Frau Bertram rief mich am Abend, gegen sechs, ans Telefon.
«Da ist eine Frau dran.»
«Hat sie keinen Namen genannt?»
«Nein. Doch! Ob ein Hagen bei mir wohnt.»

Hart will ich sein. Schroff und umkräht – wie der Fels, der den Rekord an gescheiterten Schiffen hält.

«Ja?»
Valerie sagte zuerst nichts, lange nichts, aber ich wußte, daß sie es war, deshalb sagte ich auch nichts, lange nichts, genoß es.

«Sorry. Ehrlich.»
«Hm.»
«Bist du noch böse?»
«Ich bin von Natur aus böse.»
«Super. Wollen wir was machen? Wir könnten essen gehen. Du bist eingeladen!»
Das Gefühl, hofiert zu werden, raubt mir jeglichen Stolz. Sofort und unwiederbringlich.

Sie kam mich holen. Fuhr vor, mit Sonnenbrille, Kopftuch und offenem Verdeck.
Parkte halb im Feld, plättete drei Maispflanzen und schien es gar nicht zu merken. Hupte zweimal, stieg dann doch aus, um sich das Häuschen näher anzusehen.
«Komm», sagte ich, «steh hier nicht rum.»
«Da wohnst du? Ist ja süß.»
«Laß uns fahren.»

Frau Bertram stellte den Rasenmäher ab und legte eine Hand über die Augen. Betrachtete uns wie Käsekuchen mit Sardellen. Oder so. Manchmal war sie komisch. Valerie grüßte in ihre Richtung, aber Frau Bertram reagierte nicht. Dazu hätte man mindestens zu ihr hingehen und sich vorstellen müssen.
Sag ich doch. Komisch. Uralte Schule.

«Wie siehst du eigentlich aus?»
«Gut, warum?»
«Hast du dich geprügelt?»
«Nein. Bin gestolpert.»
«Sag im Ernst.»
Referat der letzten Nacht. Glorios verklärt.

«Du lieber Gott!» Aus ihrem Mitgefühl klang Neid heraus.

«Ich will Haifischflossensuppe haben.»
«Läßt sich machen.»
Als wären wir verliebt. Irritierend. Wir fuhren zwischen Rapsfeldern durch. Tolles Gelb. Über uns Abendrot. Toll. Und Blau. Und Grün. Alles so schön bunt. Fett und filigran, und wir, im Cabrio, rasten dahin. Die Geschwindigkeit paßte zum Sommer, es wäre kleinmütig gewesen, diese Raserei zu monieren. Oder? Ich legte den Kopf in Valeries Schoß, eine Steilkurve warf meinen Kopf in Valeries Schoß, man suche sichs aus.

Sie fuhr wie eine Irre. Nicht mal in der Terminologie der Irren hätte diese Art zu fahren als sportlich-aggressiv gegolten, der Wagen quietschte in den Kurven, unter der Motorhaube rasselte was, und dennoch – nicht der Hauch von Furcht, alles egal, zugleich gut, ohne Billigkeit. Sogar der Verdacht, mein Leben sei bislang verfehlt gewesen, war näher als jede Form von Bedrohung.
«Es ist ein monströses Gefühl. Zeitmulde. Unsterblichkeit.»
«Hmm?»
«Der Tod kann grad nicht zu mir kommen.»
«Warum?»
«Was hätt ich ihm zu sagen?»
«Grüß dich, Tod.»
Wenn es uns jetzt aus der Kurve trägt, überlegte ich, ist es mir gegeben, zwischen den Schenkeln einer Frau zu sterben. Das ist doch was. Wofür es kein Wort gibt, keinen Gegenbegriff zu ‹Mutter›. So blieb ich die ganze Strecke bis Starnberg angstfrei zwischen Valeries Beine geklemmt. Mit der aprikosigen Duftnote von Intimspray.

Hier zwischen Onanie und Wirklichkeit, zwischen Kalkül und Risiko, zwischen Sondervor- und Festanstellung – alles ist möglich ... Das Leben ein Film, man darf zusehn, ob in der ersten oder letzten Reihe, ob als Kartenabreißer oder gar in der Ehrenloge.

Südlich von Starnberg gabs ein exquisites Fischrestaurant, mit Seeblick-Terrasse und neo-korinthischen Säulen, und obwohl man für 20 Mark kaum eine Suppe bekam, mußten wir um Plätze froh sein. Der Kellner, pferdeschwänziger Italo-Depp, überreichte Valerie die Weinkarte, praktizierte ungeschminkten Standesdünkel. Einzig mögliche Entschuldigung, weit hergeholt zu seinen Gunsten: daß er mich für ihren Sohn hielt.

«Warum gibt der die Weinkarte dir? Das ist ne Frechheit.»

«Er ahnt wohl, daß ich zahlen werde.»

Oder er hält mich für deinen Sohn. Nein, ich sagte das nicht, hielt mich zurück. Wir wollten, stille Übereinkunft, nett sein zueinander. Tischübergreifender Kuß. Was tu ich hier? Immer dieses Gefühl, ich sollte eigentlich woanders sein.

Wenn mein Leben wie eine Vorspeise wirkt, und davon noch der Kinderteller.

Jetzt bin ich 22. Aber als ich jung war, hatte ich Utopien.

Haifischflossensuppe. Mehr metaphysisch gemeint als gastronomisch. Eine große, besiegte Kreatur vor mir sehen. Sehnsucht nach dem Ozean.

Wie das wäre? Zwanzig Jahre mit Valerie.

Was tu ich bloß? Bin 22, müßte bei den schnuckligen jungen Dingern liegen, bei denen man noch alles mitessen kann. Morgen Liebesbrief an Silke. Endgültig.

«Was findest du attraktiv an mir?»
Ihre Frage kam überrumpelnd. Ich deutete auf den Haifischflossensuppenteller. Haifischflossensuppenteller. Und nochmal: Haifischflossensuppenteller.
Eine große, gegessene Kreatur. Zutiefst ernste Antwort, von Valerie mißdeutet. Sie vermutete Ironie, phantasierte hinzu, was mir in dem Moment nicht zur Verfügung stand. Auf gewisse Weise, könnte man sagen, bin ich sehr ehrlich gewesen. Daß es nicht so klang, lag an der Zeit, in der alles klang wie das, was man grad hören wollte.
Loup de Mer für zwei Personen, geteilt am Tisch, mit Petersilienkartoffeln im Gratin. Schmeckte herausragend. Chablis dazu und Sonnenuntergang. Surfsilhouetten im glitzernden Wasser.

«Du siehst scheiße aus.»
«Ich seh scheiße aus?»
«Wir gehn mal einkaufen zusammen. So kannst du nicht rumlaufen.»
«Oder du schämst dich für mich?»
«Oder ich schäm mich für dich.»

Für Kleidung auch nur einen Fuffi strecken, da wurde mir schummrig. Ein Fuffi bedeutete zweieinhalb Schallplatten oder viele, viele Taschenbücher. An meinen Klamotten klebte oft noch der Geruch des Elternhauses, der Rest war billig eingekauft auf dem Flohmarkt, oder geklaut aus den Umkleiden der Turnhallen.

«Satt?»
«Ja.»
«War gut?»

«Sehr.»
«Was machen wir mit dem Abend?»
«Wieso? Fahrn wir nicht ficken?»
«Okay.»

Das Niveau unserer Konversation überstieg eben Ausgeschnittenes selten. Kam gut. Valerie plapperte nur, wenn sie zuviel getrunken hatte.
Unten, im Würmtal, parkten wir und fickten, nah am kleinen Flüßchen, das verwinkelt, stark bebuscht, durch die Schlucht mäanderte.
Dämmerung mit Glühwürmchen und Flußgegluckse. Frösche brüllten, brüllten den Mond an, brüllten die Lust an ihrem sumpfigen Dasein hinaus, riefen nach Weibchen, oder sangen einfach nur dreckige Lieder. Sie hatten ihre Gründe. Ich fickte Valerie, wie ein haßerfüllter Soldat die Tochter eines Feindes fickt. Ganz unverzärtelt, mit größtmöglicher Wucht. Es mußte ihr weh tun. Sie fand es klasse. So grobschlächtig und urzeitlich war das, daß ich mich (vor wem bloß?) schämte. Valerie ging auf alle viere, wollte es von hinten haben, die Wucht des Stoßes, den Einfallswinkel optimieren, wollte auch geschlagen werden, forderte es, ich schlug, nein, falsches Wort, *klatschte* ein bißchen auf ihren Arschbacken rum, und erst, als sie insistierte: *Härter! Mach doch! Mach, verdammt!* steigerte sich das, von meiner Seite lustlos, es war Arbeit, ich arbeitete die Rechnung für den Loup de Mer ab, so sah das aus, und weil ich das Abspritzen so oft unterdrückt hatte, daß es mir jetzt nicht mehr kommen wollte, dachte ich an Silke, an ihre knackglatten, bronzefarbenen Beine, an ihren womöglich goldblonden Busch mit draus hervorquellenden, sanft lachsfarbenen Lippen ...

Valerie deutete, hektisch fuchtelnd, aufs Handschuhfach.
«Schraub den Blitz drauf, mach ein Foto – schnell!»
Es war dunkel. Das konnte nichts werden.
«Mach! Ich fühl mich wohl!»

Kleopatra besorgte es zweihundert Senatoren Roms in einer Nacht mit dem Mund.
Angeblich. Auch zweihundert Senatoren können lügen. Glaubhaft überliefert hingegen ist, daß, bei Sturm im römischen Reich auf hoher See, alle Frauen an Bord vorn zum Bug gingen (selbst die Kaiserin war sich dessen nicht zu schade), und ihre Kleider hoben. Sie zeigten Neptun ihre Mösen, um ihn so zu besänftigen. Es hat im großen (also im ganzen) geklappt. Nie hat man von einer ersoffenen Imperatrix gehört.

Der Abend klang undramatisch aus. Wir spielten, aber nicht lange. Valerie besaß ein gläsernes Designerbackgammon, die Würfel schepperten grausig im Board, die Steine kratzten beim Ziehen. Schönes Objekt ohne Gebrauchswert.
Valerie schoß ein paar Fotos, dazu tranken wir Wein und erzählten einander Graffiti aus den Werdegängen.
Sie gab 37 Jahre zu, ich 24. Näherungsversuche.
Sie hatte eine angenehm belanglose Kindheit gehabt, danach an der Fotografenschule studiert, früh abgebrochen und einen Kochbuchverleger geheiratet. Über ihre Ehe blieben die Angaben diffus, ich stocherte selten nach, es interessierte mich wenig. Fragen aus purer Höflichkeit zu stellen, unterließ ich in fast beleidigender Weise. Als wäre mein Elefant tief innen bestrebt gewesen, diese Episode schnell zu beenden. Ich fühlte mich in diesem Haus nicht wohl, wußte aber nichts davon. Alles war neu, purer Luxus, ich dachte mit dem Gehirn eines Diebes, den es unverdient ins Schlaraffenland verschlagen hat.

Vor der Zeit abzuhauen, aus freien Stücken, ohne in alles gebissen zu haben, wäre der Selbstaufgabe, wäre erwiesener Lebensuntüchtigkeit gleichgekommen.

XI Hund aus Höllen
(Mit Kaiser Vespasians Totenbettwitz)

Sonntag.
Große Kannen Kaffee unter der Sonne in weichem Gras – und die eigenen Gelenke laut knacken hören. Vernünftiges Tagesziel. Danach ergibt sich.

Flüsterndes Zwiegespräch mit der eigenen Unzulänglichkeit:
«Haben wir heut noch viel zu tun?»
«Eigentlich nicht.»

Tagtraum. *Großer Strand voll dösender Menschen, ölgesalbt, schwarzgebrannt zwischen Sandburgen und aufblasbaren Tieren, zwischen glitzerndem Quarz und Plastikschaufeln.*
Da liegt ein Wal, niemand weiß, warum.
Was macht das dicke Ding da? fragt ein Knirps. Durch den bläulichen Fleischberg geht ein Zittern.
Papa: Nimmt ne Menge Platz weg.
Menschen, die sich neben den Wal setzen, seinen Schatten genießen. Eisverkäufer schreien, Bademeister lesen Zeitung, die Vision ist sehr exakt. Inmitten all dem der sterbende Wal. Vielleicht ist er an Land gekommen, um, was er vom Meer aus gesehen hatte, zu verstehen. Aber er begreift nicht. Schlägt mit seiner Schwanzflosse um sich, wütend, erwischt drei Kinder, ei, macht er sich unbeliebt. Leute stoßen Picknickmesser in ihn rein. Es ist gerade sehr blutig und tragisch, da –

Mit Valeries Zunge im Ohr sah ich aus dem Fenster. Der Himmel trug die Farbe des Wals, oder, was wahrscheinlicher war, umgekehrt.

«Du hast sehr schöne Bücher da unten.»
«Die gehören meinem Ex.»

Es bedeutete, die Bücher gehörten nicht ihr.

«Warum nimmt er sie nicht mit?»
«Er lebt bei seiner Tusse in Wien.»

Ich würde nicht Valerie bestehlen, sondern irgendeinen Unbekannten. Der bei einer Tusse lebte. In Wien.
Die aufdringliche Bibliothekarin, die mich eines Morgens gefragt hatte, ob ich nicht wie alle Kinder zur Schule gehen müsse, was meine Eltern denn dazu sagten. Ich erinnere mich der drauffolgenden Prügel, die mich das erste und einzige Mal zum Märtyrer machten. Das beste an Märtyrern ist, daß sie tot sind. Von da an bin ich klüger gewesen, bin morgens weit gefahren, habe die Büchereien geschickt gewechselt, habe die Bände gestohlen und im Wald gelesen. Leihen wäre auch gar nicht mehr gegangen, man mußte einen Paß vorzeigen, unter sechzehn benötigte man eine Einverständniserklärung der Eltern, und die wollten alles fernhalten, was mich vom Lernen ablenken konnte. Ich verstehe sie im nachhinein – sie hatten Angst, ich würde ihnen, wenn ich erst groß war, nicht mehr ähneln, begründete Angst, ja. Meine erste Bibliothek war in hohlen Bäumen gelagert, das hatte was – sie wurde von Schnecken und Würmern besucht, verfaulte im Regen, manche Bücher wurden von Spaziergängern gefunden und anstandslos mitgenommen, ich mußte, ohnmächtig in den Sträuchern versteckt, zusehen.
Gibt Tage, die sind Geiselnehmer, überfallen dich im Schlaf, fesseln und knebeln dich und warten, bis Gras über dir wächst. Ein Arzt, der zur Ader läßt und einschläft dabei. Der Kaffee, den man in sich hineinschüttet, scheint unsichtbare Pfützen auf dem Boden zu bilden.

«Laß das!»
Eine Zunge hatte sich in meinem Ohr verirrt.
Der Himmel quoll über von Flugzeugen. Wenn eins explodiert, dachte ich, mußt du dir ganz schnell was wünschen, es wird in Erfüllung gehen.
Kein Wunsch – keine Explosion. Logisch. Valerie legte ihr Ohr an mein Herz. Vielleicht benutzten unsichtbare Mächte sie als Stethoskop, um über mich zu urteilen. Bumm – bumm – bumm – weiß der Teufel, wie die mir das auslegen würden.

Vielleicht wollte ich nur den alten Schulweg wiederfinden, den Höllenurlaub neu genießen. Wollte Kraft sparen, wie ein Todkranker, der nur eine halbe Stunde pro Tag aus seinem Dämmerzustand erwacht und sich diese dreißig Minuten gut einteilen muß, um etwas zu erreichen. Aber was gibt es zu erreichen mit dreißig Minuten? Ist es in Ordnung, wenn man dann lieber Kino sehen möchte? Wenn man drei seiner Tage hergibt für einen Spielfilm? Vielleicht gibt es doch verlorene Zeit. Man mißt sie nicht in Minuten, sondern in schlechten Filmen.
Ich war schwach und das nicht gern, wünschte mir Disziplin, Ausdauer, Energie. Soviel Kraft, wie ein Witz, der vom Totenbett aus alle zum Lachen bringt. (Geschafft hats der römische Kaiser Vespasian: *«Scheiße, ich glaub, ich werd zum Gott.»*)

«Hör mal, du hast doch erzählt, daß du dir ne neue Bude suchen mußt im Herbst.»
«Ja. Der Rauhhaardackel. Mit dem stimmt was nicht. Der Hund kommt aus der Höllen.»
«Übermorgen ist Juni. Hol doch dein Klump und spar dir ne Miete.»

Interessante Idee.
«Hab zuviel Angst vor Hanna. Die kann mich nicht leiden.»
«Das legt sich.»
Es war eine Art Werbung, die Valerie betrieb. Sie wollte mich partout aufkaufen. Was soll man lang erzählen? Binnen einer Viertelstunde waren wir auf dem Weg zu Frau Bertram. War ich unterwegs, einen immerhin zweieinhalb Jahre gewachsenen Hausstand aufzulösen, ein Zimmer, das ich mochte, in dem ich mit Clarissa und einer Katharina oder Katja jedenfalls gevögelt und große Symphonien entdeckt, verstanden und dirigiert hatte. Zack und schwupp und weg.
In wenigen halben Stunden würde das vorbei sein. Tolles Gefühl.
Übereilt? Eben. Geschwindigkeitsrausch auf Entscheidungsebene. Dieser Scheiß, den man später mit Jungsein gleichsetzt. Nach dem man sich, meist heuchlerisch, zurücksehnt. Manchmal.

Frau Bertram weinte. Unglaublich. Rührtränen liefen an ihr herab.
«Aber Sie wollten mich doch loshaben?»
«Ich weine trotzdem! Das kommt so plötzlich!»
Der Dackel war nirgends zu sehn.
Valerie hatte zwei riesige Koffer auf Rädern mitgebracht. Da schmissen wir den Kleinkram rein. Ein Koffer hätte genügt. Die wenigen sperrigen Dinge – der Plattenspieler, die Platten, der winzige Fernseher, hatten auf der Rückbank Platz.
Zuletzt holte ich unterm Bett 15 Pornohefte vor. Val riß sie mir gleich aus der Hand und blätterte drin rum.
«Sowas törnt dich an?»

«Klar.» (Gibt viel zuwenig Pornos mit brilletragenden Frauen. Viel zuwenig!)

Sie warf die Hefte in den Müll.

«Laß das, die kommen mit.»

«Weswegen?»

«Schon wegen Frau Bertram. Bekäm ja einen Schlag.» Kurzes Innehalten.

Abschiedsmelancholie. «Der müßt ichn paar Blumen schenken oder sowas.»

«Du überraschst mich.»

«Wieso?»

In der Summe wars ein wehmütiger Sonntag. Schlüsselübergabe, mit zittrigen Fingern. Valeries Telefonnummer. Falls jemand für mich anrief. In Sonderheit Hilfszwerg. Abmarsch ohne Eichenlaub.

«Fahr langsamer. Bitte.»

«Du hast eine Band?» Sie hatte unser Plakat gesehen.

«Bin der Sänger.»

«Du kannst singen?»

«Ich kann kein Instrument spielen.»

«Wann gebt ihr ein Konzert?»

«In nächster Zeit nicht.»

Das erste Mal, daß mir Valerie vor jemandem peinlich war. Gewesen wäre. Kein Wort von Immenstadt. Nie würde sie meine Band zu hören bekommen. Nie würde meine Band *sie* zu sehen bekommen. Dabei hatte ich vor zwei Tagen bereits drüber nachgedacht, ob wir unseren Proberaum nicht in ihr Haus verlegen könnten.

Liebe Silke,
ich liebe Dich, auch wenn du eines Tages aussehen solltest wie Deine Mutter.
Nein.

Geliebte Silke.
Silke. Überhaupt schon mal *Silke.* Sie hieß eben so. Beinah Rilke.

Geliebte,
steh ich Dir gegenüber, und treffen Deine und meine Blicke sich wie Leuchtschwerter ~~aus Krieg der Sterne~~ …
Blödsinn. Sie wird wissen, was mit Leuchtschwerter gemeint ist. ‹Laserschwerter› klingt unpoetabel.

Geliebte, gern wär ich, wenn Du ein Vogel wärst, eine Feder Deines Federkleids.
Blödsinn. Blötzn, würde Karl sagen. Blötzn vorn Göttern.

Geliebte,
nurmehr
~~lange~~ lang schon komm ich morgens an den Kiosk wegen Dir ~~allein~~
Und wenn sich unsre Blicke treffen, siehst Du meist zu Boden, verdächtigst mich, ~~Dich zu begehren~~ einer Sehnsucht, und ahnst nicht, wie hochprozentig richtig Dein Verdacht …
Scheiße.

Geliebte,
sehr
wie ich mich nach Deiner Nähe sehne, ahnst Du nicht, ahnst nicht, daß Du, seit Karl knausrig geworden ist, der einzige Grund bist, weswegen ich frühmorgens –

Pfeif auf Karl. Hat nix zu suchen in sonem Brief.

«Valerie?»
«Ja?»
«Gibts im Haus noch irgendwo Papier?»
«Was schreibst du denn?»
«Gedichte.»
«Echt? Zeigst du sie mir?»
«Nein. Geht nicht.» Ungelogen.

Funkeln müssen die Zeilen, leicht kommen wie windverwehte Sporen der Sehnsucht.

Ersehnte Geliebte,
endlich sollst Du wissen, daß mein Herz auf Dich einschlägt. Und treffen sich am Morgen unsre Blicke, glüht was auf und leuchtet, etwas, das funkelt und schwer ist und tief, aber sobald ichs aufschreibe, gerinnt es auf dem Papier und stinkt und schwitzt und dann zerknüll ichs und hol mir einen runter, ihr könnt mich alle mal am Arsch lecken, aber wenn Du es tätest, wärs mir am liebsten, Du hast auch so eine süße Nase, die möcht ich gern abbeißen im Höhepunkt, das wär die größte vorstellbare Herrlichkeit.

Der Boden übersät mit Papierkugeln. Möglicherweise war meine Liebe zu Silke nicht fundiert genug. Wenn man verliebt ist, gefällt der eigene Liebesbrief immer, das ist eine Frage der Chemie, der Hormone. Erschreckend, nicht? Die Welt eine Summe aus Formeln und Reaktionen.
Es war in diesem Zimmerchen nicht auszuhalten.

Valerie wirkte beleidigt, als ich sagte, heute abend sei eine Probe der Band. Wollte mitkommen.

«Nein.»

Bot an, mich nach Pasing zu fahren.

«Nein.»

«Warum nicht?»

Klang in den Obertönen gefährlich nach Besitzanspruch.

«Schminks dir einfach ab!»

«DAS GENÜGT NICHT!» Sie geriet in Rage, stampfte barfuß auf, stemmte ihre kleinen Fäuste gegen die Wangen. Schreiend mutierte ihre Stimme zum häßlich spitzen Klirren. Dann dämpfte sie sich prompt, vor sich selbst erschrocken. Erinnerte unerträglich an die Kräche meiner Eltern nachts im Hochhaus.

«Würdest du dich schämen wegen mir?»

«Ja. Genau.»

Ich sagte es – flirtphasenadäquat – so, als griffe ich die Idee von ihr erst auf. Als könne es witzig gemeint sein.

«Das genügt.» Flüsterte sie, und während eines kurzen Moments schien meine hiesige Logis in Rekordgeschwindigkeit beendet.

Ganz unerwartet entkrampften sich Valeries Finger. Ein gelöstes Lächeln rollte über ihr Gesicht. Unheimlich. Ich habe keine Ahnung, heute nicht wie damals, ob sie sich gut beherrschte, oder ob die kleine Szene von Beginn an *gespielt*, sagen wir, *übertrieben vorgetragen* worden war. Valerie nutzte derartige Gelegenheiten zu verblüffen, wog mich in Unsicherheit, umgab sich mit dem Nimbus des Unberechenbaren. Mysteriös war sexy, Nachvollziehbarkeit hingegen ein Signum des Banalen. Heute würde das alles einfach nur nerven. Damals funktionierte es mitunter. Tatsächlich wars der Augenblick, in dem mich Valerie zum ersten Mal faszinierte.

«Du mußt mir noch einen Schlüssel geben.»

Sie verneinte, das sei nicht möglich, ein neuer Haustürschlüssel müsse beim Schlosser besorgt werden, und heute sei Sonntag, dies jedoch insofern kein Problem, als ich ja nicht allzuspät wiederkommen würde, und sie oder Hanna dann sicher noch aufseien.

So war das also. Ein Spiel. Ohne Brett und Figuren.

Abend mit Bernhard am Kleinhesseloher See. Schwanenscheiße, Mond & Bier.

Denen man alles sagen, denen man sich eröffnen kann, ohne daß sich gleich was ändern muß.

«Wie sieht sie aus?»

«Verschattet. Mit lichten Momenten. Wär dein Typ. Stramme Schenkel, wenig Titten. Mehr Keule als Brust.»

«Klingt nach Ostblock-Athletin.»

«Ah, nein, ganz falsch. Viel zarter, blasser. Schiele trifft Cézanne. Was zwischen Huhn und Schwan.»

(Aufflatternder Schwan. Bravo, Schwan!)

«Fickt sie gut?»

«Toll.» *(Log ich.)*

«Clarissa ist auch toll.»

«Stimmt.» *(Quatsch.)*

Im Gespräch mit besten Freunden achtet jeder gute Freund darauf, daß Lügen in etwa im Gleichgewicht bleiben. Clarissa – Prinzessin Eisenherzchen, hübsches, elfenbeinbleiches Gesicht unter glanzschwarzem Pagenkopf – gab sich die Spritze. Kurz vor Turkey fickte sie mit jedem, zur reinen Zerstreuung. War sie erst drauf, bestahl sie sogar Freunde. Sogar uns. Dann hatte sie ein schlechtes Gewissen, und dann durften wir wieder ran, und das ist der ewige Kreislauf des Lebens. Kompensationsgeschäfte. Mathematik und Chemie.

«Frag mal, ob sie (*Bernhard meint Valerie*) annem Dreier interessiert wär.»
«Mach ich.»

Gemeinsamer Spaziergang. Schönes, erfülltes Schweigen. Englischer Garten, an der Uferböschung des Eisbachs. Bei goldspätem Licht. Wenn Gedenksteine durch den Park wandeln. Mitsamt Ahnungen, was man alles tun könnte auf unsrer glorreichen Erde.

«Unsre Haut wärmt uns, aber – die Welt ist viel kälter, als wir ahnen. Wenn durch ein Einschußloch die wahre Weltkälte ins Fleisch dringt, langsam den Hals hinaufkriecht mit der Schleppe aus Eis ... PUH!»
«Ich möchte, daß der Himmel eine Fotze ist – und runterkommt.»

Wir lagen im Gras. Angebratene Tauben hätten uns ins Maul scheißen können. Der Hund kommt aus der Höllen. Steelguitar-Solo, abgeschlossen von einer verzerrten Bass-Line. Der Hund aus der Höllen. Leichte Nachwirkung vom Österreich-Abend im Alabama.

«Weißt du noch, als wir zusammen Nietzsche lasen? Auf dem Hügel über Verona?»
«Das war ein großer Sommer.»
«Wir freuten uns nicht – wir jauchzten.»
«Wir gingen nicht – wir wandelten.»
«Wir fickten nicht – wir hatten keine Frauen.»

Bernhard hat meine erste große Liebe intim befingert. Die, von der ich trotz etlicher Liebesbriefe nur *einen* Kuß bekommen habe. Heute Betriebswirtschaftsstudentin in Passau.
Kann man nicht viel verpaßt haben? Mag sein. Wer weiß das? Starren ins glatte dunkelbraune Wasser, so glatt, daß man die Fließbewegung kaum mehr erkennt.
Soviel schönes Schweigen.
Wenn man nachts auf Beutezug geht und vieles stiehlt, was sich nie zu Geld machen läßt – stupide Trophäen, die noch jahrelang im Schrank gehortet werden, zu adrenalinaufwendig beschafft, um so einfach weggeschmissen zu werden ... Blinklichter einer Baustelle zum Beispiel, die wochenlang blinkten unterm Bett und seltsame Träume nach sich zogen. Oder die beiden Großpackungen Seife, als wir am Baggersee ins Häuschen der Rettungswacht eingestiegen waren. Seife! Eigentlich nahmen wir das Zeug nur mit, um nicht völlig beutelos nach Hause zu kommen.

«Die Musik, die man summte, beim Heimradeln vom ersten Petting, wenn man die Finger nicht mehr waschen will und geil dran schnuppert bis tief in die Nacht ... diese Musik vergißt man nie ...»
«Weißt du, was dein Problem ist? Du *hast* dir seither nie die Hände gewaschen, nur – *genutzt* hats nix. Der Geruch ist weg.»
«Scheiße ...»
Glück, so glaubte ich, gab es. Was Glück genau sein mochte, ohne in Zufriedenheit zu verfallen, in die Friedhofsruhe der Bescheidenheit, der Kapitulation, des banalen Genusses?
No Future? Nein, nur einfach: keine Ahnung.

Pasing. Gleichmannstraße 10.

«Ich habe eine Liste gemacht. Wir haben 27 Fans in dieser Stadt. Zehn von denen sind Multiplikatoren, denen müßten wir die Single schenken. Aber die anderen sind bedingungslose Fanatiker.»
«Wir können uns keine Single leisten.»
«Eine Single sähe viel professioneller aus als Demo-Tapes.»
«Ich hab fünf Angebote eingeholt. Das billigste beläuft sich auf 6000. Das sind 1200 für jeden.»
«Völlig utopisch!» Komo wollte mit der Band Geld *verdienen*, keins hineinstecken.
«Fürs Bandmobil haben wir das doch auch zusammenbekommen.»
«Das war viel grundlegender.»
Ich wurde echt wütend. «Sucht euch nen Nebenjob! Arbeitet, ihr faulen Schweine! Eure Lethargie kotzt mich an!»
«Du kotzt mich auch an!»
«Dann hau doch ab!»
«Hau selber ab!»
«Wenn bei uns irgendwer unwichtig ist, bist dus.»
«Sehn das alle so?» Komo sah fragend in die Runde.
Peter war sich nicht sicher. Micha hielt sich wie immer raus. El Conde rettete die Lage, sprang mir zur Seite.
«Eins ist klar: Ohne Hagen ist die Band tot.»
Das stand pathetisch und glanzvoll im Raum, stemmte meinen Brustkasten in luftige Höhen. Komo, dieser geigende kleine Stadtschrat, hätte das Handtuch werfen, den Keller verlassen, Stolz zeigen müssen. Er blieb, biß die Zähne zusammen, schlug vor, unser ganzes Programm noch einmal durchzuspielen. Keiner zeigte Lust, alle rafften sich nur um des bösen Friedens willen auf. Der Anfang vom Ende.

Etwas mußte passieren. Ein Zeichen. Ein Wunder. Ein Handstreich.
Ich hätte Valerie um 6000 Mark bitten können, und wäre der King gewesen vor aller Welt. Ich konnts ihr genausogut stehlen.

«Paßt auf, ich hab ne Idee, so zwischen Neubauten und Jandl.
Refrain ist
Hund aus Höllen
Hund aus Höllen
Hund aus Höllen
tal
klamm.
Akkordfolge: Fis, A, C-7, verschwiemeltes a-moll, Komo macht auf dem, was ist es? – Dis – einen scharfen Break, dissonant, dann Flageolett, das mußn bißchen nach Fegefeuer klingen, das ausschnittsweise herüberweht, jede Strophe beginnt mit dem Schrei: *Heimlich* - und der Haupttext, den hab ich noch nicht, aber er geht: badaba badaba badada badada Pause badaba etcetera ... «
Nach fünf Minuten waren alle Herzen im Sturm erobert. Das war kraftvoll, war ein Song wie ein gurgelndes Abflußrohr, in dem die Welt, von einem Megaphon verstärkt, versank.
Noch eine Woche bis Immenstadt. Wir waren gut wie nie zuvor.

Könnte man eine Gegenkultur entwickeln, deren Essenz nicht die Erforschung des Scheiterns, sondern eine Anleitung zum Glück wäre? Vielleicht, aber wen würde sie interessieren? Die Nachwelt verlangt unser Blut. Die Geschichte ist ein Unfallort, an den man sich begibt, um sich besser zu fühlen, weil unbeschadet und lebendig. Die Nachricht der Katastrophe zieht weniger Mitgefühl als Lustgewinn nach sich, Vergewisserung der eigenen Präsenz. Seine eigene Nachwelt zu spielen, bei geöffneter Wunde, sich neben die eigene Katastrophe zu stellen und zuzuschauen, könnte ein Weg sein, unabänderliches Leiden in Vergnügen umzumünzen.

Hanna öffnete, um grußlos an mir vorbei hinauszutreten in die Nacht. Auch sie, selbstverständlich, besaß ein Zimmerchen im ersten Stock, wo sie im Bedarfsfall übernachten konnte, Privileg, das ihr in Jahren und Jahrzehnten zur Gewohnheit geworden war. Bald kam heraus, daß Valerie ihr nahegelegt hatte, auf diese Möglichkeit in den nächsten Wochen zu verzichten und ihr Apartment im Lehel zu bevorzugen. Hannas Verachtung mußte in blanke Revierverteidigung umschlagen. Ich machte mir damals nicht bewußt, welcher Einschnitt da vollzogen wurde. Aber – ob Valerie das mir zuliebe tat oder sich zuliebe oder einfach aus Lust zur theatralen Verschärfung?

Valerie saß im Wohnzimmer und las. Las in zerknülltem Papier, Wodka neben sich.

«Wer ist Silke?»

Meine Briefe. Briefentwürfe. Mein nach außen gekehrter Innenmüll.

«Du spionierst in meinem Zimmer?»

«Das Zeug lag aufm Boden. Hanna hats nur aufgeräumt.» Als wären notwendige Erklärungen damit erledigt, schlug ihr Tonfall um.

«GLAUBST DU, DU KANNST HIER RUMNUTTEN?»

Ich mußte hingehn und Valerie eine knallen, oder ich mußte kehrtmachen und hingehn, irgendwohin, ohne Blick zurück. Und hatte kein Zuhause mehr. Konnte beides nicht mehr tun. Kam mir so wehrlos vor, daß gar nichts übrig blieb, als zu beschwichtigen.

«Silke ist eine Kunstfigur.»
«Was?»
«Gibt sie nicht wirklich. Ich versuche einen Briefroman zu schreiben, einen komischen Briefroman, dessen erstes Kapitel von der Unmöglichkeit handelt, den richtigen Anfang für den kommenden Briefwechsel zu finden. Das kapiert doch jeder!»
Sie lachte hysterisch. Ich nahm die geglätteten Blätter zu mir, las draus vor. Irgendeine, beinah jede Zeile war geeignet, meine Version zu erhärten. Und Valerie krümmte sich vor Gelächter, trippelte mit den Füßen, hielt sich die Seiten – aber es war ein Gelächter, das nach Galle stank und Alkohol und ein bißchen nach Irrsinn. Wie Irrsinn eben stinkt. In der Retrospektive ist das möglich. Im Rückgeruch, sozusagen.
«Krieg dich wieder ein!»
Sie gab keine Antwort, hörte auf zu lachen und sah mich an, von unten an, mit schrecklich verzerrtem Mund. Wie ein verletztes Tier beschließt, grausam zu werden. Sie nahm einen Schluck Wodka, wischte sich die Lippen. Rote Schmiere blieb ihr am Handrücken haften.
«Bereust dus?»
«Was?»
«Daß du hier eingezogen biss ...»
Die Nebelfront vor ihrer Stimme verdickte sich mit jeder Silbe. Völlig dicht. Nur der Zorn hielt sie noch einigermaßen in Form.
«Ja.»
«Warum? Weil du ... gehen möchtest?»
«Ja.»
«Aber du weißt nicht, wo ... du jetzt hinsollst.»
«Ja ...»

«OKAY!» Valerie stand auf, schwankend, querte im Laufschritt das Zimmer.

An der Haustür drehte sie sich nochmal um, winkte, suchte was in ihrer Handtasche und wünschte mir eine gute Nacht, ich solle mich bedienen, käme schon zurecht – in meinem Kopf ging viel vor in diesem Moment, Strudel möglicher Varianten wirbelten durcheinander. Was, wenn Valeries Wagen sich um den nächsten Baum wickeln würde? Würde ich der Grablegung beiwohnen? Rosen werfen in das Loch? Wie lange würde ich in diesem Fall noch bleiben können, hier, und konnte ich die kostbaren Erstausgaben stehlen, alle auf einmal, und den Mouton Rothschild aus dem Keller? Und mochte ich Val nicht doch ein bißchen, gerade genug, um sie in diesem Zustand nicht fahren zu lassen? Müßte ich also hinlaufen zu ihr, und sie festhalten, ihr die Autoschlüssel aus der Faust pulen? Irgendwas in mir sagte ja, und obgleich sie um des blöden Scheins halber zu fliehen versuchte, zwei drei Schritte, schlug sie nicht um sich, wehrte sich kaum. Ihre Augen flackerten, wie Votivkerzen dankbar. Gingen genauso aus. Wie von einem Windstoß entseelt. Valerie klappte zusammen, hielt meine Schultern umschlungen, dann meine Hüften, dann meine Knie. Ihr Körper, von Brechreiz durchwühlt, fand keinen Halt mehr, schmolz auf der Türschwelle, aller Knochen und Muskeln beraubt. Romantischer Moment. Der Situation womöglich beste Lösung. Ich trug Valerie die Treppe hinauf, brachte sie zu Bett und in Seitenlage, rauchte und wartete noch eine halbe Stunde, wartete, bis das Kotzen an ihr vorübergegangen war, und sie leise, fast niedlich, zu schnarchen begann.

Pfadfinderfazit. Stolz und Rache. Nachdenken, was morgen draus erwachsen würde. Die Episode erinnerte stark an Frau

Bertrams Kreislaufschwäche. Erheiternde Analogie. Irgendwie. Eine Gratwanderung ist auch nur ein Kompromiß. Zwischen links und rechts. Ich glaube, man altert nicht in dem Sinn, daß sich etwas verändert. Man benennt nur alles um.

Ich stieg in den Keller, holte Wein. Das Haus gehörte mir.

2. Buch In the House

XII Ein sehr blondes Paar

Parkrandkiosk. Suche nach einem Ort, an dem sich Zeit unbemerkt verlieren läßt. Ausruhn im Taugras, wenn die Promille des Abends verschüttet sind unter Felsen von Gedanken. Bis der Morgen wie Schimmel auf den Flügeln der Vögel liegt.

«Warum bist du nicht 15 Jahre jünger?»
Karo: Weiß ich auch nicht.
«Dann könnt ich dich lieben.»
Karo: Echt schade.
«Hast du mal Proust gelesen?»
Karo: Ne.
«Ich auch nicht. War super.»

Karl: Der Karo ihre Fut stinkt nachm Mundgeruch der Wermutbrüder.
Rudolf: Ich riech ein schwarzes Loch.
Gustav: Oben isses blond und heißt Silke.
Ich: Wenn ihr noch mal so über Silke redet, kriegt ihr in die Fresse!
Rudolf: Du willst einen blinden Mann schlagen?
Ich: Ich will nicht, ich muß.
Rudolf: Jugendliche sind bedauernswert. Soviel Mühe, nur um sich drei Sekunden Orgasmus zu verschaffen.
Gustav (*bereits lallig*): Der natürliche Feind des Menschen ist die Frau.
Silke: Alte Männer sind zum Kotzen. So lange leben, nur um drei Sekunden Sterben hinauszuzögern.

Zwischen unsren Augen fiel eine Zugbrücke aus Verständnis. Gedanken stürmten drüber weg, die Worte nicht nötig hatten. Aber es war nur Illusion. Und ich wendete mich um, wie ein Fleisch, das am Spieß hängt und in Flammen tropft.

Rudolf: Man muß die langhaarigen Affen alle einsperren.
Gustav: Die ham schon lang keine langen Haare mehr.
Rudolf: Die tarnen sich?
Karl: Frauen hams so gut, aber machen überhaupt nichts draus. Ich wär gern mal ne Frau und bekäms gemacht von mir.

O Silke, Geliebte, wie sabber ich dir zu! Und weiß es nicht auszudrücken. Hergekommen bin ich um sieben Uhr morgens, nach kaum'n bißchen Schlaf, ahnst dus? Um dich zu sehn.

Karl: Wißt ihr eigentlich, daß der Fischerwirt zugemacht hat?
Aller Augen richteten sich auf den bösen Herold, selbst die jener, die es schon wußten.
Karl: Ja, hat zugemacht. Der Paulanerbrauerei war das Gschwerl, so nah am Viktualienmarkt, nicht imagegemäß. Oder so. Jetzt steht in der Zeitung, der Sedlmayr richtet sich da'n Feinfreßlokal ein.
Rudolf: Der Sedlmayr soll verrecken.

Niemand widersprach. Ich war zu entsetzt, um zu den Verwünschungen viel beizutragen, aber als der populäre Volksschauspieler Sedlmayr Jahre später mit einem Hammer grausam erschlagen wurde, erinnerte ich mich dieses Augenblicks, der geballten Wut, die da scheinbar hilflos gen Himmel verpuffte, sehr genau, mit einem dubios-numinosen Gefühl.

Albert: Man muß Haltung bewahren. Auch wenns egal ist. Grade dann. Bleibt sonst nichts übrig. Haltung.

Jetzt gab es keine Kneipe mehr, die ich liebte, es schien, als würde nach und nach mein Weltbild aller Unterstände beraubt werden. Mein Zimmer hatte ich aufgegeben, der Fischerwirt war zu, fehlte nur noch der Übungsraum und der Parkrandkiosk. Übrigbleiben würde Valeries Haus.

Karo: Glaubst du, daß der Atomkrieg noch kommt?
Ich: Ist mir wurscht.
Karl: Wenn er kommt, dann wegen Gorbatschow.
Rudolf: Und kommt er nicht, kommt er wegen Gorbatschow nicht.

Walburgas Traum.
Ich hab einen Traum gehabt, der war auf der Autobahn, nur eine Spur, auf der war ich, im Auto, und stehe, und hinter mir hupen viele viele Männer, aber ich kann nicht fahren, weil auf der Fahrbahn sind Spatzen, Tausende Spatzen und hauen nicht ab, aber das Gehupe der Männer wird lauter und wilder, sie drohen mir, sie steigen aus und schlagen gegen meine Fensterscheiben, da halt ich es nicht mehr aus und fahre, fahre durch die Spatzen, und es knackt und knirscht, entsetzliche Geräusche, die hallen in meinem Kopf, das Knacken und Knirschen der Flügelknochen, ich hab so weinen müssen …

Auftritt blonder Heinz, 200 Pfund geballte Muskelkraft, verfolgt von Sancho Hansi, drahtiger Typ, der dramaturgisch sowas wie dem Bruto Heinz sein Gewissen darstellt, in beratender, nicht normativer Funktion. Heinz ist der einzige hier, den ich nie anzupumpen gewagt hab. Es gibt immer noch ein Jenseits des Vorstellbaren.

Hansi: Du hättest den Penner nicht treten sollen.

Heinz: Wenn ich nem Penner ne Mark gebe, verlang ichn ‹Danke› dafür, sonst nehm ich mir die Mark wieder. Und wenn er mault, kriegt er für ne Mark in die Fresse.

Hansi: Klingt gerecht. Hast du ihm ne Mark gegeben?

Heinz: Ne. Aber gemault hat er. He, Silke!

Silke: Hallo.

Heinz: Fährst bei mir mit?

Als wär mit dem Verlust des Fischerwirts der Tag nicht defizitär genug, würgt man mirs heut rein mit schwerer Wucht. Der blonde Heinz. Also von ihm hat Martina gefaselt *(«Wenn so einer sich mal'n bißchen Mühe macht etceterätätä …»)* Hat Silke ihre Erstbesteigung am Ende längst dem Heinz schon überlassen? Noch ein Unterstand zerbombt. Mein Weltbild nurmehr ein Drecksloch mit Ruinen. Diese winzigen Explosionen in der Brustgegend. Groß und ohnmächtig der Wunsch, die Geliebte am Ärmel zu zupfen, ihr warnend zuzutuscheln: Was tust du, der Heinz nimmt dich hart her, im nächstliegenden Busch schmeißt der sich drauf auf dich, ist es das, was du willst?
Massiv und unbezwingbar aber ruht Heinzens Panoramablick auf allem, was sich regt. Und Silke lacht, schwingt ihr Täschchen, feixt der grummelnden Martina zweideutig was zu, trollt sich mit Heinz zum Motorrad, ein sehr blondes Paar, ich werde verhöhnt von einer silberblank gestriegelten Yamaha! ~~Silke~~.

«Martina, gib mir'n Helles!»
«Bist heute aber früh dran.»
«Hast du nur Paulaner? Oder sonst noch was?»
«Das Dunkle ist von Kaltenberg.»

«Dann gib mir das Dunkle.»
«Trinkst du doch sonst nie.»
«Alles ist anders.»

Karl: Ich war neulich in London. Soviel Neger! Was haben wir für ein Schwein gehabt, daß uns im WK I alle Kolonien verlustig gegangen sind, du lieber Mann, sonst wärn die ganzen Neger jetzt bei uns.

Rudolf: Rassist.

Karl: Der Rudi, dem isses wurscht, dem ist eh nur schwarz vorn Augen ...

Martina: Da macht man keine Witze drüber, Karl.

Rudolf: Ich hab einmal bei einer schwarzen Frau gelegen im Puff. Die hatte eine sehr weiche Haut. War schön. Man hatte das Gefühl, man könne den Daumen in diese weiche Haut hineintunken, wie in ein Grillhähnchen. Bis die Haut platzt und man am Knochen herumschaben kann mit dem Fingernagel.

Martina: Hör auf, mir wird schlecht.

Albert: In Frankreich gabs auch Neger. Mehr so arabische. Die sind nicht schwarz, die sind braungrau. Schachspielerneger gabs nicht.

Nach Bogenhausen. Im Taxi. Große Müdigkeit hatte mich überwältigt. Mit dem Haustürschlüssel, aus Valeries Handtasche geborgt, beim Schlosser dupliziert für 12 Mark 50, sperrte ich mir den Weg in meine Trutzburg frei. Die Zeitrechnung in Bier und Zigaretten wurde endgültig abgelöst von jener in Gläsern Mouton und Zigaretten. Desinfizierte Gegend, nirgends Spuren von Bescheidenheit. Rassehündchen in Ziergärten, Rassefrauen in raffinierten Bademoden. Gegend ohne Müll und Schweiß, ohne Schreie und Schönheit. Ich habe nie an die Macht von Geld geglaubt. Man muß auch nicht an die Macht von Waffen glauben, nur weil man mal von einer erschossen wird. Macht und Wirkung sind ganz verschiedene Dinge.

Zwei Bücher:

CHRISTIAN HEINRICH SPIESS; *Biographien der Selbstmörder,* LEIPZIG 1785

ANONYMUS: *Rotwelsche-Grammatica, oder sehr leichte Anweisung, wie man diese Sprach in wenig Stunden erlernen, selbige reden, und von andern verstehen möge; Mit grossem Nutzen und Vortheil die auff denen Reisen, in Wirths-Häusern als auch in andern Gesellschafften, einschleichende Spitzbuben Gesinde, die sich dieser Sprach befleißigen, zu erkennen, und ihren diebischen Anschlägen dadurch zu entgehen; Dabey auch Zu finden allerhand lustige und denckwürdige Historien durch welche ein Anfänger desto eher zur perfection gelangen kan.* FRANKFURT / M., 1704

Gestern nacht hatte ich sie mit Packpapier umschlagen, ausreichend frankiert und an Freund Bernhard geschickt, zur geduldigen Aufbewahrung. Wie früher Gedichte, die vor den Eltern gerettet werden mußten. Jetzt ganze Bücher. Das ist der Fortschritt.

XIII Entfallene Nachnamen

«Ich habs weggeschmissen.»
«Du lügst.»
«Nein.» Valerie meinte es ernst.
«Alles? Auch die Lederjacke?»
«Alles.»
Meine gesamte Garderobe. Unauffindbar verschollen. Ausgesetzt, verbrannt oder vergraben. Man töte dieses Weib! (Sagt Herodes, aber Hagen:) Sei pragmatisch, die Löwin bietet sich dem Löwen an, der ihre Kinder fraß, um neue zu machen.
«Aber meine Jacke – ich habe diese Jacke geliebt!»
«Die Ärmel hingen wie Fetzen dran. Und was du am Leib hast, riecht so penetrant, daß ich mich überwinden muß, mit dir irgendein Geschäft zu betreten.»

Klang alles wie ein langer Witz in fremder Sprache. Absurd. Wir gingen, händchenhaltend, durch das Boutiquenviertel zwischen Marien- und Odeonsplatz. Programmnummer wie Kaspar Hausers Spätzivilisation, ich wurde quasi vorgeführt, der Wilde aus den Wäldern, und – pervers, aber nicht abzustreiten – wir hatten *beide* Freude dran. Neu eingekleidet zu werden machte Spaß. Wir kauften Socken, Unterhosen, Hemden, zwei Pullover für kalte Tage, zwei Saccos, mehrere Hosen, darunter Designerjeans von Versace (ICH! Versace! ICH!), drei Paar italienischer Schuhe, für jeden Anlaß, eine Krawatte – selbst da sagte ich nicht nein, für den Besuch einer Spielbank konnte man das brauchen, ich machte mir einzig Gedanken, wie ich nächste Woche – in Immenstadt – auftreten würde.

Die Lederjacke, die Valerie mir zur Entschädigung zustand, würde wochenlang abgetragen werden müssen, bevor sie ihren Chic verlieren und tragbar sein würde vor den Augen des Publikums.

Nach Ende der stundenlangen Einkaufstour sahen wir, das war erstrittene Bedingung gewesen, bei der Spielzentrale-Müller in der Ettstraße vorbei und kauften das teuerste vorrätige Backgammonboard (1500 DM). Schweinsleder, handgenäht, grün und rot, groß, übersichtlich, richtig proportioniert, dazu Präzisionswürfel aus Las Vegas. Offiziell gehörte es uns beiden, inoffiziell würde ich damit irgendwann Marmorstein herausfordern. Mit dem Geld aus dem Verkauf der Bücher.

Endlich Pläne. Zukunft. Future.

Denkhorizont mit eingeblendetem Kontostand. Untermalt von rudimentärer Legitimationsalchemie. Der ganze Gewinn wird in die Band investiert! Utopien.

El Conde: «Ich hab ne Idee für nen ganz neuen Sound. Hört euch das mal an!»

Er schlug einen Akkord, zurrte ihn fest, machte an seinem Verstärker rum, bis da was akustisch kroch und wummerte. Ging schwer in den Bauch. Kam satt.

«Wenn wir eh zuwenig Equipment haben, machen wir die Not zur Tugend und untersteuern alles mit Absicht!»

Die Erfindung des Low-Fi. Acht Jahre zu früh, drum eher Quatsch als innovativ.

«Wo willst du das verwenden?»

«Ich sag doch: Ganz neuer Sound! Ein Markenzeichen.»

«Markenzeichen sind die Wappentiere der Scharlatane.»

«Wieso?»

«Du verwechselst Kreativität mit Aktionismus. Schöpfung mit Strategie.»

«Wir machen keine Kunstmusik, wir sind eine Popband, verflucht!»
«Wenn sich das nicht mehr verbinden läßt, mach ich lieber Schluß mit dem Pop.»
«Pop ist die Verkörperung der Scharlatanerie als Teil des Gesamtkunstwerks.»
Ich schüttelte den Kopf, doch hatte er recht, und ich wußte, daß er recht hatte.
«Conde, wenn du bei dieser Auffassung bleibst, müssen wir die Konsequenzen ziehen.»
«Wir sollten nach Berlin! Da sind die Neubauten und Nick Cave und der alte Bowie und all diese Australier ... und billige Studios noch und noch ...»
«Berlin ist fürn Arsch.»

Valerie wollte was unternehmen. Immer etwas unternehmen. Verlangte nach Animation. Auf den Vorschlag, morgen abend die Oper zu besuchen, Kleiber dirigiere *La Bohème*, blieben ihr die Wimpern in den Brauen stecken.
«Du hörst son Zeug? Ich denk, du hast ne Pop-Band?»
Val hörte überhaupt keine Musik als Musik, höchstens als stimmungsuntermalendes Hintergrundgeräusch. Wenn wir Fotos machten, legte sie manchmal frühen Cool Jazz auf und wackelte beim Knipsen mit den Hüften, das war alles.
Fotosessions im üblichen Sinn gab es keine, Valerie vertraute auf die Ästhetik des Zufalls, drückte auf den Auslöser, wenn sie sich danach fühlte, kümmerte sich nicht um Motive oder Arrangements, schoß klack-klack-klack einen Film herunter, umhopste mich dabei und brachte das Zeug nie zum Entwickeln, *nie*, Wahnsinn, ich meine, es war ihr einziges Ventil. Sie hätte einen Therapeuten gebraucht, nicht mich, ich war unerfahren und neurotisch, hatte mit mir selbst genug zu tun, wußte die Zeichen nicht zu deuten.

Vom Job in der Statisterie erzählte ich, und von der Sängerin, deren Stimme mich einmal verzaubert hatte, der ich Blumensträuße zuwarf, nur billige Moosröschen, zu mehr langte es nicht, aber einmal zehn Sträuße am Stück, bis heute Platzrekord.
Valerie lachte laut und ziemlich ordinär.
«Sie hieß nicht zufällig Silke?»
«Es gibt keine Silke.»
«Hast du sie gebumst?»
«Du bist ekelhaft! Das ist sowas von geschmacklos ...»
Ihr Lachen dämpfte sich widerwillig. «Und wie hörte das auf?»
«Wie sowas aufhört. Sie alterte und kam ins Brüllen. Ging schnell. Im einen Moment eine Göttin, im andern eine Kuh. War sehr traurig ...»
Valerie konnte vor Lachen den Wagen kaum in der Spur halten. Ich beschloß, dafür Rache zu nehmen. Ganz perfides Zeug. Dir wisch ich das Grinsen aus dem Maul!
«Wie wärs, wenn wir morgen noch zwei Freunde von mir einladen? Und nachher ziehn wir durch die Bars.»
«Was für Freunde?»
«Bernhard und Franziska. Die würdest du mögen. Wenn nicht, könnens die miteinander treiben, und wir verzupfen uns.»
Der Gedanke gefiel ihr. Mir auch.

Im Erdgeschoß des Hochhauses, das einst mein Heimathochhaus war, lebte ein Gebrauchtfrauenhändler, seine beiden Nutten sahen klasse aus, wurden nach nur zwei Monaten vertrieben, nachdem die ‹Hausgemeinschaft› Krach geschlagen hatte. Schuld waren wir Kinder, weil wir mit unseren Ohren ständig an der gewissen Tür hingen und kein wohlerzogenes Bild abgaben. Wir haben nie irgendwas gehört und kaum je einen Kunden gesehen,

die Nutten arbeiteten nur nachts. Aber als sie das Feld räumten, standen wir an den Treppen und sahen zu, und ich weiß, daß wir nicht traurig waren, sondern auf verschrobene Art stolz.
Kinder müßte man abstechen.

«Hattest du mal was mit Franziska?»
«Nie. Nur ne alte Freundin.»
Gealterte Freundin.

Unser Lieblingsspiel war Reifen verbrennen. Dem Hochhaus gegenüber, auf einem quadratkilometergroßen Areal, auf dem heute ein Schwesternheim steht, gab es Autowracks und wilde Birnbäume, Hecken, durch die man sich röhrenartige Gänge schneiden konnte, wenn man vor irgendwem auf der Flucht war. Baumhäuser gab es und überall geheime Plätze.

Zwei Flaschen Mouton, zwei Schachteln Zigaretten.
In der Umgegend des Hauses war das nächtliche Knistern einer Plastiktüte Ruhestörung, dort herrschte nicht etwa Lautstärke Null, nein, man befand sich tief im Minusphonbereich, vernahm zum ersten Mal das Gluckern unter den Gullys. Der Schlag einer Kirchturmuhr dröhnte wie Michas Bassdrum, das Zischen einer brennenden Zigarette klang nach wütenden Schlangen. Ich sah zwei Marder um ihr Revier kämpfen. Sie bewegten sich mit fantastischer Schnelligkeit, wirbelten im Kreis und schrien, schrien hoch und laut, zwischen Todesangst und Mordslust.

Ernte:

BÜRGER, GOTTFRIED AUGUST: *Neue weltliche hochteutsche Reime enthaltend die ebentheyerliche doch wahrhaftige Historiam von der wunderschönen Durchlauchtigen Kaiserlichen Prinzessin Europa und einem uralten heydnischen Gözen Jupiter item Zeus genannt, als welcher sich nicht entblödet, unter der Larve eines unvernünftigen Stieres an höchstgedachter Prinzessin ein crimen raptus, zu teutsch: Jungfernraub auszuüben. Also gesezet und an das Licht gestellet durch M. Iocosum Hilarium,* GÖTTINGEN, DIETERICH, 1777

ESCHERNY, FRANÇOIS LOUIS, GRAF V.: *Die innersten Geheimnisse und Fortschritte der französischen Revolution, aufgedeckt und detaillirt von einem Augenzeugen vom Stande.* BERLIN, MATZDORFF, 1792

Post erledigt.
Hanna aus dem Haus, Valerie im Bett. Fahrlässig bis undenkbar, schlafen zu gehen. Die Nacht über Videos gucken, teuren Wein dazu trinken, es war, verlor sich eine gewisse Angst, der Himmel. Niemand kann mir das zum Vorwurf machen. Die Unschuld der Armut, die seelenruhig nach allem greift, das habhaft ist. Gedanken an Silke. Onanieren mit der Vorstellung, Heinz vögle sie in einem Busch im Park, Schnaken perforierten seinen Rücken währenddessen. Aus allem das Beste machen. Das Böse aus der Welt wixen, bis es fortspritzt.
Silke, wie oft hat diese Hand deine Möse gemimt,
aber das Original niemals erreicht.
Mein Distichon für heut.
Spaziergang. Wankelmütiger Triumphmarsch.
Vor einigen Villen ohne Namensschild patroullierten Wachen von privaten Sicherheitsdiensten. Erblickten sie mich, besprachen sie mein Schicksal mit ihren Funkgeräten, hielten mich für einen Einbrecher oder Geisteskranken, hatten mit beidem vielleicht recht. Ich fühlte mich immer irgendwie schuldig und betrachtete es als Glück, nicht verhaftet zu werden.

Dort. Auf dem riesigen, unbebauten Gelände voller Schlupfwinkel. Wo es Blindschleichen zu zerstückeln und Judenstrick zu rauchen gab.
Wir saßen uns in einem Busch gegenüber, Gudrun und ich. Sie war ein Jahr älter, zehn oder elf, weiß nicht mehr, wir hockten da, in Unterhosen beide, und sie sagte, komm, jetzt zeigen wirs her, ich sagte gut, machen wir, fang an, und sie, nein, du fängst an, und ich zögerte, schämte mich, aber ich dachte, du mußt mutig sein, sonst siehst du ja nie, was du so gerne sehen willst, und zog meine Unterhose herab, ein steifer Schwanz sprang hervor, und Gudrun begann zu kichern und rannte davon, und Ingo, ebenso kichernd, sprang aus dem Versteck, aus dem heraus er uns zugesehen hatte, zuvor von der kleinen Schlampe bestellt und plaziert. Ich wollte vor Scham sterben und schlich nach Hause. Das Trauma zersetzte sich erst ein halbes Jahr später, als wir Jungs uns alle um die Wette einen runterholten und ich vor den anderen plötzlich als mutig galt. Ingo, der Legastheniker, der jedem einen blies, der das wollte, behauptete, er hätte Gudruns Spalte gesehen und sogar geleckt, wir glaubten ihm kein Wort.
Mit 18, nach der geglückten Flucht von dort bis hier, beschloß ich, Gudrun als Symbol aller versäumten Wünsche zu suchen, zu verführen, notfalls zu vergewaltigen. Glücklicherweise fand ich sie nicht, weil mir ihr Nachname entfallen war.
(Hier schläft Hagen ein. Gleich wacht er wieder auf. Gruß, Herodes)

Karten für eine Kleiber-Bohème am selben Tag gabs selbstredend nur noch bei den Schwarzhändlern. Wenigstens mußte man nicht suchen; sie inserierten dreist in Zeitungen.
«Val?»
«Ja?»
«Ich hab hier einen am Telefon, der will 300 pro Stück.»
«Ist das viel?»
«Ja. Ja, verdammt, natürlich ist das viel. Blöde Kuh!»

«Na, wenn du meinst, daß dus noch billiger kriegst ...»
Es war ihr egal. Gut, ihrem Ex gehörte dieser Riesenverlag, dessen Emblem bei jedem Hobbykoch dutzendfach im Regal steht. Wer hat je eine Kochbuchbestsellerliste gesehen? Wer hat eine Ahnung, was Leute investieren, wenns ums Fressen geht? Ich hob den Hörer ans Ohr.
«Hören Sie? Wir nehmen die Karten.»

Ich bat Hanna, mir das Mittagessen im Garten zu servieren. Sollte das Gemüse behalten und mir das Fleisch ins Gras werfen, ohne Teller.
Preßluftbackenzisch. Entgeistert stellte sie das Tablett auf dem Terrassensims ab.
Machte Spaß, Hund zu spielen. Ich war ein Leben lang zu stolz gewesen. Kläffen und schnüffeln. Alle Hemmungen verloren sich in der Weite des Neureichs. Val fotografierte mich, wie ich halb ins Cordon bleu, halb ins Gras biß, fand es toll, der Überlieferung würdig. Vielleicht würde jemand irgendwann die Filme zum Entwickeln bringen, den Eindruck verkasperter Leidenschaft daraus gewinnen, würde sich fragen, wer jener Clown gewesen sein mag.
Val zeigte mir das Kleid, das sie für den Abend ausgesucht hatte. Hinreißend, lang und geschlitzt, tief ausgeschnittener Rücken, Franziska würde es hassen. Franziska. Sie war mir immer noch nahe. Näher als Val es je sein würde. Franziska. Als ob man für den Sperrmüll aussortierte Sachen noch einmal betrachtet. Erinnerungen kommen. Zärtlich, wie windfortgewehtes Blattgold sich an Haut schmiegt.
Übrigens muß die Tragödie am Parkrandkiosk um diese Uhrzeit etwa begonnen haben – während Val an mir herumlutschte, vom Ohr bis zu den Fingern.

«Warum versteckst du dich vor mir?»
«Ich bin ein Schwein, Valerie.»
«Wie geht das?»
«Nicht wissen was man will, aber nehmen was da ist.»
«Klingt doch vernünftig.»
Hanna sah uns zu, hinter dem Küchenfenster stand sie und guckte, ihre Silhouette hob sich deutlich ab, sobald Wolken den Sonneneinfall versperrten. Das Kleid für die Oper lag, sorgfältig zusammengelegt, auf der Terrasse. Valerie hockte nackt neben mir, spielte versonnen mit einem ihrer viel zu vielen Zeigefinger an sich rum.
«Du hast mich nie gefragt.»
«Wonach?»
«Nach allem. Interessiert dich gar nicht.»
Just in dem Moment kam Hanna durchs Gras gestapft, beugte sich zu ihrer Brotgeberin herab und tuschelte ihr was ins Ohr.

«Wo ist er?»
«Im Wohnzimmer.»

Wir zogen uns an und gingen ins Haus.
Ein schlankes Männlein in kariertem Jackett kreuzte den Raum. Es trug Sonnenbrille und Igelhaarschnitt und sah stur an mir vorbei. Val und das Männlein wechselten sehr kurze Sätze. Ich verzog mich in mein Zimmer, wollte nicht involviert, nur Teil der Einrichtung sein. Und war nicht mehr.
Nach einer Viertelstunde zog das Männlein ab, ich sah ihm nach, wie es mit hängenden Schultern den Garten durchquerte. Mitleiderregend. Ich ging hinunter. Val saß auf der Treppe, sah traurig aus, dann wieder ein bißchen gehässig, es

wechselte permanent, in ihrem Gehirn schien schwer was los.

«Dein Gatte?»

«Ja.»

Die Haustür öffnete sich. Er sah nochmal herein, bat Valerie zu sich, unter vier Augen wolle er «ein letztes Mal» mit ihr reden.

Mir war mulmig. Wie Rumhocken im Vorzimmer des Schuldirektors.

Was beide noch zwanzig Minuten lang in der Küche zu flüstern hatten, weiß ich nicht, weiß nur, daß der Typ danach das Haus verließ, ohne sich bei mir zu verabschieden. Und daß ich ihm dankbar dafür war.

«Warum hast du den geheiratet?»

«Vergessen.»

«Sah mickrig aus. Hatte nicht mal ne Nase.»

«Stimmt.»

«Sah aus wie ne Echse.»

«Ja ...»

«Was hat er gewollt?»

«Mich. Zurück.»

Sie sagte es nicht ohne Stolz. Schnippte mit zwei Fingern, die Sache sei erledigt.

«Hat er noch nen Schlüssel?»

«Nicht mehr. Aber Hanna – sie läßt ihn immer rein. Wünscht sich uns beide wieder zusammen.»

«Warum schmeißt du Hanna nicht raus?»

«Spinnst du?»

Von geklärten Fronten zu reden, wäre übertrieben. Die Unsicherheit jedoch kam angenehm. Nie fühlte ich mich austauschbarer, unverpflichteter. Daß Valeries Trennung offensichtlich nicht so lange zurücklag, machte mich vollends zum temporären Spielzeug.
Wir gingen in den Garten und legten uns auf Luftmatratzen. Hanna brachte Cocktails, recht gute Caipirinhas, sie brachte in den folgenden Tagen noch viele davon. Ich tauschte oft die Gläser aus, bevorzugte jenes, welches sie ihrer Herrin hingestellt hatte. (Allerdings *nicht immer*, so konnte sie *nie* damit rechnen.)

Und am Parkrandkiosk mußte die Hölle los sein.

«Mein Vater hat mich geliebt, sehr dominant, er hat mit dem Gedanken gespielt, und ich mit ihm, aber meine eifersüchtige Mutter, bis das irgendwann in Ekel umschlug, und als die beiden sich scheiden ließen, ich meine, wenn er mich tatsächlich mißbraucht hätte, wärs vermutlich schlimm gewesen, war ich schon zu alt, aber so blieb ein Vakuum der geilen Phantasie, ohne daß mein armer Papa, wenn ich heute mit ihm spreche, sich je was zuschulde kommen ließ, das ist ein Problem ...»
Ich hörte immer nur mit halbem Ohr zu.
«... ich hab dann früh geheiratet, es ist, wie wenn man gerne Benzin riecht, um dieser Ekelfaszination zu entgehen, aber alle sagen einem, Benzin riecht scheiße, alle Entscheidungen, die ich im Leben getroffen habe, dann steigert man sich da hinein, mein Vater war sehr reich, bis man Benzin nicht mehr riechen kann, immer kompatibel mit der gerade vorhandenen Umwelt, und habe nichts vorzuweisen, das hat mich glauben lassen, und unfähig, anzurennen gegen die Umstände, das hat

mich auf viele Jahre hin gelähmt, ich sei bequem, ging immer zur Schule mit dem Wissen, jetzt bin ich 37, was je an Ambition in mir geschlummert haben muß, jederzeit versagen und dennoch mein Dasein hinleben zu können ohne für schuften, und wenn ich mir dich ansehe, hat alles unterdrückt, werde nie was vorzuweisen haben, einfach, weil keine Anforderungen an mich gestellt wurden, und werde neidisch, weißt du überhaupt ...»

Sei Zeit, unterbrach ich sie, die Karten zu holen.
Am Parkrandkiosk muß da schon alles vorübergewesen sein.

Ich wollte immer etwas mehr. Von dem, was verboten war. Nachts essen. Äpfel. Kekse. Eine kalte, ungeschälte Kartoffel aus dem Kühlschrank. Immerhin gekocht, nicht roh, damit wir uns richtig verstehen. Ein Schluck aus der Ketchupflasche. Manchmal, auf dem Balkon unsrer Dreizimmerwohnung im dritten Stock, ein Topf Gulasch, das über Nacht ziehen mußte, da griff ich hinein, holte einige Brocken heraus, gerade so viele, daß ihr Fehlen einer Sinnestäuschung, einem falschen Gedächtniswert zugeschrieben werden konnte. Für all das mußte ich nach Mitternacht am Schlafzimmer meiner Eltern vorbeischleichen, und jedes Knacken eines Gelenkes, jeder zu laute Atemzug hätte mich verraten, meine Mutter erwachte beim geringsten Geräusch, der Mensch mit dem leichtesten Schlaf auf der Welt mußte ausgerechnet meine Mutter sein.
Erwischte sie mich, konnte ich behaupten, auf dem Weg zum oder vom Klo zu sein. Manchmal glaubte sie mir das, manchmal nicht, es folgte einem unergründlichen Willkürprinzip, mal nahm sie es locker und schickte mich einfach ins Bett zurück, öfter setzte es Hiebe mit dem Plastiklineal.
Ich versuchte es immer wieder, ging schwere Risiken ein um eines Apfels willen, und es soll bitte keiner glauben, ich hätte Hunger gehabt, oder gar metaphorischen Hunger nach Liebe – bäh, klingt das eklig. Geliebt werden

wollte ich von geilen Mädchen aus meiner Klasse, von meiner Mutter wollte ich Taschengeld oder daß sie weg wäre oder wenigstens still.
Es gab Abendessen bei uns, nicht reichlich, nicht knapp, es genügte, um satt zu sein. Billiges, voraufgeschnittenes Brot vom Penny-Markt, Essiggurken, Wurst, selten Käse, zum Nachtisch eine Orange – so war das.
Ich war kein dickes und kein mageres Kind. Die Gier nach verbotenem Essen entsprang sicher der Lust zur Übertretung, die mich in 18 Jahren Elternhaus oft in Gefahr gebracht hat. Es gehörte, verglichen mit unerledigten Hausaufgaben oder geschwänzten Schultagen, zu den eher harmlosen Dingen, die aufgedeckt nur eine milde Form der Züchtigung nach sich zogen, Lineal, wie gesagt, allerhöchstens Teppichklopfer.
Manchmal, wenn meine Eltern abends im Tanzclub waren, ging ich zum Lebensmittelschrank und sah nach, was auf Lager war. Ab sechs Konserven konnte ich es riskieren, eine Dose zu entwenden, meist Ravioli oder Linsen- oder Erbseneintopf. Die öffnete ich dann und machte sie mir nicht etwa warm, nein, das konnte Spuren hinterlassen, das war viel zu gefährlich, vor allem, wenn – Horrorvorstellung – die Eltern einmal verfrüht nach Hause gekommen wären.
Ich, der ich meiner Mutter geheiligte Küche, ihre Kochplatte und ihren Topf benutze – das hätte sie vermutlich nicht überlebt, und ich auch nicht. Die Gabel, mit der ich aß, wurde sorgfältig abgewaschen und abgetrocknet, danach mußte das Spülbecken gesäubert und abgetrocknet werden, in dem die Gabel abgewaschen worden war – Wasserflecken hätten mich sofort verraten, Wasserflecken sah meine Mutter auf zehn Kilometer. Viel Arbeit für eine Dose Ravioli. Und dann gab es noch das Entsorgungsproblem – wohin mit der saftverschmierten leeren Dose? Man hätte sie zum Beispiel in eine Tüte stecken, diese im Schulranzen morgens aus der Wohnung tragen können – aber manchmal, so seltsam das klingt, wurde mein Schulranzen nachts um eins noch nach Zigaretten durchsucht. Dann hatte meine Mutter geträumt, im Schulranzen seien Zigaretten versteckt. Zweimal hat sie damit recht behalten. Schlimme Nächte. Ich schweife ab.

Um unser Mietshauskarré lag ein Grünflächengürtel mit hohen Spieren- und Weißdornbüschen. Unser Küchenfenster lag direkt über einem der größten und dichtesten dieser Büsche. Ich brauchte die leere Dose nur fallen lassen. So ging das. Etwa einmal pro Woche.

Wir trafen, nach eher schwächlichen Fettucine im La Casetta, Bernhard und Franziska auf dem Portikus des Nationaltheaters. Die Begrüßung fiel unerwartet freundlich aus, man redete darüber, wer was machte und weshalb. Bernhard begründete sein Griechisch-Studium knapp mit zwei Zeilen des Pindar:

'Αναξιφόρμιγγες ὕμνοι,
τίνα θεόν, τίν' ἥρωα, τίνα δ' ἄνδρα κελαδήσομεν

Und trug es so vor, daß es keiner Übersetzung bedurfte. Franziska sagte, sie singe Alt, da gäbs nicht viele großen Rollen. Valerie meinte dazu, sie solle doch auch ein bißchen neu singen, schon war der Abend programmiert.
Das Gezupfe hinterm ausgeschnittenen Rücken begann – soll dasn Witz gewesen sein oder was? Bernhard: Bläst sie besser als sie quatscht? Beschwichtigend ich: Seid mal nicht so, gebt ihr ne Chance.
Val trug ihrerseits wenig zur Erhaltung der Höflichkeit bei. An meinen Freunden herabsehend, fragte sie, obs in der Oper keinen Zwang mehr zu korrekter Garderobe gäbe – wahrscheinlich war das gar nicht böse oder blöd gemeint, kann sein. Sie besuchte das Haus tatsächlich zum ersten Mal! Zeigte sich anfangs begeistert über Architektur und Opulenz des Innenraums, verfolgte staunend das Hochziehen des Kronleuchters, klatschte, als Kleiber den Graben betrat, ohne einen Begriff zu haben, wer und was er war. Sie mochte auch, das teilte sie durch sanftes Drücken meines Unterarmes mit, den Sound des Or-

chesters in der fünften Reihe. Vieles hatte ich ihr auf die Schnelle zu erklären versucht, doch immer wenn die Rede auf mir wichtige Dinge kam, nahm sie Rache für den Nachmittag, schaltete auf halbes Ohr zurück. Es machte mich wütend.

Im Winter klingelte der Hausmeister und bat meine Mutter, sich «vor dem Haus mal etwas anzusehen». Die Büsche hatten ihre Blätter verloren und einen großen Haufen leerer Büchsen preisgegeben. Meine Mutter leugnete selbstverständlich die Möglichkeit, die Büchsen könnten aus unserer Wohnung gefallen sein. Weil sie ohnehin im Dauerstreit mit der Familie aus dem zweiten Stock lag, schob sie denen den Schwarzen Peter zu.
Der Hausmeister, ohne Handhabe und Beweis, wußte nicht, was er sagen sollte, zog ab und sammelte die Büchsen auf. Es mag verrückt klingen, aber ausgerechnet diese Epsiode trug mir keine Prügel ein. Weil sie dem Hausmeister gegenüber so vehement die These vertreten hatte, diese Büchsen könnten keinesfalls von uns stammen, belangte sie mich mit der Sache nicht einen Moment. In derlei Dingen war sie eigen.

Den ersten Akt ertrug Valerie geduldig, man kann fast behaupten: amüsiert. Beim zweiten Akt hingegen, trotz dessen mundgerechter Länge von grad zwanzig Minuten, begann sie bereits nach weder vom Komponisten noch vom Regisseur vorgesehenen Amüsements Ausschau zu halten. Sah sich nach allen Seiten um, nach oben, nach hinten, nach unten, als habe sie was verloren. Sie hatte nichts verloren hier. Suchte bei voller Musik das Gespräch, hauchte mir belanglose Erkenntnisse ins Ohr
«Die Soldaten laufen wie welche aus Zinn.»
«Na und?»
«Die Mimi ist viel zu plump.»
«Sie singt hervorragend.»
«War da nicht eben nicht was falsch?»

«Wo?»
«In der Musik.»
«Nein. Die Dissonanz gehört dahin.»
«Sicher?»
«Sei still!»
Hinter uns begann das Zischen derer, die zu Recht nicht ertragen konnten, daß vor ihnen andauernd zwei Köpfe tuschelnd zusammensteckten. Franziska, die rechts von Valerie saß, warf mir entnervte Blicke zu, ich solle meine Luxusschnalle bitte bitte zu Boden zwingen und unauffällig erdrosseln. Ihr Blick, unverstellte Anklage, fragte ebenso, ob ich für meinen Ausflug in die Oberklasse wirklich derartige Stillosigkeiten hinzunehmen gewillt wäre. Ich flüsterte Valerie ins Ohr, sie solle Ruhe geben, das Ganze mit Anstand hinter sich bringen, und wirklich ging bis zur Pause alles gut. Dann, bei den Zigaretten im Foyer, zeigte sich das Perverse der Situation in vollem Ausmaß: Wir drei, Kulturmenschen ohne Kaufkraft, grenzten die betuchte Verlegersgattin aus, doof stand sie zwischen uns herum, da änderte kein Händchenhalten was. Bernhard, vor allem aber Franziska, ließen Valerie spüren, wie sie von beiden empfunden wurde, als wertloses Leben, als dissoziierter Abschaum. Sie waren hart in derlei Grundsatzfragen.
Es changierte zwischen echter Empörung und der Rache materiell Minderbemittelter, es war außerordentlich spannend, ich begnügte mich, dem Ganzen als Voyeur beizuwohnen, hatte es im perfidesten Traum nicht anders vorhergewünscht. Valerie sollte gedemütigt werden. Meine Passivität war Zutun genug. Und sie machte alles noch schlimmer, indem sie sich wehrte.
Den dritten Akt über, in der von Harfen herbeigezauberten Tristesse verschneiter Pariser Gassen, legte sie mir ihren wider-

lichen Schädel an die Schulter, wie sehr ich mich auch nach links neigte.

«Wir müssen heut unbedingt gut ficken.»

«HALTS MAUL!»

«Deine Freunde sind schlecht drauf.»

«ICH MEINS ERNST!»

«Du bist so süß.»

Und dann, im vierten Akt, bei lungenkrankem Sterbenspathos, als Carlos Kleiber mit sublimster Klangdynamik Puccini zum Großmeister der Alchemisten erhob, als er aller Herzen minus einem in mitfühlende Not versetzte, als Schaunard seinen Mantel zum Pfandleiher gab, um Medizin für die hustende Mimi zu besorgen –

«Warum darf ich deine Band nicht hören?»

«Psscht.»

– inmitten jener bitterselig-abendländischen Hochmelancholie, welche wuchtig-monumentale Akkorde des Todes zum Abgrund der Verzweiflung trieben –

«Sentimental, oder?»

wurde mir in offensiv unkaschierter Nichtergriffenheit zwischen die Beine gelangt. Zugriff, Angriff wider alles Hehre und Heilige, da verendete Mimi in klammer Winterfeuchte, und dieses Dreckstück – keine Worte, es gibt keine Worte. Keine.

Als der Vorhang fiel, wir unsre Bravi brüllten, in der Glückseligkeit musikalischer Gralspräsenz, drückte ich Valeries müde gewordenen Kopf fort aus meinem Bauch mit Vehemenz – es machte sie, fürchte ich, geil.

Unter dem Portikus, bei prasselndem Regen rundum. Mundwerk mit Spitzenbesatz.

Franziska: Hagen?
«Hmm?»
Franziska: Diese Schlammfotze neben dir – lohnt sich das auf Dauer? Ists das wert?
Bernhard: Hätt sie dir gleich einen geblasen, wär ihr wenigstens das Maul gestopft gewesen.
Valerie: Deine Freunde sind echt mies drauf. Ist die fette Kuh da eifersüchtig, oder was?
Franziska: Hagen *fickt* nicht mit dir.
Valerie: Nein?
Franziska: Er PISST in dich rein. Malt die Pisse nur aus Höflichkeit weiß an.
(*Puh …*)
Bernhard: Machts gut. Hier stinkts. τίνα δ' ἄνδρα κελαδήσομεν? Danke für die Karte.
Valerie: Bitte.
Bernhard: Kommst du mit, Franz?
Franziska: Kommst du mit, Hagen?
«Ich weiß nicht. Hast du schon meine Hose bemerkt? Versace.»
Franziska: VERSACE SOLL VERRECKEN!
Valerie: Sie ist gar nicht so fett. Nur unvorteilhaft gekleidet. Ohne Geschmack.
Franziska: Komm mit uns. Bevor du dir von der Lamettafut was holst.
Valerie: (*zu mir*) Das Salmonellchen ist verliebt in dich.
Franziska: Laß es Anekdote werden. Laß es sein.
«Ich weiß nicht.»
Franziska: Du mußt ja wissen, was du tust.
«Ich sag doch: Ich weiß nicht. Val, was rätst du mir?»
Valerie: Keine Ahnung. Hast du doch mal sodomiert mit der?

Franziska: Dafür studier ich nicht Gesang, damit sich Arschlöcher wie die im Parkett rumsuhlen.
Valerie: Langt bei dir eh nur für Waschmittelwerbung.
Franziska: Schickse!
Valerie: Ziege!

Rhetorischer Odel, bei schwerer werdendem Regen. Sehr schmeichelhaft. Ob sie beginnen würden, einander an den Haaren zu ziehen, sich in den Pfützen zu wälzen? Um mich kämpfende Mächte. Toll. Ein Taubenschwarm flatterte, völlig grundlos, von einem Ende des Platzes zum andern. Die Auseinandersetzung hatte erste Zuhörer angezogen. Alles wirkte lebendig, glitzerte feucht, ich sah, auf dem Gehsteig gegenüber, ohne Kohärenz, den ersten kotzenden Japaner meines Lebens. Andere Japaner klopften ihm tröstend auf die Schultern, das war wundervoll.
Etliche Pärchen schlingerten durch die Straßen. Wochenlang hatten sie auf Regen gewartet, um verliebt spazierenzugehen. Galaktisch betrachtet, war das meiste von dem, was hier unten passierte, merkwürdig egal.

«Franz, liebst du mich?»
Franziska: Was soll das?
«War doch präzise gefragt.»
Franziska: Klar. Das heißt, nein, ich weiß es nicht. Vielleicht bald nicht mehr.
Valerie: Wenn du mit der gehen willst, tus ruhig.
«Sie ist verliebt in einen sexualmagischen Therapeuten. Einen Plappersoftie, mit fies benebelnden Massageölen.»
Valerie: Echt?
Franziska: Du sinkst immer tiefer!

In der Ferne, an der Ecke des alten Postamts, Bernhard. Er kannte mich genug, um zu wissen, wofür ich mich entscheiden würde. Blieb nur da stehen, um von Franziska noch was abzuhaben. Für die lange, lange Nacht.
Und Franziska drehte sich wortlos um und ging. Gab mich verloren. Erheiternd. Warum?

Valerie: Wow.
«Wow was?»
«Deine Freunde. Sind genau wie ich.»
«Wow.»
«Im Ernst. Die landen mal, wo ich jetzt bin.»
«Werd nicht überheblich.»
«Ich bin total aufgeheizt. War schön, die Oper. Komm, laß uns vögeln!»

Ich trottete ihr hinterher. Konnte jemand uns folgen? Vielleicht hat Robespierre doch recht gehabt. Egal womit.

XIV Die Tragödie am Parkrandkiosk

Ich war nicht dabei, (*Ich war nicht dabei!*)
aber nach dem,
was mir erzählt erzählt erzählt wurde,
trug sich die Tragödie am Parkrandkiosk
so
zu:

Karl, BASF-Ex-Chefchemiker, leidlich wohlhabender Frührentner,
sagte:
«Komm, Martina, bring mal'n Kotelett mit Pommes. Nicht zu fett, ja?»
Kotelett mit Pommes. Kotelett mit Pommes. Kotelett mit Pommes.

Und Martina tat, was er wünschte. (*Tat, wie gewünscht, wie gewünscht.*)

(*Pause.*)

«Ich sagte: Nicht zu fett, und was ist das?»
«Koteletts sind so. Schneidste das Fett eben weg.»
«Dann bleibt gradma die Hälfte übrig!»
«Hättste eben zwei bestellt.»
«Nächstens laß ich mir Pizzas bringen. Das kann man jetzt machen.»

Sagte Karl, schnitt das Fett ab und legte es in den Aschenbecher. Und Gustav, wie immer angetrunken:
«Mann, tu das Zeug doch nich in' Aschenbecher, sieht ja ekelig aus.» (ekelig. EKELIG.)

Was in den nächsten Minuten geschah, weiß niemand genau
beziehungsweise
vollständig
zu berichten.

Da ich glaube, Albert beurteilen zu können, und weiß, welches Schwein der Karl war, scheint folgende Version plausibel:
Karl stellt den mit Kotelettfett (KotelettfettKotelettfettKotelettfett) angefüllten Aschenbecher auf den Boden, leert ihn später, irgendwann und heimlich, ins Gebüsch. Eine Minute später entzündet er eine Zigarette, holt den Aschenbecher auf den Tisch zurück, wo inzwischen, dem Turnus folgend, Albert Platz genommen hat.

«He, wo ist das Fett hin? Martina, hast du die Aschenbecher ausgetauscht?»
«Ne.»

Karl sieht den armen Albert mit gespieltem Abscheu an und fragt:

«Sag bloß, du hast das Fett gegessen?»

Albert weiß nicht, was gemeint ist.
«Was?»

«Ausm Aschenbecher raus! Das gibts doch nicht!»
«Ich weiß gar nicht, was du redest.»
«Na, ich sehs doch! Das glänzt ihm ja noch auf der Lippe!»

So, wörtlich, der gemeine Karl. Daß Alberts Lippen wirklich glänzten, wollte später niemand bestätigen.

Verschiedene Anwesende: Ausm Aschenbecher? Uff...

Martina: Jetzt langts. Mach, daß du verschwindest!
Albert: Ich – Mein Gott – wie könnt ihr ...
«Du hast hier ab jetzt Hausverbot.»
«Hausverbot? Am Kiosk?»
«Genau.»
«Aber ich war fünf Jahre hier. Fünf Jahre.»
«Hau ab! Keine Diskussion!»

Und Albert nimmt seinen speckigen Parka, beißt sich auf die Lippen, hat Tränen in den Augen, als er davonschleicht.

Und das Leben am Parkrandkiosk ging weiter, auch ohne Albert. Man rechnete damit, daß er am nächsten Morgen zurückkehren und alles wieder stillschweigend gut sein würde.
Aber er kehrte schon am frühen Nachmittag zurück. Und nichts war gut.

Auftritt Albert mit uraltem Armeerevolver.

«Ich hab das Fett nicht ausm Aschenbecher raus. Einen Kaffee.»
(EINEN KAFFEE!)
Gustav: Wo hastn das Ding her?

Karl: Mach kein Scheiß, Mensch!
Albert: Nich ausm Aschenbecher. Ich bin keine Sau.
Gustav: Zeigste mal?
Albert: Keine Sau.
Gustav: Is geladen? He? Noch von der Wehrmacht?
Albert (brüllt): KEINE SAU! (*keine Sau*)
Gustav: Is ja gut ...

Atemlose Stille über dem Parkrandkiosk. Martina, mit dem Instinkt einer Frau über 50, zieht sich diskret zurück und schließt die Fensterläden. Rudolf, weil, wie wir wissen, blind, fragt, was los ist. Keiner hat den Mut, ihm die Wahrheit zu sagen. Daß Albert mit dem Revolver auf einen nach dem anderen zielt. Auf Gustav, auf Karl, auf Rudolf, auf den Kiosk, sogar auf Karo, in der Sache gänzlich schuldlos –

Gustav: Hee ... bidde ... Ich hab ne Frau und zwei Hunde!
Karl: Tu die Knarre weg, Mensch!
Albert: Bin keine Sau.
Rudolf (*hat seine Schlüsse gezogen*): Was tut er? He, was tut er?

Ich würde gerne berichten
ich würde so gerne berichten von erregten und erregenden Diskussionen im Angesicht des Exitus, aber Albert, ganz undramatisch, schoß, traf Karl in die Stirn, der sagte dazu nichts.

Rudolf: Scheiße, was is? Gustav! Is jemand tot?
Gustav: Karl.

Rudolf: (*längere Pause*) Gut.

Albert schoß kein zweites Mal, weder auf sich noch auf andere. Er blieb einfach stehen und starrte wie entrückt in den Himmel, bis die Polizei kam und ihn ohne Mühe überwältigte. Martina öffnete die Fensterläden, nachdenklich fürs Leben, ansonsten blieb alles beim alten, und das ist die Geschichte der Tragödie vom Parkrandkiosk.

Walburga: *(zur Melodie des Narren, Finale Boris Godunow)*

Immer Nudeln machen müssen
immer Nudeln machen müssen,
jeden Mittag, jeden Mittag,
arme Nudeln, arme Nudeln.

Nachzutragen wäre, daß die Spurensicherung das Kotelettfett im Buschwerk fand.

XV Alles fließt

Die Zimmerdecke, weiß und leicht gewölbt, Schale eines Eis, ich dachte, jeden Moment bräche sie auf, ein dotterverschmiertes Monstrum fiele herab.
Eine Art spätehelicher Samstagabendbeischlaf – mehr war es nicht mehr. Samstäglicher als die Lottoziehung.
«Ich fühl mich wie ein totes Schwein, das im Wasser treibt, mit geblähtem Bauch, und Fische benagen mich.»
«Findest du das erotisch?»
«Tschuldigung.» Schweigend stieß ich weiter.

Ich habe nie versucht, Valerie zu verstehen. Ich versuchte nicht, Frauen zu verstehen, sie warn mir etwas Fremdes. Mit wohlschmeckender Hülle. Damit das nicht so klingt – ich versuchte ja auch nicht, Männer zu verstehen, oder mich als einer zu definieren. Es gab in meiner Welt keine Männer und Frauen, es gab mich und andere, und unter denen gab es Mösen und Kreditgeber. Und Freunde. Valerie war eine Mischform, ein besonderer Cocktail, mit dem ich oft nicht umzugehen wußte.

«Wo bist du mit deinen Gedanken?»
«Tansania.»

Mein Lieblingstier ist der Elefant. Stark, würdevoll und klug. Bullen bitteren Charakters ziehen einsam fernab der Herde, ein altes Exemplar geht fort, um zu sterben. Sie können sogar weinen und sind fast die einzigen Tiere, die älter werden, als sie fortpflanzungsfähig sind. Schweine sind genauso intelligent wie Elefanten, vielleicht sogar noch intelligenter, denn sie tragen ihr Elfenbein schon lang nicht mehr mit sich herum. Einen Weg zu finden, ihr Fleisch zu verstecken, blieb ihnen bislang verwehrt.

Lustgewinn weder weit noch breit in Sicht. Ich wollte keins der Schweine sein, banales Blut in der großen Verwurstung. Mein Schwanz rutschte raus. Zusammengeschrumpelt, nutzlos.

«Was ist mit dir?»

«Ich möchte ein dunkelblauer Elefant sein.»

«Scheiße! Machs mir! Streng dich an!»

Ich dachte an die illuminierte Silkenmöse, feenglitzerndes Haar, feuchtes Schimmern, – wie abends Ozeane Rotlicht atmen, AAH – schon lag ich mit einem Orgasmus in Führung, 1:0 … (*in zehn Jahren fragt keiner mehr, wie das Spiel gewesen ist, mußten unbedingt gewinnen … war ein Arbeitssieg, auswärts, nunnun …*)

Manche Frauen sehen nur wütend richtig gut aus.

Das Telefon klingelte. Hanna richtete aus, es sei für mich. Martina hatte von Karo die Nummer von Frau Bertram, und von der die des Hauses Bergmann erhalten. Ob ich am Freitag zu Karls Beerdigung kommen möchte? Hinterher gäbs ein kleines Leichentrinken. Auf Kosten des Kiosks. So erfuhr ich es. In groben Zügen.

Ob Silke was passiert sei? Nein, die sei über Nacht bei Heinz geblieben. Allerhand tragische Nachrichten.

«War Albert wenigstens betrunken?»

«Ne. Trinkt doch nur Kaffee.»

«Und ihr habt ihn nicht abgefüllt?»

«Wozu?»

«Wegen der mildernden Umstände.»

«Ach, komm. Die Beerdigung ist am Südfriedhof um zehn.»
«Tschau.»

Ich legte auf. Valerie hatte die ganze Zeit hinter mir gestanden.
«Silke gehts gut?»
«Ja.»
«Ich dachte, es gibt keine Silke?»
«Spinnst du? Die Welt ist voller Silkes. Schau ins Telefonbuch!»
«Du Lügner!»
«Nein, es stimmt. Unendlich viele Silkes. Und die eine, von der grad die Rede war, ist fest mit Heinz zusammen. Wenn du wüßtest, was ‹Heinz› bedeutet, würdest du nicht mehr nach ihr fragen, und außerdem – ich habe gerade einen alten Freund (*sic!!!*) verloren, abgeknallt worden ist er von einem anderen alten Freund, der jetzt ins Gefängnis muß für ein gutes Jahrzehnt, kannst du dir vorstellen, nur ansatzweise vorstellen, WIE ICH MICH FÜHLE?»
Das nahm ihr die Luft aus den Segeln. Ihre Augen leuchteten. Ich mußte den Tathergang, wie ich ihn selbst nur vage erzählt bekommen hatte, in allen Einzelheiten referieren.
«Nimmst du mich mit?»
«Wohin?
«Auf die Beerdigung.»
«Findet im engsten Familienkreis statt. Martina besteht drauf.»
«Das ist doch Schwachsinn! WARUM WILLST DU MICH NIE WO DABEIHABEN?»
«Du gehörst da nicht hin.»

«Wo gehör ich denn überhaupt hin?»
Ihre Augwinkel füllten sich mit Tränen. Weinende Frauen haben gegen mich mit dem ersten Tropfen schon gewonnen. Etwas in mir beginnt zu vibrieren, zersetzt mich binnen Sekunden.
«ALSO GUT! DANN KOMMST DU EBEN MIT!»
«Danke.»

Nachmittags spielten wir Backgammon, mit meinem – mit dem neuen Board. Valerie sah ein, daß es auch im Training um irgendwas gehen müsse, ansonsten der Lernfaktor zu gering wäre. Mit einem Fünfer pro Punkt verbesserte ich mein Einkommen noch um mehrere hundert Mark. Schwelgte in Phantasien, was mit all der Kohle einmal unternommen werden könnte. Wenn der Winter käme. Komplizierten Berechnungen zufolge würde mich Valerie in spätestens einer Woche rausschmeißen. Bis dahin wollte ich genug zusammenhaben, um an der Côte d'Azur reiche Freier abzuzocken oder – Alternative, der Band die erste Single zu finanzieren. Was hatte Priorität? Eigentlich simpel. Erst die Freier, dann gleich ne ganze LP! Future!

«Du bist wirklich ein Schwein.»
«Sag ich doch dauernd.»
«Macht mich auch irgendwie an. Aber treibs nicht zu weit.»
«Wie weit ist zu weit?»
«Wirst du dann sehn.»
«Einverschnittvonmehrerenweinenausländerndereuropäischengemeinschaft.»
«Hä?»
«Ich üb nurn bischn. Für die Zeit danach. Hast dus je mit einem Kind probiert?»

«Nein. Weißt du doch. Warum?»
«Vielleicht brauchst du eher'n Kind als nen Mann.»
«Wahrscheinlich bin ich deshalb mit dir zusammen.»
Sie konnte keine Kinder haben und erklärte mir stundenlang, warum. Irgendson Problem mit verknoteten Eierstöcken. Behauptete dabei stur, es sei ihr egal, Kinder, die billigste Ausflucht, finde sie scheiße, und außerdem – jedes Kind, egal von welchem Spender, hätte zu fünfzig Prozent männlichen Dreck in den Genen, das klang, milde ausgedrückt, sonderbar.
Manchmal schien sie kurz davor, in vagem Haß zu implodieren, dann, getrieben von einem verängstigten Reflex, streichelte ich ihre Wangen. Sie leckte prompt meine Hand, nicht dankbar wie ein Hund, nein, lasziv und bedrohlich, wie man etwas Eßbares kostet.

Vor wenigen Tagen im Supermarkt – ich sah sieben Männer unterschiedlichen Alters, alle hörten gleichzeitig auf, ihr Wägelchen voranzuschieben, standen da und glotzten, eine Frau ging vorüber, eine Schönheit mit vollendeter Figur, mit spanisch-schwarzem Haar und Strapsen, ihre Brüste wippten im weiten Decolleté, und ihr Hintern wirbelte kleine Kreise in die Luft. Es sah recht gut aus – ich mochte das, mehr aber faszinierten mich die sieben Männer – vom Anblick der Frau schwer getroffen standen sie wie Wachsfiguren, man hätte einen nach dem anderen erschlagen können, ohne auf Widerstand zu stoßen. Etwas implodierte in ihnen. Etwas flackerte in ihren Augen kurz auf, bevor es starb. Ein kalter Moment des Todes und der Enttäuschung. Etwas ging vorbei, von dem sie geträumt hatten, von dem sie inzwischen wußten, sie würden es nie bekommen. In ihren Gesichtern erwachte der Haß, und nur der Haß trieb sie weiter, ließ sie ihre Wägelchen voll Klopapier und Rahmspinat zur Kasse fahren, heute, morgen, und so fort…

Abends fuhren wir an die Isarauen, wo der Kiesstrand von Lagerfeuern und Grillpartys verseucht war. Rauchsäulen bogen sich im Abendwind. Erbärmliche Klampfenmusik neben Ghettoblastern, aus denen die Hymnen der Ära dröhnten.
Bruce Springsteen – *Born in the USA*
Beastie Boys – *You gotta fight for your right to party*
Madonna – *Like a virgin*
Krähenschwärme tauchten unter in der Nacht.
Erinnert sich noch wer ans erste Videospiel? Dieses primitive Bildschirmtennis, zwei weiße Rechtecke schlugen ein weißes Quadrat von links nach rechts und zurück, und wir fanden das wahnsinnig toll. Damals fuhren Kinder noch ohne Sturzhelm rad. (*Herodes grinst.*)

Valerie lobte, meine Finger besäßen immer die richtige Temperatur. Wir saßen fröstelnd im Kies, eng umschlungen. Sie fragte:
«Hast du Global 2000 gelesen?»
«Angefangen. Hat mir nicht gefallen.»
«Ich habs auch nicht gelesen. Jeder hat gesagt, das muß man, Herbert lag mir dauernd in den Ohren damit. Wie scheiße alles wird und daß man was dagegen tun muß. Er ist jetzt Mitglied bei Greenpeace und sagt, ich soll auch dahin, da wär was los, aber ich weiß nicht …»
Herbert. Soweit waren wir bereits. Fünf meiner Finger machten sich davon, stiegen heimlich an Valeries Kleid hinab.

«Hast du keine Angst vor der Zukunft?»
«Die Zukunft hat Angst vor mir.»
Heftiger Wind. Der Flaschenhals begann zu singen. Mein Handrücken lüftete Valeries engen Slip, winkte die fünf Finger

drunter durch, und der von allen längste holte ihr verstohlen einen runter.
«Das machst du gut. Ja, das kannst du. Oh, jaa, das machst du gut!»
Alles fließt, wird es nur sorgsam erregt.
Sekunden bevor sie kam, flüsterte ich (unter ständigem Rühren) meinen damaligen Lieblingswitz. «*Treffen sich zwei Planeten, fragt der eine, wie gehts, sagt der andere, mies, ich hab Homo sapiens, sagt der erste, nich so schlimm, das vergeht wieder.*»
Valerie öffnete ein Stück weit den Mund. Beinah entschlüpfte ihr ein Lachen. Aber sie fing es mit den Lippen ein, zerbiß es und kam.

XVI Kreise im Schlamm

Die Tage krochen gleichmäßig vorwärts, würdevoll wie Purpurschnecken.
Sich irgendwo niederzulassen – ein Vorhaben für rostende Schiffe. Bereit, an Wunder zu glauben, jeder Art und jeder Größe, fühlte ich mich stillgelegt auf Eis, die Welt trudelte sinnlos in Warteschleifen durchs All.
Silke unerreichbar. Metaphorisch wie telefonisch. Am Abend ging höchstens mal Martina dran, dann legte ich auf.
Wie bringen wir den Tag am besten um?
Leute glotzen in Schaufenster. Schaufensterpuppen gehen gelangweilt weiter. Es gab nichts zu tun … klang gut … als wäre alles getan …
Hanna ahnte was. Hatte zwei Augen auf mich. Verließ das Haus oft erst nach Mitternacht.
Als ob das etwas verhindert hätte.
Meist wählte ich die Bücher nach der Originalität beziehungsweise Rätselhaftigkeit ihrer Titel, z. B.:

JACOBI, FRIEDRICH HEINRICH: *Etwas, das Leßing gesagt hat. Ein Commentar zu den Reisen der Päpste nebst Betrachtungen von einem Dritten.* BERLIN, DECKER, 1782

oder:

SCHMETTOW, WOLDEMAR FRIEDRICH GRAF V.: *Erläuternder Commentar zu den Patriotischen Gedanken eines Dänen über stehende Heere.* 1793

Wie ich herausfand, war es eine Gegenschrift zu dem anonymen Buch: ‹*Gedanken eines norwegischen Officiers über die patriotischen Gedanken eines Dänen.*›

Was es alles gab.

Entstandene Leerstellen wurden, irgendwie mußte die Form (der Schein) gewahrt bleiben, mit Ramschware aus dem Montanus-Laden aufgefüllt. Irgendwo, vielleicht in Wolfis kleinem Keller, würde meine Bibliothek entstehen, ein Raum wie ein berühmtes Hirn in Spiritus, vor dem man flüstert und auf Zehenspitzen geht, obwohl es tot ist (wenn nicht tot, dann sturzbetrunken).
Valerie stellte Ansprüche.
«Mir ist so langweilig, ich möchte sterben. Im Jahr 2000 ist hier alles im Arsch, und ich kann mich trotzdem nicht freuen. Tu was!»
Die sorgenlos an ihrer Lebensleere hinsiechende Valerie widerte mich an, es war mir unmöglich zu begreifen, daß jemand litt, der sich jederzeit ein Video leihen, eine Pizza bestellen, sogar einen Fick jedes Perversionsgrades besorgen konnte. Wohlstandsschmerz warf ich ihr vor, Wehleidigkeit. Das Schlimmste von allem ist der Rückblick darauf. Könnte ich heute noch mal zurück in diese Zeit, es wäre überhaupt nichts besser zu machen, jede andere Haltung hätte meinen Rausschmiß bewirkt. Valerie fühlte sich zu mir hingezogen, weil ich war, wie ich war, ungeeignet, ihr auf Erden zu helfen, keine billige Ausrede ist das, nur bitteres Fazit.
«GEH DOCH BÜGELN!»
«Blöder Drecksack! Erfind irgendwas!»
Mit schwingendem Schritt, rhythmischem Stöckelklappern.

«Warum bist du hier? Um dich aushalten zu lassen? Wegen DEM hier?»
Sie deutete auf die Reste ihres Schnitzels.
«Eher wegen *dem* hier.» Ich deutete auf die Reste meines Schnitzels.
Valerie rührte in der Tasse, rührte, bis der Espresso kalt war. Wahrscheinlich müßte man einfach nett zu ihr sein, dachte ich, dann schmeißt sie einen binnen Stunden raus. In den nächsten Tagen wollte ich das ausprobieren.
Es regnete. Die Sonne schien. Es regnete. Der Himmel wußte nicht, was er wollte. Dem Himmel ging es wie mir. Ein Verbündeter. Der Himmel war mit mir.

«Wenn dir nichts einfällt – heute abend gibts ne Party bein von Cleves. Gehn wir hin?»
Nur weil mir nichts einfiel, auf eine Party ihrer Ausbeuterklasse zu gehen, fiel mir nicht ein.
«Party? Nicht eher eine Gesellschaft? Eine Soirée vermutlich.»
«Ja. Genau.»
«Freunde von – *Herbert?*»
«Genau.»
«Keine Lust. Im Fernsehn gibts *Brazil.*»
Sie nahm ihre Kamera, erschoß mich symbolisch, schleuderte Blitze wider mein Haupt.

«Val, du überforderst mich. Ich würde dich bei deinen Freunden nur blamieren. Ohne selbst was davon zu haben. Emporkömmlinge meiner Sorte brauchen Gewöhnungsphasen. Müssen sich langsam, Giftphiole für Giftphiole, korrumpieren, bevor sie in der neuen Liga passend wirken.»

«Schwafel nicht so aufgebläht daher!»
«Okay. Geh bügeln!»
«DU LIEBST MICH ÜBERHAUPT NICHT.»
«Nein. Wie kommst du denn auf die Idee?»
Sie warf ihre Pfennigabsätze nach mir. Verlor an Größe. Praktisch gesprochen. Alsdann.
«Ich gehe. Du nervst.»
Sie brach in Tränen aus. «Du hast mich benutzt», schrie sie, «und jetzt wirfst du mich weg!»
«Ich komm schon zurück und benutz dich nochmal ...»
Sie glaubte mir kein Wort. «Ich war eine Idiotin!»
«Neinnein ... erst jetzt ...»

Ich machte es ihr so einfach. Es nutzte nichts. Irgendwann aber beruhigte sie sich, tauschte ihre Hysterie gegen trockene Gleichgültigkeit ein, sagte kein Wort mehr. Und ging.
Warum, warum bloß konnte sie nicht *Brazil* mit mir ansehen? Wir hätten geschmust und uns gegenseitig gelaust und gekrault und gewürgt und am Ende irgendwie befriedigt. Auf der Ebene der kleinen Lügen hätte alles toll geklappt. Valeries schwarzgelackte Stiefel waren geil. Valerie ohne schwarzgelackte Stiefel war beinah zu bedauern, jeder Depp hätte das verstanden.
Morgens um drei kam sie zurück, dunkelblau, mit zerknautschtem Kostüm, hatte sich von irgendwem vögeln lassen, auf der Rückbank des Cabrios, verabschiedete den Kerl an der Haustür, mit Kußhand. Hanna klaubte sie auf vom Parkett und schleppte sie ins Bett.
Ich bin oben auf der Treppe gestanden, habe zugesehen. Wußte nicht, was zu denken, was zu tun war. Es ist mir unangenehm gewesen, das war alles.

Nerventransfer, von der sensiblen auf die tumbe Seite. Umgruppierung aller Reizrezeptoren.
Heute keine Bücher.

Tags darauf, donnerstags, unter sonnenumwobenen Blauinblau bei 26 Grad im Schatten, wenn alle Vöglein lustig zirpen und selbst böse Menschen zaghaft zu singen beginnen, *Juni, Juhuni Juhuuu,* schlug ich Valerie vor, nach Daglfing zu fahren, zu den Trabrennen. Man kann darin eine Art Einlenken meinerseits sehen, eine gewisse Bereitschaft, die Animateursrolle anzunehmen. Oder nur eine weitere Möglichkeit, Geld zu machen? Beides vielleicht. Mein Harmoniebedürfnis ist sehr ausgeprägt. Andererseits war Daglfing, bevor ich die Pferdewetten aufgesteckt hatte, der Ort vieler Niederlagen gewesen, und mit Valerie und einem Haufen Bargeld dorthin zurückzukehren, hatte was vom Versailler Eisenbahnwaggon.

Die Kategorie der Gleichgültigen war erreicht, derer, die schmerzlos verlieren und unglücklich gewinnen konnten. Es war natürlich nicht so, längst noch nicht, ich übertreibe, aber Tatsache war, daß ich es mir zum ersten Mal vorstellen konnte. Irgendwann würde es, könnte es so sein, und die Vorstellung geriet derart intensiv, daß der Trennstrich zur Realität verschwand. Es war sehr, sehr merkwürdig. Ich schritt die Gerade wie ein museales Schlachtfeld ab. Wie faszinierend wirkte plötzlich, wie mitleiderregend und beneidenswert, die Meute unten an der Bahn, für die sich bei jedem Rennen neu entschied, von welcher Qualität ihr Abend sein würde? Welche Energie ballte sich dort, sammelte, entzündete sich, welche Sehnsucht und Leidenschaft, welche Inbrunst und Wut? Das Flackern in diesen Augen, die Hoffnung, und dann – das kalte

Erlöschen, Zusammenfallen, der kurze Tod vor dem neuen Aufbäumen, Lauern, Wittern, Nachdenken. Oder die Sieger – sie tragen den Kopf hoch, aber jubeln nicht laut, tun den Gewinn aus Furcht vor Schnorrern niemandem kund, doch ihre Körper, man kann einen Blick dafür entwickeln, zittern leise, unmerklich, vibrieren vor Freude, wie schnurrende Katzen, und mit federndem Schritt holen sie ihre Gewinne nicht sofort, sondern Viertelstunden später, wie beiläufig ab. Entzückend.

Manchmal hatte ich mir, für den Weg vom Ostbahnhof zur Rennbahn, ein Taxi geleistet. Grenzenloser Optimismus hatte mich verschwenderisch gemacht. Heim fuhr ich meistens mit dem Bus. Gewinner machen es umgekehrt. Gewinner sind widerlich.

Ist Schmerzlosigkeit wirklich ein Synonym für Glück? Glück ist ein Ort, den der Schmerz verlassen hat. Aber ein Ort, an dem der Schmerz nie zu Hause war – kann da Glück sein?

Valerie, die es so sehr anging, begriff davon nichts. Zu Anfang – die Rennen begannen am späten Nachmittag – füllte sie selber noch Wettscheine aus, überließ es bald mir, sagte nur noch, welcher Pferdename ihrem Innenohr schön klang – und langweilte sich. Obgleich es viel zu sehen gab, soviel. Da war das Stammpublikum, das immer, bei jedem Wetter, unten an der Bahn stand, die Pferdeverrückten und Fachsimpel, da waren die Wettsüchtigen mit ihren Traberjournalen voller Zahlen und Statistiken, in denen sie zwanzig Minuten zwischen jedem Rennen fieberhaft herumkritzelten. Da waren die Rentner auf der schlichten, überdachten Tribüne, die schon seit Jahrhunderten hierherkamen, mitgebrachtes Bier tranken, nie viel verloren, nie viel gewannen, da war in der Schwemme die Saufkundschaft, die nebenher ein bißchen Geld setzen wollte, da waren, an den Biertischen neben der Grillstation, Familien, die sich zweimal im Jahr einen Ausflug hierher gönnten. Auch die verliebten, stöhnenden, in der Niederlage grinsenden, im Erfolgsfall kreischenden, hinterher dauerzungenküssenden Pärchen gab es, die noch nie auf der Trabrennbahn gewesen waren, nie mehr wiederkommen würden und dennoch einen Riesenspaß dabei hatten, egal, ob sie verloren oder nicht. Es gab protzende Rolexträger in maßgeschneiderten Anzügen, mit vielen dicken Ringen an den Fingern und Goldkettchen im angebrannten Brusthaar, die spielten unten am 500-Mark-Schalter, die hatten keine Angst, ihr Geld herzuzeigen, die *verbreiteten* Angst – möglicherweise war das nur eine andere, *ihre* Strategie gegen die Angst, komisch, ich gehe immer davon aus, daß alle Menschen Angst haben, weil ich soviel davon habe.

Oben, im Bereich der Logen (Fünf Mark Eintritt) war alles anders. Da gabs zu essen, da saß man an Tischen, hatte Platz und Panoramablick, wurde bedient und war vor proletarischen Fährnissen geschützt. Wenn jemand mehr als 20000 gewonnen hatte, war es üblich, daß er an jeden Tisch eine Flasche Sekt kommen ließ, aber anonym blieb dabei. Wettscheine, die nichts gewonnen hatten, zerriß oder zerknüllte man nicht, *man legte sie beiseite.* Dieser kleine Gestus sagte alles. Valerie hat er nichts gesagt. Sie hat ihn als Zeichen nicht erkannt. Besaß keinen Begriff von der Straße, von Billignudeln und Silberfischchen, von Angstschweiß, Hunger und Spelunken, von der vielfältigen Unterhaltsamkeit des Drecks. Ich hätte ihr dies oder jenes zeigen und erläutern können. Sie hätte nie Fotos davon gemacht, wenn doch, hätte ihr Objektiv danebengeschossen. Wir lebten in nicht konvertierbaren Welten, hatten nichts gemeinsam als Verlorenheit. Hingen aneinander, wie Blinde im Sumpf, die sich gegenseitig nur behindern, aber nicht loslassen wollen (*Hagen, was laberst du für grobe Scheiße? Du wolltest Valeries Kohle, so einfach ist das und schnell erzählt!*), und wenn es auch einige gibt, die meinen, es sei mir nur um Geld gegangen, war ich doch sentimental genug, mich dann und wann schlecht zu fühlen, schuldig der unterlassenen Hilfeleistung. Es tat weh. Es ging meist schnell vorbei, aber zwischendurch tat es schon weh.

Valerie stand nach dem siebten Rennen auf und wollte gehen. Wir lagen zu diesem Zeitpunkt mit etwa dreihundert Mark vorn, machten halbe-halbe und schwiegen.

«Wir können noch bleiben, wenn du willst.»
«Nein, ist gut.»
«Ich kann mich schon beschäftigen.»
«Nein, ich richt mich ganz nach dir.»
«Wenns dir hier aber so gut gefällt.»
«Hauptsache ist, was dir gefällt.»
} All dies wurde nicht gesagt.

Wir setzten uns hinter der Trainingsbahn auf eine Wiese, die von Zitronenfaltern wimmelte.

Sie nahm ihr Feuerzeug und zündete ein Stück Gras an, dort, wo Pferde es zertrampelt hatten. Dürres, gelbes Gras, das sich im Feuer blauschwarz kringelte und stank.

«Warum tust du das?»

«Kann dir egal sein.»

Da schwelte mehr als Gras. Erstaunlich, daß sie keine Drogen nahm. Und ärgerlich. Meine Hoffnung, über Valerie einmal an Koks zu kommen, gratis, war nicht gering gewesen.

Sie trommelte auf den Boden, mit verkrampften Fäusten, malträtierte die abgebrannten Flächen, dann hockte sie mit hängendem Kopf, wie ein Kind vor kaputtgeschlagenem Spielzeug.
Ich legte ein Stück Pizza auf die Erdwunde. Sofort stürzte sich die lokale Fauna drauf. Ameisen marschierten furchtlos durch die Asche, drängten andere Tierchen gnadenlos ab.

«Selbst ein Bandwurm interessiert sich für seinen Wirt mehr als du dich für mich.»
«Ich hab nie aus Höflichkeit gefragt.»
«Rechnest du dir das hoch an, oder was?»
«Mathematik ist nicht mein Ding.»

Wir gingen zum Wagen. Im Autoradio kam Tschaikowsky. Abkomponierte Mohnblumenfelder. Wir hörten eine Weile schweigend zu. Valerie schlang sich ihr Tuch um den Kopf und gab Gas.
Ich wußte nicht, wohin wir fuhren, ganz egal, es war die falsche Richtung. Bäume, Vorstadt, Felder, dunkelblau und rot. Um zehn Uhr abends, auf den Hügelkämmen glühte letztes Licht.
Straße + Bäume = Allee
Allee + Kreuze = Gedenkstrecke
Gedenkstrecke × überhöhte Geschwindigkeit = ?

«Val, bitte geh vom Gas runter.»
«– – – – – – – – – –»
«Ich bitte dich *sehr ernsthaft!*»
«– – – – – –»

Sie war wahnsinnig geworden, auf abstoßendste Art. Jede Kurve wurde zur Todesschwelle, jede Gerade zum langen Luftholen fürs Übersetzen.

«Hör auf, du widerliches Kind!»
«– –!!!-!!! – – – – – –»

Im Zweifelsfall hab ich nichts gegen Selbstmörder. Ist fast immer besser, sich selbst aus dem Weg zu räumen als andere. Hier lag der Fall irgendwo dazwischen. In 300 Metern Entfernung wartete die nächste Kurve, der Tacho zeigte 160.
Ich trat ihr Bein vom Gaspedal, zog die Handbremse, griff zugleich ins Lenkrad. Wir wurden sehr schnell langsamer, konnten aber gemeinsam – vielmehr: gegeneinander – die Richtung nicht halten, kamen von der Straße ab und landeten in einem morastigen Brachacker. Der Wagen hoppelte in den Furchen, knirschte und krachte, Riesenlärm, bis er endlich stehenblieb, brummend, zischend, man könnte sagen: *beleidigt*.
Valerie hielt sich beide Brüste, war unangeschnallt gefahren. Aber der Aufprall konnte so schlimm nicht gewesen sein, ihre Hände wechselten schnell von den Brüsten aufs Gesicht.

Keine gute Stille. Ich zündete mir eine Zigarette an. Überlegte, wie ich mich wehren würde, wenn sie mich in der nächsten Sekunde zu töten versuchte.
Die Scheinwerfer bestrahlten einen Pulk tanzender Insekten. Grillengesang. Unterbrochen von Motorgeräuschen vorbeifahrender Wagen. Valerie rieb sich das Kinn, wo die Lenkradkante eine winzige Wunde geschlagen hatte. Es war zu dunkel, um zu entscheiden, ob Blut floß.
Nachdenken über ein erstes Wort. Kein geeignetes fand sich. Es mußte ein Ende gemacht werden.

Ich stieg aus, knöpfte meine Jacke zu und ging, stapfte durch die matschige Erde fort Richtung Wald. Valerie konnte wegfahren, und wir würden uns nie wiedersehen müssen.
Sie entschied sich für etwas weniger Vernünftiges. Ließ den Wagen an, dessen Felgen kratzten. Gab Vollgas und fuhr auf mich zu. Ich war überrascht. Überrascht genug, um sekundenlang stehenzubleiben. Schwere Erdklumpen hingen sich an die Reifen, gaben mir eine gute Chance. Die Erde war mit mir. Die Räder wühlten sich mühsam durch den Dreck, kamen bedrohlich nah, aber nie so, daß ihnen nicht immer auszuweichen war. Ich stieg einen Hügel hinauf, wohin mir der Wagen nicht folgen konnte. Valerie drehte, laut schreiend, Kreise im Schlamm. Sah erschreckend aus, wie ein brennender Vogel. Fünf Kreise, dann bohrte sie das Auto auf die Straße zurück und raste davon.

Hinter dem Hügel begann die Nacht.
Feuchte Schuhe.
Zigarette, auf dem Stumpf einer Fichte.
Meine Finger tauchten in morsches Holz.
Ein bißchen Mondlicht. Nichts zu trinken.
Bäume sahen zweifelnd herab auf mich. Bäume sind romantische Genossen, wie abgeklärt sie sich auch geben. Wälder. Rapsmeere. Der Neonspähtrupp aus städtischen Lichtern. Wolken vor dem Mond.
Nacht, schwarz wie fette Ringelnattern. Oder sehr viele magere Ringelnattern.

Wovon träumte Chaplin in *Modern Times*? Von einer Frau, einem Haus, einem Steak.
War das alles?

Tote Helden kreuzten von rechts, ihre Münder mit Fischlaich gefüllt.
Es kam mir vor, als liefe ich stundenlang.
Das blaue Leuchtschild einer U-Bahnstation. *Kieferngarten.* U. Nachtvogel-U. Ab diesem Punkt Untergrund. Juninacht. Ju-U-hu-hu-ni … und war so Febru-U –

Wurm am Wundenrand
nippt, taucht hinab, hört
rötliche, hört Fleischmusik –
Zeile, die für ferne Nächte leuchtet.
Wenn wieder Menschen –

Fleischmusik. Noten würden kommen, wie Aasfresser zum Aas. Das beruhigende Rauschen der Züge. Es bringt uns wohin. Violine pizzicato und eine leise Snare Drum. Odeonsplatz. Nach Mitternacht.
Lorenz radelte vorbei, mit einem komischen kleinen Rucksack aus Leuchtstoff und gelverschmierten Haaren. Der erste Rucksackträger Münchens. Kam aus dem P1, dem Nachtcafé, dem Parkcafé. Aus irgendsoner Scheiße. Er winkte, grinste blöd, HE HAGEN, DU PENNER!
«Verpiß dich!»

Im Dianatempel, dem Pavillon mitten im Hofgarten, spielte ich eine verschärfte Abart des Pfennigfuchsens. Man mußte die Geldstücke so nah wie möglich ins Zentrum des Marmormosaiks werfen. Warf man zu stark, rollten sie übers Ziel hinaus, in den unbeleuchteten Kies, und man fand sie nie wieder. Das war immer unser Spiel gewesen, wenn es gar nichts mehr zu tun gab. Man konnte es ganz gut alleine spielen. Und in Mainächten

hörte man, akustische Dreingabe, Freiluftschwule stöhnen, die sich am Rand des Hofgartens im Buschwerk verlustierten.
Jemand beobachtete mich.
Ein blondierter Jüngling schraubte seine Locken ins Decolleté seiner Freundin. Schluß mit Pfennigfuchsen. Mußte doof aussehen.
Ungefähr 50 Meter entfernt setzte ich mich und nippte vom Wein, Literflasche Grand Mal à la Tête, vom Schwabinger Dönertürken, ohne Jahrgangsangabe, zeitlos.
Schuhe lüften. Rauchen. Stille. Grübeln. Luft wie flüssiger Samt. Blick auf beleuchtete Arkaden, auf Inschriften von Pindar und Herodot.

Nach zehn Minuten kam der Blondierte.
«Kann ichn Schluck von deim Wein ham?»
Ich hatte eben an Tom Waits gedacht, der in der Dunkelheit lungert und *Its a sad and beautiful world* summt.
«Verpiß dich ...»
«HE?»
«Schau, der Wein ist meine Frau heut nacht, und ich bin *geil...*»
«He?»
Er versteht nicht. Ich will nicht sein Bruder sein. Das findet er ganz unmöglich.
«Wieso gibst du nix her?»
«Ich frag dich ja auch nicht, ob ich mal an ihr lutschen darf.»
Er stutzt, kratzt sich.
«Das kann doch nich ich entscheidn, fragstese schon selba.» Er steckt zwei Finger in den Mund und pfeift. Und die junge Frau trottet langsam heran, bleibt neben ihrem Lover gleichmütig stehen, spielt mit ihren Fingern in seinen Fingern.

«Darf der Typ da an dir lutschen? Ich hab Durscht, der will nix bringen.»
Die Frau glotzt, zeigt kaum Reaktion. Sieht schwer nach Junkie aus. Ich lasse die Flasche stehen, gehe weg. Verdorbene Nacht. Woher neuen Wein? Vielleicht hätt ich das Mädchen mitnehmen sollen. Der blonde Junge nimmt die Flasche mit Triumphjuchu, trinkt sie aus, in einem Zug.
«Mit dir bleib ich nich zusammn», sagt er zu ihr.
«Leck mich», sagt sie zu ihm.
Mehr höre ich nicht mehr. Es ist so traurig, so egal. Sie fängt, stell ich mir vor, zu heulen an. Leise, wie es aus einer zerschnittenen Orange tröpfelt. Jetzt ist sie schön.

Viktualienmarkt. Der erste Morgendämmer wächst herauf, in einem Blau, das tief und leicht ist und unhaltbar, das Grau des Tages verseucht den Himmel, die andächtige Stimmung kippt. Wachablösung. Die Sonne verpaßt uns einen Schatten aus zu eng gedruckten Worten.

Im zusammengekehrten Dreck der Gemüsestände liegt eine angefaulte rote Zwiebel von simpler Schönheit. Das Herz einer roten Zwiebel, an Sinn und Unsinn nicht zu überbieten. Noch ist es Nacht genug.

Im Weißbierkeller tierisches Gebrüll. Typen mit Schnurrbart und Löwenmähne beherrschen die Akustik. Gefärbte Frauen johlen erregt.
Manchmal tanzen verlorene Worte wie Fliegenschwärme, man muß nur springen, mit offenem Mund und zubeißen. Hier dagegen ist der Ort der abgetriebenen Sprache, des ganz lauten Schweigens. Selbst an den Spielautomaten stehen Bodygebil-

dete, dickfingrige Schnaufer in Jogginghosen und Turnschuhen. Ordnungskräfte in Uniform setzen zu betrunkene Exemplare unsanft vor die Tür. Zwei alte Weiber, denen aderndurchzogene Rieseneuter aus dem Dirndl decolletieren – Verb, das «beinahe davonhüpfen» meint, aber grad so eben doch nicht – quetschen in der Mitte des Saales Akkordeon, Blaskapellenersatz auf Stahlpodest, und Bierzeltstimmung herrscht rings umher, knallvoll das Kabuff um halb fünf morgens, sechzig Tische. Junge Männer mit Filzhüten und weißen Pullovern voller Kameradenautographen skandieren im Chor: *Wir scheißen auf die Bundeswehr, holla, holla.* Und ältere Männer mit leuchtenden Augen fragen, bei welcher Einheit die Gruppe gedient habe, Erinnerungen werden hervorgeholt, an die Zeit vor den Ehefrauen, dazwischen, rüde und angstlos, Rosis und Zenzis, mit bis zu zehn Maßkrügen, brüllen VORSICHT VORSICHT VORSICHT brüllen sich einen Weg durch die Leibermasse aus Sackschweiß und Gerülpstem – vielleicht gibts eine Prügelei, mit möglichst vielen Leichen? – aber irgendwann umarmen sich alle, verlorene Hoffnung, ich marschiere weiter zum Hauptbahnhof, da gibts einen Stand, der macht um halb fünf auf und um sechs wieder zu, überbrückt so die Zeit zwischen Weißbierkeller und Parkrandkiosk.

Dosen mit Spatengold kosten zwei Mark, das kann man gelten lassen. An gelb lackierten Stehtischen unterhalten sich Semipenner ungezwungen mit jedem, der das gut findet, es sei denn mit Schnorrern.

Eine Frau.

Ihr Gesicht muß irgendwann hübsch gewesen sein. Gezeichnet vom Suff wirkt es immer noch freundlich, voller Leben, ihre Augen blinzeln frech, und ihr Haar ist von pechschwarzem Glanz. Wenn sie jemanden ansieht, stößt sie ihre Zunge an die

Zähne und läßt den Mund einen Spaltbreit offen. Auch von der Bierdose schlürft sie nicht ohne Erotik. Ihre Figur ist schlank geblieben, steckt in Jeans und einer Art abgewetztem Poncho. Dem runzligen Kerl, der permanent einen Arm um sie legen will, greift sie ohne Arroganz an die Eier,

«Das isda Kokosnußcharlie!» erklärt sie allen, Kokosnußcharlie grinst selbstbewußt, nickt mir zu, liegt im Kampf um die Gunst der späten Madonna klar in Führung, neidische Blicke von überallher stützen seine Zufriedenheit ab.

Ich könnte den Wettkampf noch einmal entfachen, das gibt mir die Frau zu verstehen. Mit einem Zwinkern. Aus der Hüfte. Quasi. Laß gut sein.

Trinker in schmierigen Mänteln, Trinker in kurzärmligen Hemden. Uniformiert der jugoslawische Nachtportier des Eden-Wolff-Hotels gegenüber, wortführend in der Diskussion über die Unterschiede zwischen deutschem und jugoslawischem Fußball, dazu hat fast jeder was zu sagen.

Auftritt von links: Vokuhila mit Schnauzer und Fliegerjacke. Purer Abschaum. Geschäftsführer einer Bar in der Schillerstraße. Behauptet er. Prahlt, wieviel Gesocks er heute schon vor die Tür gesetzt hat. Öffnet stolz die Jacke, zeigt sein Arsenal: ein Baseballschläger, ein Gummiknüppel mit eingebautem Reizspray, eine Tränengaspistole. Alles legal, betont er, weil in wenigen Metern Entfernung zwei Bahnbullen rumstehn, er dürfe damit nur nicht auf Versammlungen. Boah ey – der kennt das Gesetz. Man schweigt beeindruckt. Sein Kompagnon, ein junger Debiler mit Gesichtsrose, versucht mich zu provozieren, weil ich das Wort Defensivlethargie gebraucht hab, das hier nicht hergehört. Klugscheißer müssen gejagt werden, sagt er. Meine Scheiße ist nicht klüger als deine, sag ich. Dagegen hat er nichts einzuwenden, das sei korrekt. Ein

Klugscheißer wär ich trotzdem. Jetzt müßte Heinz hier sein. Wenn in soner Situation ein Heinz dir beisteht, verehrst du ihn. Das ist wie beim Mähdrescher Wouters – seit der für Bayern spielt, finden den alle FCB-Fans klasse. Heinz würde die Gesichtsrose sofort aufmischen, blutig aufblühen lassen, ohne eine Sekunde an seinen Teint oder sein Seelenheil zu denken. An seins nicht und das des anderen sowieso nicht. Ist Silke davon animalisch beeindruckt? Gut möglich. Und bin ich deswegen irgendwo neidisch? Hmgnmmtsshmmm ...
Gesichtsrose (*«Yugos müssen gejagt werden!»*) hält eine Rede. Der Nachtportier und ich wechseln diskret den Tisch, die gute Stimmung weicht gedruckster Prahlerei im Flüsterton.
«Jede Nacht hab ich 50, 60 Mille in der Kasse – ist ein gutes Hotel. Steigen wichtige Leute drin ab. Neulich war der nigerianische Außenminister da.»
Ich frag ihn, was er tun würde, sollte er überfallen werden.
«Geben!» sagt er, «Geben! Bin doch nicht verrückt.» Es klingt wie eine Aufforderung zum Komplott. (*Vokuhila und Gesichtsrose verziehen sich. Aufschnauf.*)
«Na gut, ich überfall dich, du gibst ne Scheiß-Beschreibung von mir ab, und wir machen halbe-halbe, okay?»
Entgeistert starrt er mich an.
«Nein, nein, ich habe gute Arbeit, Zweitausend netto, bin ehrlicher Mensch, wozu soll ich Verbrecher werden?»
«War doch nur Spaß.»
«Ah so ...»
Ein schwäbischer Arbeiter gesellt sich zu uns, er sei nur versehentlich hier, sei in den falschen Zug gestiegen und in München aufgewacht, jetzt käme er drei Stunden, mindestens, zu spät zur Arbeit, alles sei wurscht.
«Dann gib doch einen aus!»

«Warum?»
«Weils wurscht ist.»
«So blutwurscht ists dann auch nicht.»
Kokosnußcharlie und Ponchofrau ziehen ab Richtung Westen. Hübsches Paar.
Weiter.
Aber irgendwann werde ich wiederkommen, dem Charlie die Ponchofrau klauen, zwischen den Kokosnüssen weg stibitzen, weil ich jung bin und omnipotent und die Welt geerbt hab, der ich viel beweisen muß. Arschlöcher. Alle. Ich schlitz euch alle auf.

Mein Brustkasten fühlt sich gestaucht an. Klumpiger Schleim, meine Lungen stechen bei jedem Schritt.
Kaltes Wasser in den Nacken. Morgen aus Glas mit Pelzbesatz. Die durchgemachte Nacht hängt als unsichtbare Schleppe um den Hals. ALLES VIEL ZU HELL. VIEL ZU HELL.
Trambahnfahren, mit der Müdigkeit, die so glorios kommt, wie sie wertlos ist. Später dann.

Am Parkrandkiosk, Läden dicht. Kein Mensch.
Natürlich. Freitag!
Scheiße. Weiter.

Jemand bläst in meinem Kopf Luftballons auf. Gehirnhaut wird gegen die morsche Schädelwand gedrückt, reibt und entzündet sich, aus den Ohren fließt dreckiges Blut warm die Wangen hinab.

Karls Begräbnis. Südfriedhof.

Alle, bis auf Silke, stehn ums Loch. Die Träger schmeißen den Sarg hinab, verziehen sich zur Brotzeit hinter die Platanen. Der katholische Pfarrer ist jung und schütter-blond, ein schmalgesichtiges Nickelbrillenhakennasen-exemplar. Nahezu niemand trägt Schwarz. Außer selbstverständlich dem Pfarrer. Und Rudi.
Dem hat (was sonst oft Karl übernahm, seit die Zivistelle gestrichen wurde) Gustav in der Früh beim Anziehen geholfen. Jetzt läuft Rudi (als noch sehr sehr junger Mensch Mitläufer der Waffen-SS) statt im Admiralsjackett in seiner alten Uniformjacke durch die Landschaft. Mit Totenkopf und Siegrunen. Klasse. Keiner traut sichs ihm zu sagen. Selbst der Pfarrer glotzt nur, verunsichert, und schweigt. Gustav hat ne Mordsgaudi.

Gustav: 'n Arsch isser gewesen!
Martina: Red nicht schlecht über die Toten.
Gustav: Und was für ein Arsch der gewesen ist.
Pfarrer: Ich darf doch bitten. Haben Sie keinen Respekt? Und eine Fahne haben Sie …
Gustav: Sie sülzen doch auch bloß rum und wissen nix.
Rudolf: Er macht nur seinen Job.
Pfarrer: Danke.
Karo: He, da kommt Hagen. HUU!
Pfarrer: Kann ich bitte anfangen?
Karo: Wer bezahlt Sie eigentlich?
Pfarrer: Das muß ich nicht beantworten.
Karo: Karl hatte doch keine Verwandten.
Rudolf: Das ist im Paket von der Sterbeversicherung mit drin.
Gustav: Er hatte ne Sterbeversicherung? Glaub ich nicht!
Walburga: Ich vermiß ihn. Auch wenn er oft gemein gewesen ist.
Gustav: Geizig war er.

Martina: Das stimmt schon. Und mißtrauisch.

Ich: Und ein fieser Satanist. Wenn der einen Kater gehabt hat, schlachtete er eine Katze und fraß die frische Leber. Eingelegt in Racke Rauchzart.

Pfarrer: Sie reden hier an einem Grab! Und solchen Unsinn.

Ich: Bin ja sonst kein Denunziant, aber ich dachte, das interessiert Sie.

Pfarrer: Wenn dieser Platz entwürdigt wird, löse ich die Versammlung auf.

Gustav: Solltense vorsichtig sein, mit Lokalverbot und so. Kann ins Auge gehn. Ist Karl das beste Beispiel für.

Walburga: Ich hab den Kranz gestohlen, Herr Pfarrer. Wird mir vergeben werden?

Pfarrer: Sie haben *was*?

Walburga: Den Kranz hier. Hab ihn von da hinten. Möcht ich gern dem Karl mitgeben, weil da hinten lagen so viel Kränze, und von uns hat keiner einen.

Pfarrer: (*Entgeistert. Hilflos.*) Sind unter den Anwesenden Angehörige?

Martina: Der Karl und ich – wir hätten uns beinah verlobt.

Rudolf: Davon träumst du aber bloß.

Martina: Das hätt ich schon geschafft.

Ich: Kommt Silke nicht?

Gustav: Ein Arsch war er, der Karl.

Rudolf: Und ein mieser Verlierer. Betrogen hat er mich. Es wird schon dunkel, hat er gesagt, und seine Stellung war total hinüber, es wird schon dunkel, ich kann gar nichts mehr erkennen, ja, was hätt da ich erst sagen sollen? Na gut, hab ich gesagt, ich hab die Stellung im Kopf, morgen spielen wir weiter, und am nächsten Morgen dann hat er rumgezickt! Hat gestritten! Wegen fünf Mark.

Karo: Wer erbt da eigentlich?

Walburga: Laßt doch den Herrn Pfarrer endlich sprechen. Der ist so jung und weiß gar nichts vom Karl, und wurscht ist es ihm auch.

Pfarrer (*in ständiger Auflösung begriffen*): Danke. Innigsten Dank. Liebe Trauergemeinde –

Gustav: Sülz schwafel sabbel blabla …

Pfarrer: Ich verbitte mir Ihre Kommentare!

Walburga: Gemein seid ihr! Alle! Hagen! Schau nur mal deine Hose an! Bist durch den Schlamm gekrochen?

(*Walburga kniet vor mir nieder, leckt sich den Daumen und reibt am Bund der Hose, kratzt die Schlammspritzer vom Stoff.*)

Martina: (*flüstert dem Pfarrer ins Ohr*) Die isn bißchen dada, nehmen Sies ihr nicht krumm.

Walburga: Ich hab der Sissi die Schleppe geschleppt! Ja! Drum heißt die Schleppe Schleppe, weil man eine Trage trägt.

Pfarrer: Wenn das so weitergeht, laß ich die Grabstätte räumen, ja? Wegen … wegen erwiesener Respektlosigkeit, und lese dem Verstorbenen eine Messe in der Kapelle, so können Sie's auch haben, ja?

Gustav: Kostet das extra?

Pfarrer: (*starrt auf Martinas Jutetasche*) Was soll das denn?

Martina: Ne Flasche Racke Rauchzart. Den hat er so gemocht. Ich wollt ihm den aufn Sarg legen.

Pfarrer: Gnädige Frau, wir sind hier nicht bei einer Schiffstaufe!

Martina: Ist ja auch kein Schampus.

Pfarrer: Jetzt reichts.

Walburga (*klammert sich an ihn*): Ach bitte, Hochwürden, nicht weggehn, nicht weggehn! Der Karl kommt in den Himmel nicht!

Gustav: Wir sollten die Flasche aufmachen, jeder nen Schluck nehmen, und 'n bißchen was von ausspucken. Wär allen mit gedient.

Martina: Laß die Finger von! Kriegst nachher noch was!

Karo: Karl hat behauptet, meine Fotze stinkt. Und ich verzeih ihm, denn er wußte nicht, wovon er geredet hat. Von meiner Fotze, Herr Pfarrer, hatte der Karl genauso wenig Ahnung wie Sie. Und das ist wahr vor dem Herrn, oder nicht?

Pfarrer: Ich bitte Sie, Sie alle, ja, im Garten der Toten ...

Gustav: Garten der Toten! Das ist gut ...

Pfarrer: Um Besinnlichkeit und Respekt. Pietät! Ich werde nicht sprechen, ja? Wir werden diese Trauerfeier beschließen mit einer Minute des Schweigens, und ich werde nichts weiter dazu sagen, ja? Einverstanden?

(Beifälliges Gemurmel)

Pfarrer: So lasset uns schweigend trauern um den aus unsrer Mitte gerissenen ...

Karo: Und Albert? Kommt ihr alle mit, ihn besuchen? Martina, du böses Luder, du hast den Albert zum Mörder gemacht! DU!

Martina: Sowas laß ich mir von dir nicht sagen.

Karo: Scheiß auf Karl! Scheiß drauf! Ich muß grad nicht, sonst würd ich mich über das Loch hocken und draufscheißen, jawohl!

(Der Pfarrer klappt seine Spickzettelsammlung zu, eilt verschärften Schrittes von dannen. Karo und Martina haben einander an den Krägen gepackt, werden vom Rest der Trauernden mühsam getrennt. Gustav greift nach Rudolf, der desorientiert ins Loch zu stürzen droht. Soviel Haß. Soviel Liebe.)

Wäre der Mensch zusammenzufassen in wenigen Sätzen,
es gäbe der Bücher nur eins. Schmal wärs und traurig ...

Mein Distichon für heut.

Weil die anderen sich im Tagesverlauf noch spiritisieren würden für und für, wars nur gerecht, dezent im Gerangel die Flasche Rauchzart unterm T-Shirt fortzutragen. Gerecht wars und Freitag überdies, ein großes Konzert würde es geben am Abend, fern von hier, in Immenstadt im Allgäu, ich hatt es nicht vergessen, nein.

Silke: Was willst du mal machen?
«Wann ist: mal?»
«Irgendwann.»
«Soweit plan ich nicht.»
«Dir ist alles egal?»
«Ich weiß nicht.»
«Was ist dein Lieblings-Beatles-Lied?»
«Oh. (überlege) *Tomorrow never knows.»*
«Das sagst du jetzt!»
«Ja. Eleanor Rigby.»
«Besser.»
«Wofür?»
Der einzige ernstzunehmende Dialog, der je stattfand zwischen uns. Hab ihn mir wortwörtlich aufgeschrieben. Ohne Sinn, nur so.

In der Trambahn. Ein Paar diskutiert, ob sie sich ein Baby oder einen Urlaub leisten sollen.
Er fragt, ob der Lottoschein ordungsgemäß ausgefüllt ist. Sie fragt, ob er was dagegen hat, wenn sie die Batik für Fortgeschrittene besucht.
«Ja.»
«Nein.»
Die sind gut aufeinander eingespielt.

Vom Baum des Lebens fällt
Mir Blatt um Blatt.
O taumelbunte Welt,
Wie machst du satt,
Wie machst du satt und müd.
Alles stirbt, und alles stirbt gern.
Nur die ewige Mutter bleibt,
Von der wir kamen,
Ihr spielender Finger schreibt
In die flüchtige Luft unsre Namen.

Der Hesse Hermann war weiß Gott so schlecht ja nicht. Im Hirn dirigierte ich Sibelius' Fünfte. Es kam wie Single Malt pur nach 13 Jahren Entwöhnung. Wir alle waren groß.

XVII Geflügelte Herzen

14 Uhr. Pasing, Gleichmannstraße. Der Bandbus röhrte, öttelte, stotterte, soff ab, kam wieder, ging wieder. Jedesmal diese Scheiße.

«Hee, Jungs!»
Komo: Hast du getrunken? (GETRUNKEN!)
«Bin noch dabei. Bald bin ich rackedicht. Heheeeeeee (s e h r b r e i t) Und wir wern spielen, im Allgäu, als wärs das All, oders CBGB oder Hammersmith oderie Olympiahallall. Klar? Wir hänguns rein, imma, und wenns im letzn Scheißkaff für drei Leut is ...»
Micha: Schau lieber, daß du nüchtern wirst. (*Warn präziser Drummer, der Micha, wußte bloß bei manchen Songs partout nie, wann Schluß war, hörte meist vor allen andern auf – aber vorher ... spitze ...*)
«Wieso? Bin Sänga! Binn Kollege vom ORPHEUS! Getränke sinnie Brücke zun Göttern ...»
Conde: Oje. Schmeißt ihn hinten rein. Besorgt Kaffee!

Wir brauchten fast zwei Stunden bis Immenstadt, und als wir durch den Ortseingang fuhren, bremsten wir nicht rechtzeitig, rutschten durch und auf der andern Seite wieder raus.
«Das kannich Immenstadt sein, dassis Immendorf oder so.»
Micha: Rom hatte im 16. Jahrhundert weniger Einwohner als heute Germering, wußtest du das? Und trotzdem führten da alle Wege hin.
«Ihr seid alle so rein. So strahlend! Ich liebe euch! Sogar Komo.»

Es gab keine Probleme. Eines der zehn Häuser (das ohne Fernsehantenne) war der Jugendclub. Ein Plakat hing dort. *Genie&Handwerk.* Riesengroß. Wir johlten alle, dachten, es sei Zeit, und unsre sowieso – und überhaupt – wer eigentlich seid *ihr*? WER WER WER seid denn IHR IHR IHR? (Schon formte sich ein neuer Song, alles wurde Musik, vielleicht ein Refrain zum *Wurm am Wundenrand*? WER WER WER seid denn IHR?
Die Welt gehörte uns, wir hatten sie den Eltern nur geborgt.

Der Leiter des Jugendclubs (*Ich binna Robert, aber nennt mich* Meiki –) fragte, ob wir ein Interview geben würden, für den Stadtanzeiger. Klar. Peter und ich machten das. Peter sprach perfekt Englisch mit texanischem Akzent, wir gaben ihn oft als Ami aus, um internationaler zu wirken.
Das Lokal war sehr nett, die Bühne breit, Strom gab es auch.
Oben im ersten Stock teilte man uns einen beinah kahlen Raum als Garderobe zu. Nur beinahe kahl wegen eines Filmplakats an der Wand, *Once upon a time in America,* mit der Fresse von Robert de Niro. Silke stand auf Robert de Niro. Stand tierisch auf Robert de Niro. Ich faltete Robert de Niro zusammen und steckte ihn ein. Würde ein sinnvolles Geschenk werden. Wenn sie vor diesem Poster onaniert, dachte ich, wird sie immer auch ein wenig an mich – und günstig von mir denken.
Conde: Mußt du überall was stehlen?
«Is für Silke.»
«Aber wie sieht das aus – das einzige Poster, das die hier besitzen, und du nimmst das weg!»
So sah das aus – man machte sich Gedanken wegen eines POSTERS für zwei Mark fünfzig. Unglaublich. Jetzt war der Raum ganz kahl und traurig.
Der Leiter des Jugendclubs (Blaumann und Pferdeschwanz) begann mit dem Interview.

«Warum macht ihr Musik?»

«Äh. Hmm. Peter, warum machen wir Musik?»

«Macken we what?»

«Music.»

«Do we?»

«Ich wäre gerne Anton Bruckner.»

«Wer?»

«Who?»

«Wir nennen das Brucknerpunk mit Folkelementen.»

«Habt ihr Vorbilder?»

«Bruckner. Puccini. Natürlich Gun Club. Die Wipers.»

«Brian Ritchie sucks!!! »

«Trotzdem, die Femmes sind okay.»

«Go-Betweens. Birthday Party.»

«Ne, Peter, ne. Keine Birthday Party.»

«The Birthday Party sucks!!!»

«Wir haben auch ein neues Sauflied in memoriam Modest Mussorgski.»

«Aha. Und politisch? Seid ihr?» Er fragte es, wie man ‹raucht ihr?› fragt.

«Radikal, aber keine Randexistenzen. Mittendurch, aber Kopf obendrüber.»

«I love Dada.»

«What? The literature?»

«No, Amin Dada.»

«You mean – what?»

«Idi. Like idiot.»

«Iggy Pop?»

«No. Idi. Idi Amin Dada.»

«Ah. Hmm. Und wann gibts die erste LP?»

«Ich bin dafür. Der Rest der Band findet LPs zu kommerziell.

Bisher lief das nach dem Prinzip der mobilen Weihfestspielstation.»
«Ähmmmm?»
«Wo wir sind, ist Bayreuth, und wer uns hören will, soll gucken, wo Bayreuth heut ist.»
«Ah. Toll! Das istn guter Aufhänger, okay.»
«We love your show, we see it every night.»
«Jooo ... Um sechs ist Soundcheck und hier sind Bons für was zu trinken. Jeder drei, ist das okay? Sold gibts hinterher.»
«Ne. Geld gibts jetzt.»
«Cash and now.»
«Weißte, neulich im Alabama, da ham wir naiv gesagt, okay, ham uns vertrösten lassen wie Kriegswitwen und dann, dann ist der Lupfer mit der Kasse ab. Ungelogen.»
«Ihr habt schon im ALABAMA gespielt?»
«Zweimal.»
«Eeecht?»
Der Respektpegel stieg. Wir waren wer in Immenstadt. Big in Immenstadt. Und mit großer Geste wanderten dreihundert Mark über den Tisch. Dreihundert Mark. Dreihundert Mark. Dreihundert Mark.
War nicht mehr dasselbe wie beim letzten Gig. War irgendwie – lachhaft. Valerie hatte mich komplett versaut.

Im vorletzten Sommer zog ich mit Wolfi regelmäßig durch die Vorstadtstraßen und suchte nach irgendeinem kleinen Glück. Es war sehr heiß gewesen, selbst noch nach Mitternacht. Jemand hatte zwecks Durchlüftung seine Haustür geöffnet und vor die Tür einen Akkordeonkasten gestellt. Wir schlichen hin, ersetzten den Kasten durch einen großen Stein, schnappten die Beute und radelten an einen sicheren Ort. Das Akkordeon würde im Pfandhaus mindestens 50 Mark einbringen. Wenn es ein Akkordeon gewesen

wäre. Es war die Tasche eines Schornsteinfegers, mit seltsamen Schläuchen, Bürsten, Zangen, Digitalthermometern – völlig unveräußerlicher Spezialistenkram.
Jetzt haben wir 77 Jahre Unglück, sagte Wolfi, einen Schornsteinfeger zu beklauen, ist von allen letzten Dingen das allerallerletzte.
Aber wenn wir das Ding zurückbringen, sagte ich, werden wir vielleicht erwischt und für die gute Tat noch bestraft ...
Tagelang überlegten wir. Entschieden uns für die 77 Jahre.

«Das geht vorbei!»
«Jawohl, das tuts!»
Der Soundcheck zog sich hin. Conde führte immer einen Riesenzirkus auf, stimmte seine Gitarren stundenlang – um dann derart darauf einzuhauen, daß schon beim ersten Song die Saiten rissen. Unser Mann am Mischpult war Joe Kahlkopf, der jeweils separat mit seinem VW Golf anfuhr und seinen Scheißmix an den Reglern zelebrierte wie ein japanisches Teeritual. Es gab in den Konzerten fast obligatorisch den Moment, da ich Joe Kahlkopf ein Arschloch nannte und mich beim Publikum für den dumpfen Sound entschuldigte, jedesmal brauste Joe beleidigt ab, kehrte stets zum nächsten Konzert zurück. Wir konnten uns keinen Besseren leisten, und so sehr er mich haßte, liebte er die Musik, die wir machten, wollte Bestandteil sein. So gut es ging.
Früh schwappte Publikum an. Ich gab eine A-capella-Version von *Sex Beat* für den Aussteuerungspegel, erntete ersten Applaus. Um acht waren fast dreihundert Leute da, und das Konzert sollte erst um neun beginnen. Wahrscheinlich war deshalb der Sound soviel besser als sonst. Joe Kahlkopf konnte sein Reglerwerk nach der Akustik des randvollen Saales ausrichten. Alles stimmte. Jeder von uns hörte sich hinreichend gut auf den

Monitoren, die diversen Verstärker enthielten sich jedes Wakkelkontakts, Mikrofone unter den Trommelkörpern konnten mit den Sticks nicht getroffen werden, und die Leute riefen nach uns, skandierten unsern Namen, *Genie&Handwerk*, immer wieder, süchtig nach dem, was unsre Zeit so sehr versprach, so selten hielt. Pferdeschwanz Blaumann gestand uns zu, um kurz nach halb neun, wir seien unsres Honorars jetzt schon mehr als würdig, die Bude sei voll, mehr paßten nicht hinein, von ihm aus könne es losgehen. Er steckte uns einen Getränkebon extra zu – und wir, wie gedopte Rodeostiere, stürmten aus den Boxen, nahmen die Bühne ein unter Geheul und vorfreudiger Ekstase, schwer kamen die Akkorde (Bass&Drum) des Intros, zu dem noch kein obligater Text existierte, nur *we might have coffee in heaven* hatte sich mir als passend eingeprägt – *why don't we go to die?*

An gewissen Abenden merkt man früh, daß es ein großer Abend werden wird. Dieser Abend konnte, wir spürten es, der größte werden. Wir spielten uns in Rausch, wuchsen unter dem Beifall, zogen uns gegenseitig hinauf. Das Intro ging über in *Shadows Bloom Up* (Im Schattenreich), eisige Beats prasselten runter, abgesprengte Stalaktiten, hart in die Augen, dran anschloß eine Ballade – *Deserts in Love*, an dieser Stelle kam Komo, zwergenkleiner Irrwisch, über die Bühne gesengt, leitete per Violinsolo Cadenza molto esspresivo über zum legendären *Winged Hearts*, mit dem wir im Zündfunk-Hörer-Wettbewerb einen ehrenvollen zweiten Platz erspielt und ertelefoniert hatten. (Über die Bamberger Trashband auf dem ersten Platz redet heute kein Schwein mehr.) Dann morgenröteüberdemflußnewskazartes, schon erwähntes Memorial des Riesentrinkers Modest - *Modest, ach Modest Mussorgski – das ist der Typ da hinten mit dem Schifferklavier, der ist jetzt schon bald jeden Abend hier.* (Solo

Conde) *Eine fette russische Seemannshure tanzt mit Modest auf den Tischen der letzten Kneipe im schlimmsten Viertel von St.Petersburg.* (Solo Peter) *Modest sieht fett und verquollen aus, er ist schwer krank und hat furchtbare Angst vor dem Tod, vor Entsetzen schreibt er ein paar Noten auf.* (Duett Komo und Conde – zur Melodie der *Chowantschtschina-Ouvertüre*, ergreifend, sehr ergreifend, ich weinte still vor mich hin, von einem Bierglas getarnt, und – harter Schnitt – *Some Kind of Fun* - ein Lied über Chirurgen, die Schweine mit Schmetterlingen kreuzen – *everywhere gleaming coloured cotelets in the air* – endlich *Crazy, The Hunk, Der Müll* (*Lieder einer schweigenden Zeit rauschen die goldenen Gassen hinauf, und das tote Kind, umhergeschleudert an der Nabelschnur, fliegt fort, fliegt fort, fliegt weit weit fort* . . .), *Ghost Galley, Gallow Hill, Forbidden Brides, 1000 Love Songs*, als Ohrwurmausklang Condes unsterblicher Throwawaysong *Hey You* – und, unglaubliches Wagnis nach soviel problemlos Gelungenem: die Erstaufführung von *Der Hund aus Höllen*. Wir riskierten alles, alles war möglich. Kam an. Und das Publikum schrie noch immer um Erlösung: also *Winged Hearts*, zum zweiten, aber in der ursprünglichen Fassung: *Das geflügelte Herz*. Als zweite Zugabe unsre Slowmo-Coverversion von *Sex Beat*, danach, weil der Vorrat eng wurde, Kammerpop, Kleinodien aus der Frühzeit, unplugged – *Irgendwo, Ich lag im Sarg, Du bist dumm*, Blues mit konziser Botschaft: *Du bist dumm* (*2x*)

Du sollst mich haben.
Zieh dich aus.

Und, im Taumel der Allmöglichkeit: *Schwarze Falken*. Unter normalen Umständen kein konzertgeeignetes Stück, aber Conde improvisierte auf der Gitarre den Part des Harmoniums, als hätt ers nächtelang geübt, und Komo folgte (endlich, endlich einmal!) meiner Bitte, das ganze Lied auf der tiefsten Saite, mit nur drei Tönen zu bestreiten, ohne Zierat und Dop-

pelgriff. Die Meute hörte still zu, kein besoffenes Arschloch maulte dazwischen. Sehr, sehr bewegend. Danke, Immenstadt. Es ging im Text um Hexen, die mit brennenden Kerzen ficken, um die Asche einer Frau im Aschenbecher, Falken am Himmel und dauerlächelnde Lippen des weltentrückten Ich-Erzählers. Nummer, die mir nach der Erfahrung mit Valerie tiefer und echter klang. Legitimierter, irgendwie. Wir verbeugten uns und gingen. Und kamen und gingen. Die Leute spielten völlig verrückt, und wir das gesamte Repertoire noch mal. Was niemandem aufzufallen schien. Tja.
Um ganz ehrlich zu sein: Vielleicht wären diese jungen, begeisterungsfähigen Menschen aus Immenstadt zu allem ausgerastet, was einen tanzbaren Takt zu produzieren imstande war. Ist möglich, aber unbewiesen, von daher nichts als unpassender Sarkasmus. Wir waren gut an diesem Abend. Gut wie nie zuvor. Was anderes zählt nicht. Joe Kahlkopf gab mir wortlos die Hand. Dinge, die man nicht vergißt.

Groupies gabs keine.

Auf der B 12. Im Bandmobil.

«Ich hab ne Idee. Für die internationale Expansion. Ein neuer Name, ein überseeischer Name!»
«Laß hören!»
«*Kickin' out Komo.* Wir thematisieren unsern Dauerzoff, machen Komo zum Running Gag und malträtieren ihn auf offener Bühne!»
Alle fanden die Idee geil. Nur Komo nicht. Er saß am Steuer, murmelte was von wegen albern, hergeholt, zeigte sich zum Opfer nicht bereit. Die Stimmung litt darunter keineswegs.

Rotwein kreiste, und im Zentrum brannte ein metaphorisches Lagerfeuer aus den gehäuften Leichen der Feinde.

«Wir waren gut heut. Verdammt! So richtig rauchzart gut!»

«Ja. Wir habens endlich drauf.» Sogar Micha, der immer nüchterne Präzisionsmusiker, grinste zufrieden und trank ein Fünftel Chianti.

El Conde rückte nah an mich heran. «Das mit dem neuen Sound neulich – war das wirklich so scheiße?»

«Hmmhm.»

Er schwieg und trank. Aus dem Cassettenrecorder dröhnte, wie nach jedem Gig, das Mischpulttape vom Abend. Micha schmiß es raus, legte Bachs Doppelkonzert d-moll ein. Um, wie er sagte, der Nacht zu geben, was der Nacht gehört. So fuhren wir durch die sternklare Nacht mit dem Kronjuwel der Nacht, selig, und beim Largo summte jeder heimlich mit. Zum Sterben schön. Es kann keine Welt so schlecht sein, in der es Bach und uns gegeben hat.

Conde, spät, kurz vor München, nach sehr viel Ansatz, herzzerreißend leise:

«Hagen?»

«Ja.»

«Warum bist du so genial und ich nicht?»

«Es ist eine Frage des Willens.»

XVIII Die Angst vor dem Ende des Durstes

Der Lärm der Gleichmannstraße am frühen Morgen. Geruch nach Öl und Benzin, nach Blech und fettig-klammen Wolldecken. Vorn an der Kreuzung quietscht ein Bus. Die Kälte betäubt Oberschenkel und Schultern. In der Bauchgegend liegt, zusammengeringelt, ein schweres Loch, darin die Kälte schläft und sich, erwachend, über den gesamten Körper ausbreitet, bis sie die Fingerspitzen erreicht. Der Körper, der sich lange nicht gewehrt hat, sei denn durch zitterndes Dösen, springt auf, Licht brennt sich in die tauben Muskeln. Wieder nicht tot.

Nach einer erfüllten Nacht bekommt die Fortsetzung des Lebens hybride Züge. Jeder noch kommende Tag wird ein Traum weniger sein. Im Tod endlich wird alles faktisch.

Fäden sucht man, aus denen ein Seil zu drehen wäre. Profaner bitte: Wieso hatte ich im Bandmobil übernachtet, und nicht an irgendeinem Ort mit Kaffeemaschine?

Es gab zu tun. Valerie anrufen, meine Sachen aus ihrem Haus holen und im Übungsraum stapeln, eine neue Wohnung finden, für preiswertes Geld. Es gab ungeheuer viel zu tun und wenig Erfreuliches.

Das Gehen kam mühsam, als preßte von unten der Grund und von oben was andres.

Wie hatte crazy Walburga stets geraten? «Geh auf dem Zebrastreifen. Auf dem Zebrastreifen werden nur sehr bedeutende Leute erschossen!»

Ja nu.

Ich stand vor dem Nichts, genaugenommen. Im Café, das dem

Nichts immer gegenüberliegt, wurden Krapfen verkauft, drei Stück für zwei Mark, mit Füllung aus Aprikosenmarmelade. Danach war es immer noch vor neun, aber ich wollte meine Zukunft krampfhaft und sofort gestalten, also wählte ich Valeries Nummer.
Hanna meldete sich mit
«Bei Bergmann?»
«Ist Val schon auf?»
«Sie wissen es noch nicht?»
«Ich weiß nicht, was ich noch nicht weiß, nein.»
«Frau Bergmann hatte einen Unfall.»

Lange, lange Pause. Innere Pranken kneten die Lunge zum Ball. Herz schlägt rasend schnell, ich bin schuld, bin schuld, schuld schuld schuld. Will mich setzen, aber die Telefonschnur ist zu kurz. Zerbröckelnde Kniescheiben. Jede Gelenkflüssigkeit fließt hinunter in die Schuhe.
«Ist sie tot?»
«Man hat sie aus dem Auto schweißen müssen. Ein Wunder, daß sie lebt. Beide Beine sind gebrochen. Und mehrere Rippen. Sie grauenhafter Mensch!»
Lebt. Lebt, lebt, lebt.
«Wo liegt sie?»
«Geht Sie nichts an.»
«Doch. Tut es. Blöde Zicke!»
Nicht gerade diplomatisch, aber statt aufzulegen, gab Hanna die gewünschte Auskunft, *Klinikum Großhadern.* Seltsam. Seltsam, drüber prompt nachzudenken, zu denken, daß es immer schwieriger wird, wahrheitsgemäß über Menschen zu berichten, weil soviel gleichzeitig in den Köpfen abläuft, das, verfilmt, in ein chronologisches Nacheinander zu quetschen

wäre. Dies, und nebenbei nach dem nächsten Taxi zu schreien, das den Pasinger Marienplatz kreuzt, während man beim Besteigen des Taxis Schuld- und Mitgefühl und Angst in drei Häufchen vor dem geistigen Auge proportioniert und im voraus Wege zurechtlegt, um mit allen aus der Situation erwachsenden Eventualitäten vor sich selbst klarzukommen; wenn man, im Taxi, schlotternd vor zu nahe gehender Wirklichkeit, drüber reflektiert, was für ein schräg-verwinkeltes Gebilde der Geist ist, und ob all die durch die Unfallnachricht entstandenen Stimmungschemikalien sozusagen über filmische Exempel abgerufen wurden, oder frisch, aus erster Hand entstanden – im verschrobensten Winkel des Chaos wuchs gar die Überlegung, ob Bücher und Filme, dereinst obsolet geworden, dies nur geworden sein würden, weil die Menschheit ein neues Medium brauchte, das wildgewordene Spektrum der Gefühlspalette bewältigend zu ordnen, daß also Lese- und Kinounlust meiner Parkrandkioskkombattanten weniger einer Degenerierung als einem evolutiven *Bedürfnis* entsprang, einer Unterforderung – sagenhaft, zugleich wurden all jene Blitzlichter behindert und zurückgedrängt von einer moralischen Restinstanz, die behauptete, es sei angebrachter, bestürzt, physiognomisch verknüllt, an Valerie zu denken – die davon beim besten Willen nichts haben konnte.

Für jene, die nicht aus München kommen: Das Klinikum Großhadern ist ein kafkaesk-gigantischer Bau, ein alptraumhaftes Medizinal-Babylon, in dem man sich vor der Polizei jahrzehntelang verstecken könnte. Kilometerlange Gänge, schlecht beleuchtet, linolgedämpft, groß wie Autobahntunnells, die meisten Ärzte griffen zum Fahrrad, um zwischen zwei Patienten nicht Hungers zu sterben. Conde hatte dort Zivildienst geschoben – im Untergeschoß hat er mir mal Behälter gezeigt, in denen menschlicher Abfall, amputierte Gliedmaßen, herausoperierte Tumore, Mandeln, kupierte Vorhäute undsoweiter aufbewahrt und zur Verbrennungsanlage gebracht wurden.

Ich fragte an der Information nach einer *Bergmann, Valerie.* Im Bandmobil lag das De-Niro-Poster für Silke, noch wogte zerebral viel durcheinander, sieh bedrückt drein, nichts mehr mit lustig, Valerie zerschmettert – Zimmer 2962? Ja, Nebengebäude, zweiter Stock. Also keine Intensivstation. Gut. 2962. Behalte die 2962. Gehe in den zweiten Stock. Ziehe nicht dreitausend Mark ein. Alle Menschen, mit denen du gevögelt hast, liebst du, irgendwie, auch wenn du's nicht weißt. In der Verwirrung neigt das Hirn zum Sentiment. Du magst sie, weil du jeden magst, im Grunde deiner Mördergrube, der dir ein bißchen Aufmerksamkeit widmet. 38. Differenz zwischen 3000 und 2962. Leichter zu behalten. Nebengebäude. Trakt der Privatversicherten. Schlurfende Badeschlappen. Adrige, fleckige Füße unter Morgenmänteln. Slalom zwischen Krückengängern und Geronten, die auf dem Flur Zigaretten rauchen. Vorbei an werdenden und gewordenen Müttern, die mich für einen hypernervösen Baldvater halten. Krankenhäuser hab ich seit jeher gehaßt. Passen nicht in unsre juvenile Zeit. Hab selbst beste Freunde nie dort besucht. In einem Krankenhaus verändert sich meine Haltung zur Euthanasie unmittelbar, tendiert beim leisesten Wehwechen radikal zum Neubeginn. Tabula rasa. Zweimal wisch und weg. Überall Widerlichkeiten. Geruch nach Sagrotan und Inkontinenz, Wäschestärke und Fencheltee. Unendliche Zimmerfluchten. 2000. 2300. 2150. Ob wenigstens die Ärzte da durchblickten? Wenn nicht, mußte die lokale Sterblichkeitsquote immens hoch liegen. Merkwürdig – man

konnte, ohne sich bei irgendwem anmelden und ausweisen zu müssen, durch die Gänge wandeln, nach freiem Gusto Zimmer betreten, Patienten seiner Wahl und Willkür vergewaltigen und abmurksen. Wieso fand ich das merkwürdig? Man kann ja auch (unglaublich eigentlich) einfach *auf die Straße gehn und Böses tun.* Mußte was mit dem Intimbereich Bett zu tun haben, der mir nicht ausreichend geschützt vorkam.
2962. Ich trat ein, ohne zu klopfen. Teures, lichtdurchflutetes Privatversicherteneinzelzimmer, dennoch schlicht ausgestattet, und äußerst monochrom. Weiße Wände, weißer Schrank, sogar weiße Stühle. Ein krankes Zimmer, selbst die Luft schien weiß, man glaubte, drei Liter Flüssiggips mit jedem Atemzug zu inhalieren. Valerie schlief, eingepackt in einen weißen Halbsarg, erinnerte an eine gehudelte Mumie, ihre Beine waren weiße Klumpen an dünnen Stahlseilen. Ihr bleiches Gesicht stach aus der Arktis kaum heraus. Entspannt, ich will nicht sagen: *glücklich*, aber so ähnlich, lag es auf den hohen weißen Kissen, vom Fenster abgewandt.
Voll der zärtlichsten Gedanken näherte ich mich auf Zehenspitzen. Sie war die erste Frau, die mich hatte umbringen wollen. Vom Knarzen des Schemels neben dem Bett erwachte sie, lächelte schwach. Die Kuppen unsrer rechten Zeigefinger berührten sich. Kratzer entdeckte ich, auf Valeries linker Wange. Nichts Gravierendes. Narben würden nicht bleiben.

Sie sagte, es sei schön, daß ich hier sei.
Dasselbe könne man, sagte ich, von ihr nicht behaupten.
«Hast du Schmerzen?»
«... so müde ...»
«Denk immer, du hast Glück gehabt.»
«Stimmt. Saubere Brüche. Wird wieder. Du mußt mir als erstes eine neue Kamera besorgen, ja? Tust du das?»

«Was willst du denn hier knipsen? Ist doch alles weiß. Den Film belichtet dir kein Supermarkt. Werden alle denken, die Bilder sind überbelichtet.»
Sie lachte, aber das Lachen verursachte Schmerzen in der Brust, und sie behauptete, dies wäre der einzige Grund, besser traurig zu sein.
Ich mochte sie sehr, als sie das sagte. Es folgte die Marke ihrer Kamera samt einiger Zusatzobjektive. Ich mußte mir das genau notieren.
«Sowas kostet aber ein Heidengeld.»
«Geld ist im Schrank. Das Scheckbuch. Seit dreißig Jahren bin ich nicht mehr krank gewesen. Seit den Mandeln, und das war Prophylaxe. Man muß was erfinden! Gott, ich muß so häßlich aussehn.»
«Hat was. Ich mag das.»
«Ja?»
«Du siehst so … weiß aus. Wie eine Braut.»
«Du kommst mich doch jeden Tag besuchen, nicht?»

Alles was ich über Krankenhäuser bereits gesagt habe, wiederhole ich, wenns sein muß, vor der UNO – aber Valerie versprach ich in diesem Augenblick alles, versprach jeden Tag bei ihr zu sein, zum Kartenspielen, Vorlesen, Witzeerzählen, was immer sie verlangte. Später würde ich ihren Rollstuhl durch den Park schieben, zweimal an jedem Beet vorbei. Versprochen. Was blieb andres übrig? Sei denn, ihr das Kissen aufs Gesicht zu drücken und bis 2962 zu zählen.

«Schwörst dus?»
«Werd nicht kindisch.»

Eine Schwester trat ein, mit einem Tablett voll winziger Pappbecher und einer Bettpfanne.
Stellte das Tablett ab, sah mich strengstens an.
«Ist keine Besuchszeit.»
Valerie leerte die Pappbecher, einen nach dem anderen.
«Was soll ich jetzt anfangen in deinem Haus? Hanna wird mich hinterrücks erschlagen.»
«Quatsch. Hanna bekommt alles erklärt. Sie hat auch eine Kontovollmacht. Sag ihr, wenn du was brauchst.» Valerie strich mir über die Wangen.
«Sie müssen jetzt aber gehn!» drängte die weiße Sterbehilfe und wackelte mit ihrem ulkigen Häubchen. «Besuchszeit zwischen 14 und 17 Uhr! Frau Bergmann ist noch viel zu schwach …»
Ich trat zum Schrank, holte Geld für die neue Kamera. Abgang mit Kußhand.

Im Lift unterhielten sich Patienten über die Färbung ihrer Exkremente. Abgehorchte Fachtermini erklangen. Uralte Frauen trugen lasziv geschnittene Morgenmäntel. Jemand tippte mir auf die Schulter.
«Trinken Sie nen Kaffee mit?»
Es war Herbert. Einsachtundsechziger im Stricksakko. Die nasenlose Eidechse. Der Mann, dessen Bücher mir soviel Freude bereiteten.
«Klar.»
Wir setzten uns in die verrauchte Cafeteria und bestellten zwei Portionen. Er druckste minutenlang rum.
«Sie wollte mich nicht sehen … Hat nach der Schwester gerufen, um mich rauszuschmeißen.»
«Traurig. Das Miststück.»

«Hanna hat mich informiert. Sonst wüßte ich von nichts.»
«Aha.»
Jetzt nippte er. Und in diesem Nippen, diesem zart-versonnenen Nippen allein schon manifestierte sich das Unerträgliche dieses Menschen.
«Valerie war früher so anders. Lebendig, verspielt.» Er zündete sich eine Mentholzigarette an.
«Ja und?»
Er zuckte aus irgendeinem Grund zusammen, rieb seine Geheimratsecken, rang nach Worten.
«Ich hab das Gefühl, sie geht vor die Hunde. Die Depressionen – und die Ohnmacht, ich, ich …» Er stockte, seufzte nur noch.
Was sollte man sagen?

«Man muß natürlich auch an die Hunde denken.»
«Wie bitte?»
«Nix. Was wollen Sie denn bloß von mir?»
«Könnten Sie mir einen Gefallen tun?» Er gehörte zu den überreifen Camemberttypen, die einem nie gradaus in die Augen sehn. Widerwärtige Mixtur aus echter und zur Schau getragener Sensibilität. Typischer Gegner, der vorher nicht unterschätzt werden darf, nachher nicht überbewertet.
«Welchen?»
«Gehn Sie rauf zu ihr, überreden Sie sie, mir zuzuhören!»
Es war abgrundtief peinlich. Hatte dieser Mensch kein bißchen *Stolz*?
«Wissen Sie was?»
«Nein.»
(Pause.)
«Na gut. Valerie liegt da oben in Gips. Wehrlos. Nehmen Sie ein

bißchen Heftpflaster, kleben Sies ihr auf den Mund, dann *muß* die einfach zuhören.»
«Ach, Sie sind ein Klugscheißer, ja?»
«Pragmatiker.»

Die umsitzenden Patienten hatten ihre Gespräche unterbrochen und hörten dem unsrigen zu.
«Was findet Valerie an Ihnen bloß?»
«Sie sucht noch, glaub ich. Finden findet sie öde.»
«Können Sie das präzisieren?»
«Ich glaube, sie besitzt einen starken Hang zum Masochismus. Haben Sie sie je ausgepeitscht?»
«Nein. Um Himmels willen, nein.»
«Nicht mal ein bißchen gezüchtigt? Gerohrstockt vielleicht oder streng gefesselt, an alle vier Bettpfosten?»
Der Lärmpegel in der Cafeteria sank gegen Null.
«Es gibt, meinen Sie, Anzeichen dafür, daß ... in Richtung SM ...?»

Ich konnts nicht glauben. Warum stand der Kerl nicht auf und bewahrte einen Hauch von Würde? Er war soundsoviel Jahre mit Valerie verheiratet gewesen und fragte *mich*, mich Pausenclown, nach ihren Vorlieben aus.
«Ich glaube, Val wollte immer mal mit ihrem Papa Doktor spielen, und, ich kenn diesen Papa ja nicht, aber es würde mich nicht wundern, sollten Sie ihm optisch ein wenig ähneln.»
«Ist das ernst gemeint? Hat sie das gesagt?»

Langsam tat er mir leid. War es bösartig gegenüber Valerie, ihr diesen Menschen an den Hals zurückzuwünschen? Alles wurde verständlich. Nachvollziehbar. Sie hatte zig Jahre neben *ihm* verbracht. War angeblich lebendig und verspielt gewesen – und hatte sich grausam verderben lassen. Ob man sie dafür bemitleiden oder verachten sollte?

«Ich glaube, das hier hat keinen Sinn. Haben Sie je Wein aus Valeries Bauchnabel getrunken?»

«Nein.»

«Schönen Dank übrigens.»

«Wofür?»

«Für den Rothschild.»

«Sie saufen ... *meinen Mouton*? Aus Valeries *Bauchnabel*?» Sein Gesicht verlor an Farbe.

«Jetzt nicht mehr.»

«Der kostet fast 200 Mark pro Flasche, wissen Sie das?» Er flüsterte. Mischung aus Seufzen und Keuchen und Brummeln. Wie ein verbitterter Greis, mehr zu sich selbst. Konnte sich nicht durchringen, mir an den Kragen zu gehn.

«Sie haben Valerie noch nicht mal beim Bumsen ins Wasser geworfen, oder?»

«Äh ... nein. NEIN, das hab ich wirklich NIE GEMACHT! Verdammt, bin ich denn hier NUR NOCH DER TROTTEL?»

Einige der umsitzenden Kranken nickten. Grausames Volk.

«Machen Sie's gut.»

«ZUM KOTZEN IST DAS! ZUM KOTZEN!»

In den niederen Kneipen hatte ich öfter mit Männern zu tun, die allabendlich ihren lebensumwälzenden Banküberfall planten, bis ins letzte Detail. Monatelang. Sie lebten vom Plan, den Mut zu seiner Umsetzung aber hätten sie nur besoffen gehabt. Wenn sie aber besoffen waren, war es Nacht, und alle Banken geschlossen.

«Tag, Hanna.»
Ihre Mundwinkel senkten sich. Tiefe Furchen in der Stirn, versteinerte sie, sog vorher noch die Wangen ein und schwieg.
«Darf ich eintreten?»
Stumm trat Hanna zur Seite, preßte ihren Körper gegen den Türrahmen. Sie machte mir solche Angst. Wie sie dastand, haßerfüllt, ins Leere blickend, voller Spannkraft – keine Basis für ein dauerhaftes Miteinander.
«Hanna, wir sollten reden.»
Kopfschwenk schräg nach oben, bei verschränkten Armen.

«Na gut, vielleicht tuts ein Monolog. Wir können in diesem Haus gemeinsam nicht wohnen, würden uns über kurz oder lang ermorden, das sehen Sie doch genauso. Na schön. Reduzieren wir den Zwang des gegenseitigen Anblicks, so gut es geht. Ich habe mit Frau Bergmann folgendes abgesprochen: Um die routinemäßige Pflege und Versorgung des Hauses weiterhin zu gewährleisten, erhalten Sie Zutritt zwischen 14 und 17 Uhr, drei Stunden, während derer ich mich jeder Begegnung entziehen werde. Das Scheckheft bleibt unter Ihrer Ägide. Wenn ich eine gewisse Summe benötige, lege ich einen Zettel auf den Küchentisch, welchen Sie dann gegen den entsprechend ausgefüllten und unterschriebenen Scheck eintauschen. Mein Essen bereite ich mir künftig selbst zu, demgemäß werde ich auch die notwendigen Lebensmitteleinkäufe selbst erledigen. Haben wir sonst noch was zu besprechen?»

Es war ein großer und sehr mutiger Moment in meinem Leben. Ich wünschte, jemand hätte Hannas Augen gefilmt, die sich weiteten und weiteten, bis endlich ihr verkrampfter Mund

platzte wie eine verfaulte Frucht und zwischen den Lippen ein Spalt entstand.
«Sie ... Sie ...»
«Ganz ruhig. Contenance. Bitte.»

Ich trat an ihr vorbei, wünschte einen schönen Feierabend, ging auf mein Zimmer und wartete. Wartete. Lauschte vom Flur aus, hörte Hanna telefonieren, mit sich und ihrer eingegipsten Herrin ringen. Triumphierte beim Schnappgeräusch der Haustür, beim Geräusch fortknischender Schritte auf dem Kiesweg. Sprang umher, sang wilde Dithyramben – unterwandert vom Gefühl, was ich da trieb, könne nicht lang gutgehen, an Schlaraffiens Ende erwarte mich ein Nichts ungeahnten Ausmaßes. Pfeif drauf ein trotziges Lied!
Valeries Haus – unendliche Weite. Wir schreiben das Jahr 1 seit Hagens Machtergreifung. Dies sind die Abenteuer des Hagen Trinker, der mit einer vielhundertköpfigen Sehnsuchtshydra in Bereiche vordringt, die kaum ein Schwein zuvor gesehen hat.
Anruf bei Bernhard.
«Ja?»
«Hör mal, hast du Lust, dich heut mit mir zu besaufen mit 200-Mark-Wein noch und nöcher, und Videos und Pizzas und was weiß ich?»
«Hast du in der Waldwirtschaft gewonnen?»
«Viel besser.» Folgten Erklärungen, glorifizierte Schlachtengemälde, res gestae, Pomp and Circumstances.
«Wahnsinn. Ich hab aber Clarissa hier.»
«Dann bring sie halt mit. Ficken könnt ihr hier auch. Vielleicht machen wir einen lustigen Dreier, wenn sie zu ist.»
«Na gut.»

So fing das an. Mit einem seltsam verkrampften Abend, an dem ich großspurig Clarissa zwei Hunderter unters T-Shirt schob, für den nächsten Schuß, an dem wir, allesamt vom Ambiente verunsichert, *Once upon a time in America* guckten, zweieinhalb Stunden melancholisiert soffen und hinterher Strippoker spielten, was reine Formalie war.

Clarissa zu vögeln, kam keinem Sieg mehr gleich, nicht mal einem kleinen. Sie ließ es solalau mit sich geschehen, relativ unbeteiligt, und betrachtete mich fortan mit verändertem, zugespitztem Blick, wie ein Sparschwein in Reserve. Unangenehm. Zum ersten Mal stieg in mir die Einsicht des Besitzbürgers auf, es sei besser, was man besitzt, zu verbergen, auf daß es vom Neid nicht zer- und aufgefressen wird.

Spät in der Nacht bestellte ich ein Taxi, zahlte den beiden die Fahrt zu Bernhards Wohnung, wollte sie loshaben, wollte allein sein, doch sobald beide weg waren, kam ich mir noch viel beschissener vor.

HOBBES, THOMAS: *Leviathan, or The Matter, Forme & Power of a Common-Wealth Ecclesiasticall and Civil.* LONDON, CROOKE, 1651

ABRAHAM A SANTA CLARA: *Auff, auff Ihr Christen! Das ist: Ein bewegliche Anfrischung, der christlichen Waffen wider den türkischen Bluet-Egel.* WIEN, V.GEHLEN 1683

Bücher, die ich Bernhard portosparend zur Aufbewahrung mitgab.

XIX Schwein in weißer Höllen

Typen liefen rum, denen Schläuche aus der Nase hingen und in den Hals mündeten. Blau-weiß gestreifte Frotteemäntel schienen in Mode, im Aufzug plätscherte es aus einem, purpurrot, mit Blut angereichert, abgebrühte Krankenschwestern nannten den Nässer eine alte Drecksau, und die alte Drecksau öffnete den Mantel, streckte der Schwester die Zunge raus, tanzte in der Seiche ... Bild von gestachelter Schönheit. Es forderte zum Weitergehen auf.
Valerie hatte sich Comics bestellt, Donald-Duck-Taschenbücher, auch die Kamera hatte ich besorgt, samt der gewünschten Objektive. Zusammen zweitausend Mark.
Sie knipste mich, als könne sie so meine Seele rauben. Dann erklärte sie, wie das Ding funktionierte; ich mußte Blickwinkel einnehmen, die ihr interessant schienen, und obskure Fotos schießen, von einer Frau, die Gips trug und sonst nichts. Manchmal griff sie nach meiner Hand und schob sie sich zwischen die Beine. Peinliche Gefälligkeiten, niemals erotisch, nicht mal zweckerfüllend, ich glaube, sie täuschte den Orgasmus vor. Wollte mich nur arbeiten sehn.

«Mir ist so langweilig.»
«Eeecht?» Sie tat, als sei es schwer zu glauben.
«Ich hab mir was ausgedacht. Weißt du, bei Frau Bertram hatte ich ja nur dieses Winzzimmer, und den Garten benutzen war auch nicht drin, drum ist da dieses nagende Nachholbedürfnis, endlich mal was Gutes zu tun, was für andere. Bei mir hats höchstens mal für ne Kiste Bier im Wald gelangt.»

«Wovon redest du?»
«Ich möchte eine Party geben.»
Mein Entschluß stand fest: Nix mit neureicher Abschottung, Kampfansage wider Sicherheitsdenken und Verkrustung. Alle Welt parasitieren lassen an meinem Glück.
«Sag bloß nicht, in meinem Haus?»
«Aber ja doch. All dieser sinnlos herumwabernde Freiraum!»
«Das geht nicht.»
«Stell dir vor, wie es Hanna quälen würde!»
«Schon, aber, aber, also – du kannst nicht feiern, wenn ich hier – du demütigst mich damit!»
«Echt?»
«Ich glaub schon.»
Wir waren uns beide nicht ganz sicher.
«Ist doch sowieso ne Party für *meine* Freunde. Würdest du doch nur stören dabei.»
«Du Riesenschwein!»

Ein Schwein, groß wie ein Elefant, ist sicher bemerkenswerter als umgekehrt. Nicht alles kann niedlich sein und jedem gleich willkommen. Valerie sah an die Decke, überlegte an einer Überlegenheit herum, die nirgendwo hervorzuzaubern war, wollte sie die nächsten Wochen nicht exklusiv von Hanna und Herbert besucht werden.
«Was sind das für Leute, die du da einladen willst?»
«Sag ich doch: Freunde.»
«Wie viele?»
«Paar mehr oder weniger …»
«Gut. Unter einer Bedingung.» Sie hatte sich impulsiv umentschlossen, wie es ihrer inzwischen fast voraussehbaren Art entsprach.

«Welcher?»
«Du kommst mich weiterhin nachmittags besuchen.»
«Ist doch klar.»
«Und erzählst mir alles. Alles, was auf dieser Party geschieht. Alles, was ich wissen will.» Klang okay. So würde man nachmittags was zu reden haben. Alle Fliegen tot.

Neulich, in der U-Bahn. Der Mann, der mir gegenübersaß, packte aus seinem Aktenkoffer eine Tüte mit Wurstsemmeln und begann zu fressen. Er biß riesige Brocken ab, die nicht ganz in sein Maul paßten, obgleich es groß war. Wie ein Knebel hing das Zeug über den Lippen, Tomatenscheiben quollen zwischen der Wurst heraus und versauten sein Jackett. Er schnaufte schwer durch die Nase, grunzte, würgte den Brocken hinunter und rülpste. Soße lief ihm am Kinn herab.
Die Mundwinkel der Umsitzenden krümmten sich, dem vollen Abteil war jedes Gespräch vergangen. Nun fing der gar nicht dicke Mensch damit an, kleine Sunkisttüten zu leeren, per Strohhalm. Ohne vorher die Wurstsemmelmasse ganz geschluckt zu haben. Draus resultierte ein Geräusch zwischen dem Suppeschlürfen alter Weiber und der Weinkelter durch nackte Füße. Unruhe breitete sich aus. Mimik unverstellten Ekels. Ich war gespannt, wer das erste Wort werfen würde. Jeder sah ihn unverhohlen an und überlegte sich seine Form des Protests. Faszinierend. Welch ein Schauspiel! Diese aufgeblasenen Backen, aus denen es schmatzte und gluckerte und spritzte. Das hätte Dix nicht so malen können. Der Mann schob sich beidhändig Semmeln rein, als wolle er dran sterben, kaute und würgte, Schweißperlen rannen ihm von der Stirn, Tomatensaft und Butter glänzten auf seinen Fingern. Eine schwangere Frau schien kurz davor, sich übergeben zu müssen, dennoch starrte sie weiter hin, wie hypnotisiert. Das alles hätte die Szene noch nicht bedeutend gemacht. Erst später, während der dritten oder vierten Semmel – als das Räuspern und Murren im Abteil sich langsam artikulierte und Wörter formte wie ‹Frechheit›, ‹unglaublich›, oder vorneh-

mer ‹stillos›, da zwang der Mann seinen gesamten Backeninhalt gewaltsam hinunter, rülpste nochmal und sagte, deutlich und mit einigem Selbstbewußtsein:
«I bin a Sau, damitsas wißt!»
Verlegene Stille.
Auf den Gesichtern der Leute war eine Art beruhigtes Schmunzeln zu erkennen, eine «Ach so!»-Reaktion, als wäre ihnen ein Behindertenausweis oder ein Attest vom Nervenarzt präsentiert worden.
Man muß den Leuten nur sagen, was los ist.
In aller Ruhe fraß der Mann weiter. Tief bewegt verließ ich den Zug.

Und freudig bewegt verließ ich das Krankenhaus.
Ein Fest, ein großes Fest! Von dem die Eingeladenen noch im Rentenalter erzählen würden.
Ja. Genau.
Was war dagegen Heinz mit dem blöden Motorrad? Ein von null auf hundert in zehn Sekunden beschleunigter Scheißdreck.

XX Gästeliste

Jenny, 23, ärmste aller Malerinnen außerhalb Afrikas, verbrachte ihre Winter im Bett, weil sie kein Geld für Kohlen besaß. Nannte ihre Bilder Minusbilder, wegen der Minusgrade in ihrem Dachzimmer; unser Running Gag war gewesen, der Magersüchtigen zu Weihnachten ein Wasserbett zu schenken. Jenny verwendete ungewöhnliche Stoffe und Farben, experimentierte mit pürierten Lebensmitteln, strich diese auf die Leinwand und wartete auf den Schimmel, hatte sich so eine Palette aller möglicher Schimmelfarben erarbeitet, vom beinah schimmernden Weiß bis zum dunklen Grün oder dreckigen Violett. Manche Flächen phosphoreszierten. Tolle Bilder, die auch noch eindrücklich rochen. Irgendwann verwandelten sich die Bilder in eine fettige, sinnlose Masse. Kein Kunsthändler war bereit, Geld vorzustrecken, um die Gemälde, vielleicht unter einer Schicht von Flüssigharz, für die vorläufige Ewigkeit zu retten. Ich lud Jenny ein, im kleinen, entrümpelten Erker, wo es gutes Licht gab, ihr Lager aufzuschlagen. Sie sagte zu und begann zu malen, was sie fortan *Plus*bilder nannte, verstrich auf der Leinwand Erde und Lehm, warme Farben, bevorzugt Ocker, Sand mit Klebstoff gemischt, verdickten Rotwein, magisch afrikanisch sah es aus, versicherte den Betrachter immerwährender terrestrischer Mütterlichkeit und Zuversicht.
Leider trocknete das Zeug, bröckelte ab, verlor an Farbe und Wirkung, wollte sich mit keinem Mittel fixieren lassen. Wenigstens hatte Jenny zu tun.
Sie war ein häßliches, mit Haut bespanntes Gerippe, eloquent wie ein Schafwollteppich, aber jeder mochte sie gern. Keiner

glaubte an ihren Durchbruch, aber alle behandelten sie wie eine Künstlerin. Wie man einem inoperabel herzkranken Kind die verbleibenden Jahre so schön wie möglich macht. Klingt zynisch, ist nicht so gemeint. Sie besaß Talent. Talent genügt nicht. So viele Talente hockten willenlos herum. Andere waren agiler.

Roland, 25, Psychologiestudent, Stirnglatze, blonde Locken, schlechte Zähne.
Hatte sich auf Kriminalpsychologie spezialisiert, weil er Mörder aufregend fand und sie mit langen Therapiegesprächen quälen wollte. Bis es soweit war, schrieb er Science-Fiction-Groschenhefte, eins davon hatte er sogar verkauft, 500 Mark dafür kassiert. Da gings um Außerirdische, die liebend gern das Blut von Zuckerkranken naschen. Zu diesem Zweck unterwandern sie – mit wirklich fiesen Intrigen – das Schokoladenkartell. Halten mit taktisch weit fortgeschrittenem, für Menschen undurchschaubarem Werbedesign den Vorrat an zuckerkrankem Naschwerk hoch.
Nicht ungekonnt. Tiefe, kulturkritische Ironie unter dem Deckmantel unaufdringlicher Leichtigkeit.
Noch interessanter als Mörder und Aliens fand Roland nur Frauen. An die, sagte er, traue er sich literarisch noch nicht, das sei ein unüberschaubares Feld. Aber – und Roland trat mit der geflüsterten Variante seines Ulmer Dialekts an mich heran – man könne ‹die Location nutzen› und im Wohnzimmer ‹schwarze Messen› zelebrieren, das sei die schnellste Möglichkeit, an ‹Jungfotzen› zu gelangen, er habe in der Zeitung inseriert, 59 ‹Leute› hätten sich gemeldet, 40 davon mit Bild, 19 davon Frauen, 9 davon gutaussehend, 3 davon ‹Teenies›. Wenn jetzt beispielsweise Bernhard und ich den Zirkel auffüllen wür-

den, fiele für jeden eine (‹Jungfotze›) ab. Er (‹Roland›) gebe den Satanspriester und setze die Kapuze auf, schon wegen seiner Akne, wir mimten dann seine ‹Schergen und Vorkoster›, und die Slips von den Weibern brächte man ganz leicht runter nachn bißchen Brimborium mit Fackelschein, indem jeder aus der Satansgemeinde reihum aufs Kruzifix pissen müsse, da schwänden gleich die Hemmungen, sei unabdingbares Ritual, gäb sogar ein Buch, da stehe das drin, auch, daß sich Satansnovizinnen, um Karriere zu machen, mit dem Kruzifix befriedigen müßten – Lustengel Luzifers Bodenstoßtrupp, der Trick wäre, von vornherein klarzustellen, daß es sexuell bei Masturbationsvarianten bliebe, dann, meinte Roland, fühle frau sich sicher, geborgen im Schoß der Hölle, werde Fleisch und sämig und zugänglich, und, so schloß er mit flammend-perfider, beinah heiserer Begeisterung: «**Hammase erscht soweid, isch der Rest doch a Glacks!**»

Olaf, 24, war zweimal durch die Beamtenprüfung gerasselt, verdingte sich seither als Klinkenputzer für thermodynamische Fensterrahmen. Er sagte auf die telefonische Einladung hin ohne Überlegung zu, behauptete dennoch, es gehe ihm hervorragend. Auch er besaß ein erwähnenswertes Talent, eines, das leider schwer zu Geld zu machen war. Olaf konnte selbst im abgefülltesten Zustand glasklare Sätze bilden, konnte etwas weitschweifig, mit vielen Kommata erzählen, mitten im Satz auf den Tisch kotzen, aufsehen und unbeirrt den Satz zu Ende bringen, ohne den Faden zu verlieren. Ohne die angerichtete Sauerei überhaupt wahrzunehmen. Zirkusreif.

Konrad, 20, der Minensucher. Kneipenbekanntschaft aus dem Fischerwirt. Wir hatten nicht geahnt, daß es fürs Minensuchen nur knapp zwei Mille im Monat gab.

Dafür durch Äcker zu rennen, mit dem Metalldetektor, und wenn der ausschlägt, vorsichtig zu buddeln, bis die Weltkriegsbombe freigelegt war, hochbezahlte Spezialisten zum Entschärfen anrückten – warum machte jemand sowas?
«Einer muß.»
Konrad. Wortkarger Typ zwischen Defätismus und Abstumpfung. Sehnte sich nach einer Frau, die ihm Mut gab, sein Leben zu ändern. Aber die Frauen, behauptete er, wollten keinen haben, der an jedem Arbeitstag zerfetzt werden konnte. Sei denn, einen Formel I -Fahrer.

Wolfi, der jedes Semester was anderes studierte und gleichermaßen nachlässig, zahlte ich unter (vom Band zugespielten) Fanfaren meine Schulden zurück, ebenso Paul, dem angehenden Mediziner, der (er hatte ein Faible für kauzige Auftritte) per Pferdekutsche vorfuhr, im schwarzen Sakko, mit Fliege und wehend rotem Kaschmirschal.
Wolfi brachte eine junge Blondine mit, Angela, Typ höhere Tochter, erzogen bei den Nymphenburger Englischen Fräulein. Wolfi redete noch seltener als Konrad und mußte es von nun an auch nicht mehr. Angela erklärte uns, daß Kommunikationswissenschaft endgültig Wolfis letzte Wahl darstelle, und daß er «künftig nicht mehr rumsandeln, sondern endlich was auf die Reihe bringen werde».
Das vor ihm und ohne Scham. Sie führte ihn vor wie ein ambitioniertes Sozialprojekt. Angela. Verschärfte nordische Blondine, drogen- und humorfrei, mit giraffenlangen Beinen und tiefgefrorenen Augen.
Sie blieb nicht lange, und weil sie brüllte: «*Die* oder *ich* –» schlich Wolfi ihr gesenkten Hauptes hinterher.
Richard, der schwule Enddreißiger, kam, um sich «den Kindergarten mal anzusehen».

Wie alle über dreißig hielt er jeden unter dreißig für doof, aber Dummheit, meinte er, sei der einzig gültige Jungbrunnen gegen die Pest der grassierenden Weisheit. Den Mouton wußte er, fast als einziger, zu schätzen. Reduzierte die Bestände, als ginge es drum, sie vor anderen zu retten.

Silke, wo bist du? Du bist die Idee der Liebe. Du bist nicht da. Da sind –

Bernhard und Clarissa. Clarissa würde klauen, sicher, und harten Stoff ins Haus einschleppen. Bernhard versprach, ein bißchen auf sie aufzupassen. Dieses Gespräch hinterließ einen schalen Geschmack. Erinnerte an Vereinssportler, die, zum Kassenwart gewählt, plötzlich ihren Charakter ändern, den Funktionär herauskehren und sich von alter Lässigkeit distanzieren.

Silke. Bei jedem Klingeln hüpft das Herz und singt (zur Titelmelodie von ‹Flipper›) *Silke, Silke, bitte sei du das. So blöd es sich anhört.*

Astrid kam aus Zürich. Nicht explizit wegen der Fete. (*Man*) Hatte (*sie*) gerade die (*von der*) Schauspielschule geschmissen. Astrid, die Frau mit den 25 vorgetäuschten Selbstmordversuchen. Sie behandelte das Haus wie eine Bühne, versuchte in Jamben zu reden, vermied Wörter wie Geschirrspülmittel oder Kuchengabel. Ihr Mund war blutrot überschminkt, sogar Bier trank sie nur aus einem Champagnerglas. Streute französische und englische Vokabeln ins Gespräch, weil sie ihre Muttersprache weder mochte noch sicher beherrschte. Flirtete mit allen Männern, lachte schrill, bewegte sich mit orientalischer Eleganz und vorgetäuschter Dekadenz, reagierte dabei hysterisch, wenn jemand, so ihre Formulierung – *ein Sexbegehren an sie heran-*

trug. Für so irdischen Schweißkram war kein Platz in ihrer Sucht nach Erhabenheit und raffinierter Morbidezza. Samstage an der Supermarktkasse hatten das aus ihr gemacht.
Franziska kehrte aus Berlin zurück. Betrat das Haus mit gemischten Gefühlen.

«Was ist los, Hagen?»
«Was soll los sein, außer daß nichts los ist.»
«Du bist so … schweigsam geworden.»
«Ich rede doch die ganze Zeit.»
«Hast recht, schweigsam ist nicht das richtige Wort.»
«Ich glaub, ich weiß, was du sagen willst.»

Stefan kam nicht. Hatte mit selbstgeschriebenen Computerprogrammen Geld gemacht, man munkelte, sehr viel. Es gab also auch ihn, den Erfolgsmenschen, der die Möglichkeiten seiner Zeit verstanden, genutzt – und doch einmal Gedichte geliebt hatte.
Katja, 19, die Trotzkistin (sagte sie), deren geheimste Sexphantasie es war, Trotzki würde auf ihr liegen und bekäm es währenddessen vom Eispickel gemacht. Ehrlich. Später wandelte sie sich zum Gruftiegirl mit Ratte und Strickzeug. Richtig öde.
Doc Martin, der schnelle Rechner aus der Waldwirtschaft. Ich glaube, das war kein Mensch, das war ein Android, ein Zeitreisender aus der Zukunft, der nur beobachten, weder auffallen noch ins Raum-Zeit-Gefüge eingreifen wollte.
Christiane, 24, überraschte mit der Nachricht, im zweiten Monat schwanger zu sein. Feierstimmung kam nicht auf. Den Vater habe sie nach erfolgreicher Samenspende verstoßen. Sie studierte auf Dolmetscherin für Russisch und Englisch und haßte ihr Leben.

Aus dem Umfeld des Parkrandkiosks lud ich Karo ein, und, weil Silke direkt partout nicht zu erreichen war, Heinz und seinen Sancho Hansi. Die beiden benahmen sich anfangs so unsicher, daß man sie fast gern haben konnte. Ein paar Kästen Bier lösten jede Hemmung. So viele Menschen. Und jeder brachte mit der Zeit noch irgendwen mit. Bei all der Menschmasse – Eigentlich hätt ich auch Walburga einladen können. Aber mal ehrlich: Würden Sie so eine in ihr Wohnzimmer lassen?

STURM, CHRISTOPH CHRISTIAN: *Unterhaltungen mit Gott in den Morgenstunden auf jeden Tag des Jahres.* TÜBINGEN, SCHRAMM, 1782

TRENCK, FRIEDRICH FREIHERR V. D.: *Sammlung vermischter Gedichte, welche in seinem zehnjährigen Gefängnis in Magdeburg geschrieben wurden.* FRANKFURT UND LEIPZIG, 1767

«Hanna beschwert sich, daß du deine Socken zu lange trägst.»
«Schnüffler bekämpft man so.»

Gebirgsmassiv von frischem Schnee, Ensemble hoher Kissen, darin, eingegraben bis zu den Ellbogen, die malade Frau. Inmitten soviel Weiß werden alle Schatten verstärkt, in Mulden und Schluchten feinste Abstufungen des Dunkels erreicht. Tote flämische Faltenwurfmaler, reanimiert, würden sich an solchem Ort zu Tode studieren. Und alles wäre unbeschreiblich grausam wie zuvor. Das Licht prallt ab, es prallt nicht ab, nein, es findet nirgends Halt, kommt durchs Fenster und will fluten, will Sommer sein und darf es nicht, muß, zum Be-

leuchtnis degradiert, umherflattern, ohne Attribute, ohne Flair und frohe Botschaft. Im Krankenhaus ist der Sommer stets aprilfrisch und mit Schneeglöckchen bekränzt.
Valerie wurde ruhig, ließ sich fallen, gewöhnte sich an ihren neuen Zeitverlauf, mußte nicht mehr jede Sekunde mit irgend etwas füllen. Manchmal starrte sie in die Ferne – also an die Decke – und reagierte verlangsamt, nicht wirklich verlangsamt, nicht im Uhrzeigersinn – eher unbeteiligt, was nicht meint *desinteressiert*, nein, aber wie aus einer anderen Dimension heraus, oder einer anderen Sprache, die erst übersetzt und von fernen Satelliten übertragen werden muß. Immer schwieriger, drei volle Stunden an ihrem Bett auszuharren. Die Rituale, ob es Kleinsex war oder Backgammon, das Party-Ereignis-Referat oder das Fotografieren, alles bekam etwas vom täglichen Gefängnishofgang, auf den man trotz Eisregens nicht verzichtet. Ich glaube, gerade weil ich so minutiös den Vertrag erfüllte, kaum je eine Viertelstunde zu spät kam oder früher ging, begann ich ihr gleichgültig zu werden. Diese Gleichgültigkeit fiel lange nicht auf, weil Valerie sie nicht negativ gegen mich, sondern positiv auf sich selbst lenkte. Sie entdeckte sich selbst als autarkes Subjekt. Zeigte Angst, ob sie mit dem, was sie entdeckte, klarkommen würde. Dann klammerte sie noch. Immer seltener. Ab einem gewissen Zeitpunkt hätte wahrscheinlich jeder von uns sagen können: Ende! und der andere: Okay! Aber keiner sagte was, und es lief weiter, und die Diskussion, in welcher der gängigen Joghurtsorten die Fruchtstücke am größten wären, gehörte zum Leidenschaftlichsten jener Nachmittage.

Ging man durch die fette Straße auf Valeries Haus zu, spät am Nachmittag, kam Musik entgegen, Lautstärke, mächtig wie heranspringende Rottweiler.

Wir hörten tausend Platten durch. Immer Soundtrack. Alles Film.

Wipers – Youth of America. Gun Club – Walking with the Beast. Talking Heads – Burning down the House. The Jam – Thats Entertainment.

Zwangsernährten Jenny mit Fleischbrühe. Ihre Magersucht hatte sie zu einem 40 Kilo schweren Schatten werden lassen. Sie aber verkleidete das Haus mit roten und blauen Laken, stellte 100 Kerzen auf aus schwarzem Wachs. Hübsch. Es sah bei offenen Vorhängen, vollerleuchtet in der Nacht, aus wie ein Feenpalast, Klingsors Stadtjagdschlößchen, Juwel mit Mond, in tiefblauem Samt. Unmöglich nur, das alles zu genießen. Angstschübe, dann wieder Apathie. Und Lust, dunkle Zeichen zu sichten, überall. Sah ich einen Würfel mit der fünf nach oben liegen, grinste mich ein Totenkopf an. Selbst der Mond schien böse, die Wolken Gerippe.

Gebet an einen junggebliebenen Gott
Flöße meinem Mund Getränke
großer Jahrgänge ein. Führe mir
preiswerte Kebsweiber zu.
Schleife die Schlösser der Feinde,
laß verbliebene Freunde wahr sein,
leih mir die Verse, mit denen du
einst deine Göttin gewannst & steigere
Silkes IQ, auf daß sie mich
anzuschmachten fähig wird.

Hanna, mit Fingern wie getrocknete Feigen, darin ein Lappen, kroch morgens zwischen acht und elf über den Flur, der Anblick machte mich krank. Sie solle verschwinden, sagte ich, vor vierzehn Uhr habe sie hier nichts zu suchen. Sie setzte sich auf den Rasen und schwieg, saß einfach da und bewegte sich nicht. Auch so ein Bild, das im nachhinein (zu guter Letzt) märchenhaft schimmert – damals aber nichts als Wut auslöste und Tötungsphantasien. Und immer neue Angst.

Karo, die Älteste, blieb nur eine Nacht, dann nannte sie den Sommer für unseren Haufen zu schade und pilgerte in den Park zurück. Sehr viel später erst wurde mir bewußt, wieviel ich mit ihr versäumt hatte, wieviel sie mir wert war. Untilgbare Schande. Niemand soll sagen, man hätte keine Gelegenheit gehabt, nur weil man noch so viele willentlich verpaßt hat. Karo war eine grobschrötige, großartige Frau von Mitte Vierzig, eine von drei Milliarden Frauen des Planeten, wahrscheinlich die verpaßteste Chance meines Lebens überhaupt.
Sie starb noch im selben Jahr an Unterkühlung, am zweiten Weihnachtsfeiertag. Es gab danach nur noch 2 999 999 999 Frauen, irgendwie nicht genug.

Richard besaß selber ein Haus, wenn auch kein tolles, eine Bruchbude in Pasing. Richard – na, das ist eine andere Geschichte – irgendwann jedenfalls begann er, Wolfi anzurufen, in den er sich verguckt hatte. Lächerlich. Die verzweigteren Geflechte von alldem sind mir nicht mehr so parat und auch egal.

Frau Bertram war am Telefon. Wann ich mal meine Post abholen würde? Und ein ausgesprochen charmanter junger Mann habe angerufen (klang nach Komo) und ausrichten lassen, die Band treffe sich donnerstags um 13 Uhr zu einer dringenden Sonderprobe.
Sonderprobe?

Wir hatten so gut wie nie tagsüber geprobt. Wichtigtuerei. Wofür? Aber da ich um etwa diese Uhrzeit sowieso zum Klinikum unterwegs war, stellte der kleine Umweg über Pasing kein Problem dar.
Warum hatte Komo nicht selbst bei mir angerufen? Warum Frau Bertram vorgeschickt, eine verwirrte Frau, umgeben von zombieesken Dackeln? Sehr merkwürdig.
Als ich in den Keller trat, in den üblichen Gestank aus kaltem Rauch, saurem Bier und durchgeschmorten Verstärkern, gab es kein großes Hallo, irgendwas war anders. Irgendwas war faul. Die Stille ähnelte der Bedrückung damals, am Tag nach Renés Herzschlag. Alle saßen, doch keiner fummelte, wie üblich, an seinem Instrument rum.

«Ist wer gestorben?»
Keine Antwort. Allgemeines Guckindieluft.
«Was is?»

Schließlich wars El Conde, der das Schweigen brach.
«Wir haben uns zusammengesetzt.»
«Ja?»
«Wir haben etwas beschlossen.»
«Ohne mich?»
«Du warst nicht da.»

Etwas Ungeheuerliches ging vor. Keiner sah mich an. In diesem Moment fiel durch das vergitterte kleine Fenster Sonne und füllte den Keller mit Säulenruinen aus staubigem Licht. Der ganze Dreck bekam was Sakrales. Es hatte nicht den Hauch einer Bedeutung.
«Was habt ihr denn beschlossen?»

«Die Band zieht um.»
«Wie bitte?»
(Pause)
Was für Musik entstünde, würde Schubert in einem Eisbach ein Ferkel ertrinken sehn? Ohne helfen zu können. Welche Musik? Sie müßte –
«Wir gehen alle nach Berlin.»
«Alle?»
(Pause)
«Du kannst mit.»
«Ihr wißt *ganz genau*, daß ich nicht mitkomme.»

(Pause)

«Überlegs dir nochmal.»
«Erübrigt sich.»
Ich trat vor die Tür, lief die Stufen hinauf.

(Pause; Totenstille)

Jowe Head, von den Palookas, hat mal zu mir gesagt: *«Be a singer – its a good job! You never have to carry stuff.»*

Stimmt.
Es gab keinen Grund, noch einmal in den Keller hinabzusteigen.
Über der Stadt lag unendlich schwere Traurigkeit. Passanten jedes Alters schleppten sich halb bewußtlos über die Gehsteige, totenbleich, und ich, wie in Zeitlupe, denn alles war sadistisch verlangsamt wie in Gottes entferntesten Mühlen, ging zwischen ihnen hindurch, ohne mich umzusehen, spürte, wie das Volk mir nachblickte, Millionen von Menschen, vorwurfsvoll und verzweifelt, mit weit aufgerissenen Augen.

Das einzige Projekt, an dem ich je gearbeitet hatte, ernsthaft und drei Jahre lang, war gescheitert. Aus vielen kleinen, verachtenswerten Gründen. Und es war nur Trauer da, keine Wut, kein Haß, kein Beleidigtsein, einfach nur Trauer, ich drückte ihnen die Daumen, so sehr liebte ich diese Band, selbst was von ihr noch übrig war. Nicht mal Komo hab ich je auch nur den kleinsten Finger abgeschnitten.

Immerhin (sagte ich mir) war es *meine* Entscheidung gewesen. Entscheidung von weltbewegendem Ausmaß. Grundsatzurteil, sozusagen. Hätte ich im Herzen noch an irgendwas geglaubt, ich wäre für die Band überall hingegangen. Sogar nach Berlin.

XXI Fortschritte

Wie vertraglich vereinbart, erzählte ich Valerie alles, was in ihrem Haus geschah. Mit penibelster Genauigkeit. Erfand ein bißchen hinzu, um verruchter und schamloser zu wirken. So gerne ich von derbsten Exzessen berichtet hätte, so brav blieb letztlich alles. Sturmfreie Bude, mehr nicht. Die Lust zur großen Schweinerei schien meiner Generation nicht gegeben. Andererseits hoffte ich auf das Einstmals der Historie. Die Zusammenfassung, in der dann alles viel härter kommt, als es real gewesen sein mag.
Über Valeries Bett hingen Drahtschlaufen, in denen manchmal ihre vergipsten Beine eingeklinkt wurden, zur besseren Durchblutung, oder weiß ich, warum. Wenn Valerie dann die Bettdecke zurückschlug, sah ihre Möse gefährlich und verwildert aus. Das Schamhaar, das sie zuvor kurzgeschnitten trug, (ich war an ihr schon zum Intimfriseur geworden, sich glatt zu rasieren, lehnte sie ab, es jucke hinterher zu stark) wucherte jetzt in alle Richtungen, in einer ihr peinlichen Schnelligkeit. Sie drückte mir die Schere in die Hand, ich solle das in Ordnung bringen, ich antwortete, es sehe so sehr verwegen aus, auf gewisse Weise abstoßend, jedoch auch faszinierend – hätte es nicht erwähnen sollen, mußte sogleich Hunderte Bilder knipsen, irgendeines, meinte Valerie, würde schon darunter sein, das *Kunst* genannt werden könne – «Selbst wenn du nur ein Amateur bist!»
In *Amateur* ist das lateinische Wort für ‹Liebhaber› enthalten – ich war vielmehr ein Anfänger, dessen ‹Liebe› darin bestand, heimlich vor jeder Fotosession die Belichtungsskala auf Null

zu drehen. Auf keinem der Fotos würde irgendwas zu sehen sein. Ob es ein Akt der Liebe war oder der Gehässigkeit? Etwas vom Dazwischen? Keine Ahnung, wie ohnehin unser Verhältnis unbeschreiblich war, weil ständig anders, wir schrien uns an, wir liebkosten und beleidigten einander, auch die Machtverhältnisse waren starken Schwankungen unterworfen, und wenn sie «Leck mich!» sagte, wußte ich nie, ob es metaphorisch ihren Arsch oder konkret ihre Möse betraf.

Trat eine Schwester ein, während ich Valerie oral oder mit den Fingern befriedigte (mehr war so gut wie unmöglich), sprang ich sofort schamerfüllt vom Bett und tat, als hätt ich mich im Zimmer geirrt, während Valerie solche Momente genoß und die Schwestern in Verlegenheit zu bringen suchte. Oft drückte sie den Klingelschalter, wenn sie den Höhepunkt nahen fühlte. Dachte, ich bemerk es nicht.

Unter viel anderem nie Ausprobiertem litt sie daran, es nie mit einer Frau getrieben zu haben, hatte alle Schwestern auf diese Möglichkeit hin taxiert, erzählte mir davon, es gebe in der Nachtschicht eine ganz hübsche, die vielleicht zu verführen wäre, eine Brünette mit langen Beinen, von denen sie «gern mal kosten wolle, so doof das Weib auch sei».

Hätte sies geschafft, hätte sie mir davon erzählt.

Manchmal, wenn Valerie geil war, blies sie mir einen, schluckte den Saft aber nicht. Ich sollte auf ihre freigelegten Brüste abspritzen. Einmal spritzte ich ihr in den Mund, aus purer Lust an der Übertretung, da biß sie zu, mußte gleichzeitig würgen, so daß der Biß erträglich blieb, aber schmerzhaft genug. Lange noch war mir unmöglich zu entscheiden, ob der Lustgewinn den Schmerz aufwog oder nicht. Ähnlich schwer einzuordnen war, inwiefern meine Krankenbesuche einem Pflicht- oder einem Schuldbewußtsein gehorchten.

«Die Ärzte sagen, in drei Wochen kann ich hier raus.»
«Hervorragend. Mach ihnen Dampf.»
«Ich hab gehört, deine Bagage zerstört mein Haus.»
«Feindpropaganda.»
«Reiß es ein, wenn du willst. Ich hasse dieses Haus.»
«Deine Dienstmagd hockt im Garten und will nicht gehen. Wie ein absurdes Möbel, das Augen besitzt. »
«Sie ist seit über zwanzig Jahren … » Val stockte, dachte nach. Nickte.
«Ich werd mit ihr reden. Hast du neue Filme?»
«Klar.»
«Morgen kommt der Rollstuhl. Ich mache große Fortschritte. Große Fortschritte! Das hat noch nie jemand zu mir gesagt.»

Bei meiner Rückkehr war Hanna nicht vorzufinden, obgleich wir sogar die größeren der Schränke durchsuchten. Eine satte Portion Angst fiel von uns ab. Langsam wurde Organisation nötig. Wir brauchten Koch- und Einkaufsdienst. Das Bier war aus, der Wein sowieso.
Es gab nur drei Liegestühle auf dem Dach, weshalb alle Arten von Sitzgelegenheiten hinaufgetragen wurden, auch viele Topfpflanzen und ein riesiger Topf mit serbischer Bohnensuppe, zusammengeschüttet aus sehr vielen Dosen. Das ergab nette Abende an frischer Luft, an denen wir bei fortgeschrittener Trunkenheit gerne gesungen hätten, wäre zu singen nicht indiskutabel gewesen. Man trank, gab mit sich an und machte Feuer, erhitzte den Suppentopf zur Mitternacht, und Betrunkene, mutig geworden, balancierten auf dem Kupferrand des Daches. Keiner fiel hinab. Tagsüber spielten wir Hufeisenwerfen.

Konrad (T-Shirt-Aufdruck: ICH FICKE AUCH FEMINISTINNEN) holte sich angesoffen vor aller Augen einen runter, aus Protest, weil keine Frau hier für ihn was übrig hatte. Wie er da an der Wand stand und es sich besorgte, mit einer Fratze des Hasses, wie ein nach außen gestülptes Gesicht im Horrorfilm, das war entsetzlich, man bekam Angst vor ihm. Und ausgerechnet diese Verzweiflungstat erregte Christianes Bewunderung, die beiden setzten sich zusammen, tuschelten Stunden über Stunden, küßten sich, aber sie ließ ihn nicht ran, bevor sie nicht betrunken war. Hinterher wars allen peinlich, man schwieg darüber.

Konrad ging zu seinem Minensuchtrupp zurück, und erst als er fort war, begann Christiane zu behaupten, das sei ja eigentlich eine Vergewaltigung gewesen, sie vergebe ihm, würde aber «wohl ewig» unter den psychischen Folgen zu leiden haben.

Meine Gäste feierten bis zur Bewußtlosigkeit. Bald rollten sie in aller Seelenruhe von Wand zu Wand, kegelten gegen Blumenvasen oder spielten Boccia mit gläsernen Aschenbechern.

Katja, um deren latenten Liebreiz zu beschreiben sehr sehr weit auszuholen wäre, besprühte meine Wände mit Sinnsprüchen, die sich um das mathematische Verhältnis von Haß und Energie drehten. Jenny bat um Geld für neue Leinwände. Das gab ich ihr gern.

Silke. Am vierten Abend kam sie. Suchte nach Heinz, der war aber unterwegs, so hatte ich sie ganz für mich allein. Gloria in excelsis.

Silke, Geliebte, Destillat der Sehnsucht – Im Himmel einigen sich Meister der Musik auf einen Akkord, in dem du klingst. Ich will dich eidechsen und krokodilen, schmetterlingen und eisbären zuletzt.
Will dein Sucht- und Genußmittel sein.
Und hätte ich eine Yamaha und wäre zwei Meter groß,
und hemmungsloser als der Heinz,
und hätte der Liebe nicht, ich wäre nichts.
Prophetengaben vergehen, Weisheit und Schönheit vergehen,
es vergehen selbst Elefanten, dunkelblaue auch.
Die Liebe aber währet
ewiglich von Himmelsbett bis Strandseebad.
So oder so ähnlich wollte ich es sagen.
Und tat es nicht. Tat es nicht. Tat es nicht. Saumäßig blöd.
Wir spielten Psychospiele, bei denen jeder jedem eine intime Frage stellen durfte, die dieser beantworten mußte. Irgendwann (*geschummelt*) zog ich Silke.
«Bist du schon erkannt vom Heinz?»
«Hä?»
«Hast du schon mit ihm geschlafen?»
«Ach so. Das geht dich nichts an.»
«Wenn dus nicht sagst, hast du verloren.»
«Dann hab ich halt verloren.»
Stand auf und setzte sich zu den Verlierern. Einfach so.

Das Telefon klingelte.
«Hier ist Hilfszwerg!»
«Wow.»
«Ich hab euer Tape gehört! Ist klasse! Wir machen die Platte.»
«Machen wir nicht.»
«Wie meinen?»

«Pop ist aus.»
«Was?»
«Tschau.»

Über Politik wurde selten geredet, wenn, dann schwammig. Für nicht vorhandenes Engagement wurden bemühte Entschuldigungen gestammelt, Zweifel an der Grundgüte des Sozialismus äußerte man noch hinter vorgehaltener Hand. Gutmenschen wurden mißtrauisch, aber noch nicht wie Scheiße behandelt. Jede Ideologie als Grundübel anzuprangern, kam so überzeugend wie bequem, doch daß links und rechts nicht länger klar positionierbar waren, galt noch als gefährliche Lehre aus Alexandria. Den Mut zu sagen, es ginge um Genuß ohne Reue, um Spaß ohne Ende nach dreitausend Jahren Schweinerei, hatte noch keiner. Viel Herum- und Heruntergedrucktes staute sich da an, das in Raves und Love Parades enden sollte.

Und immer mußte was unternommen werden. Aktivitätszwang, als wartete morgen die Sense. Immer Spielen, Saufen, Tanzen, Reden, irgendwas, vor allem Reden. Wir waren noch im Alter, da man sich die Welt gegenseitig erzählen muß. Rituale der Verklemmtheit, nach Schema F wie Ficken, Ablauf stets derselbe: Über abstrakt-philosophische Basisdiskurse landete man (*in einer austarierten Mischung aus Gelage und Debatte*) irgendwann bei irgendeiner beziehungsethischen Divergenz zwischen Männlein und Weiblein. Zielstrebig angesteuertes Sprungbrett, um spät in der Nacht – endlich – zum Thema Sex zu kommen, ohne daß die Weiblein schamhaft schweigsam blieben, wenn es um Wixphantasien, beste je gehabte Quickies oder Deflorationsmemoiren ging.

Mittags versammelte sich ein Haufen alberner Kinder zum

Frühstück, selbst die Psychopathen unter uns holten ein Stück Kindheit nach.

Zufällig bemerkte ich, daß Dinge fehlten. Die wertvollen Drucke zum Beispiel, im ersten Stock, von Miró und Kandinsky. Ich fragte, wer es getan hätte. Keiner gab Antwort.

In den letzten fünf Jahren – viele kannte ich seit dieser Zeit, die uns allen wie eine Ära vorkam – hatten sich alle verändert, man drang kaum mehr zu ihnen durch, so fest waren die Masken schon auf ihre Gesichter gepreßt und mit dem Fleisch verwachsen. All diese Leute, Mosaiksteine meiner Jugend, Geschichten daraus und ganze Kapitel; ein Roman, der sich auflöste, der, zersprengt, ins Offene trieb. Profan gesagt: Nichts als ein zu frühes erstes Klassentreffen.

Heinz sah die Nacht darauf erneut vorbei, trank stundenlang Bier ohne besoffen zu werden, saß rülpsend rum, leckte vor meinen Augen Silke im Nacken und machte Grunzgeräusche dazu. Die Frauen standen auf Heinz. Auf Muskeln, Schweiß und Lederknarzen. War Silke nicht da (*sie nahm ihre Berufsschule ernst*), suchten sie ihre Chance bei ihm. Unglaublich. Clarissa zuerst. Selbst Christiane. Aber er machte auch auf Astrid erstaunlichen Eindruck. Sie konnte kaum den Blick von ihm lassen, von seinen Tattoos, der schmierigen Motorradjacke, den fettigen Haaren, dem derben Gesicht, den metallbeschlagenen Stiefeln.

Er fragte, warum sie gucke. «WAS GUCKSTE?» So. Direkt in die Fresse.

«Deine Grobschlächtigkeit ist – anziehend, und ich will nicht von Instinkten an einem Nasenring durchs Leben geschleift werden, es muß alles ein Candlelightdinner sein, weil die Musen Erinnyen auf Droge sind im Bläulichen der Flamme …»

«Was fürn Problem haste, Mädel?»
Heinz nahm Astrid, Gott war ich zornig/neidisch, und schob sie in ein Zimmer, sie tat, als ob sie sich wehren würde, fühlte sich von ihrer Lust auf dummes Fleisch emotional überfordert/intellektuell selbstkasteit, war dabei geil für drei, sagte ‹nein› und stöhnte dazu, redete über Godard, ließ sich ins Zimmer schieben und vögeln, sehr beeindruckt von so direktem Zugriff ohne Mumpitz. Die ganze Zeit über muß sie, um weder Nähe noch Wirklichkeit an sich zu lassen, abwechselnd gestöhnt, über Godard meditiert und ‹nein› gesagt haben.
Jahre später, mit mehr Bodenhaftung unter den Sohlen, erzählte sie mir, es sei der tollste Fick ihres Lebens gewesen, aber *richtig genießen können habe sie ihn nicht.*
«Das war die Zeit damals.»
«*Wir* waren die Zeit damals.»
(Als Silke sich Astrids wegen verletzt zeigte, brach Heinz die Eifersuchtsdebatte mit den bemerkenswerten Sätzen ab: *«Es ist doch bloß Sex! Darf ich bei anderen Leuten auch nicht aufs Klo gehn?»*)

Der Pool im Keller war zu klein. Bald trieben Essensreste im Wasser. Und Kotzbrocken.
Niemand kam auf die Idee, das Wasser ab- und neues einzulassen. Die Dinge gehörten uns nicht, wir benutzten sie nur so lange, bis sie ihren Reiz verloren hatten. Hielten es miteinander stillschweigend genauso. Selbst die strauchdümmsten Hausbesetzer irgendwo besaßen ein Ziel, einen Plan. Wir nicht. Wir spielten auf Zeit. Ohne Gegner, auf geliehenem Spielfeld. Nietzsche schreibt irgendwo, daß es einen Unterschied macht, ob die Menschheit ein Ziel besitzt, oder ob man ihr eins anempfehlen soll, das Ziel also in ihrem Belieben ist. Ich glaube, dieser Satz ist der Beginn der Moderne gewesen. Seither

war alles Ernstzunehmende etwas mutwillig sich Anempfohlenes, während, was noch allein aus sich selbst kam, stillos wirken mußte und primitiv.

Es klingelte. Ich öffnete. Der Nasenlose. Herbert.
Stand vor der Tür, beide Hände in den Taschen seines für die Jahreszeit zu warmen Mantels. Und sah grimmig drein. Innerhalb seiner Möglichkeiten. Klimax? Peripetie? Trommelkonvoi.
«Was wollen Sie?»
«Ich weiß es noch nicht genau, aber besser, Sie sind vorsichtig.»
Das klang außerordentlich entschlossen, ja gefährlich. Wollte er mich schlagen? Ermorden? Die Reste seiner Weinbestände retten? Oder die Erstausgaben? Weil schreckliche Angst in mir aufstieg, machte ich die Haustür schnell wieder zu.
Er klingelte noch ein paarmal, und niemand öffnete ihm. Mehr war da nicht. So ist das. Er hatte wahrscheinlich tagelang Haß aufgespart und Verzweiflung, hatte sich zu etwas durchgerungen, das sonst in seiner Art nicht lag, zu einem Fanal vielleicht, oder zu ähnlich tragisch Angehauchtem. Nun stand er draußen und keiner machte ihm auf. Wiewohl rein gar nichts weiter passierte, gewann die Episode eben dadurch an parabolischer Kraft.

XXII Ins Offene

Das einzige, was zu gewissen Zeiten dem Sexthema Konkurrenz machen konnte, war der Tod. Paul (runde Brille, Pilzkopf, kurz vorm Physikum) begann über die Leiche Helga zu reden. Ein Kosename. Wie Helga im bürgerlichen Leben geheißen hatte, wußte niemand. Seziermaterial wurde an die Studenten anonymisiert übergeben. Eine Leiche diente sechs bis acht Studenten zwei bis vier Jahre lang als Versuchsfeld, mehrmals pro Woche beugten die sich drüber und schnippelten an allem, was da war, herum, nahmen den Körper viele dutzend Male auseinander und nähten ihn wieder zusammen. Und Paul faßte seine Tätigkeit sehr plastisch-drastisch in Worte, beschrieb detailgenau, welche Sehne wo durchtrennt, welches Gelenk wo durchgesägt werden müsse, um dies oder das unbeschädigt freizulegen. Nach einer halsverengenden Schilderung stellte Paul in Aussicht, vielleicht in naher Zukunft schon zum Solosezierer ernannt zu werden. Dies mit dem denkwürdigen, sehnsuchtsvollen Ausruf:
«IM NÄCHSTEN SEMESTER, KANN SEIN, BEKOMM ICH MEINE EIGENE LEICHE!»
Wir, alle Münder offen, nickten und lachten. In diesem Moment fiel Clarissa in Ohnmacht.
Wir dachten Schreckliches, Kreislaufkollaps, Überdosis, Entzug, in jedem Fall Scherereien. Da kam sie auch schon wieder zu sich und sah Paul durchdringend, muß heißen: *bösartig*, an.

«Was is? He, Clarissa, was is?»
Clarissa rückte damit raus, daß sie ihren Körper der Uniklinik zum freien Gebrauch zur Verfügung gestellt, fünf Hunnis dafür kassiert hatte. Genug für zwei Einstiche.
«Mein Gott, wenn ich abkratze, kriegt mich vielleicht der da! Fummelt an mir rum! Will ich nicht! Der nimmt sich meine Musch mit und legt sie in sein' Kühlschrank!»
Clarissa war voreingenommen. Der arme Paul. Rot geworden schwieg er sich tief in den Teppich. Wir anderen wußten nicht, inwieweit wir dreckig lachen oder beschwichtigen sollten.
«Mensch, das macht der Paul doch nicht, ist doch'n Lieber ... He, Clarissa! Und wenn, merkste ja nix von ...»
«ICH WILL NICHT HELGA HEISSEN! SCHEISSE IST HELGA! ICH BIN CLARISSA UND LEBE!»
Das stimmte, aber die Stimmung sank unaufhaltsam.
Auf den großen metaphorischen Merkzettel zwischen Schädeldach und Stammhirn meißelte ich mir: *Meide Junkies! Meide Ärzte!* Und solche, die es werden.
Clarissa ging aufs Klo und setzte sich einen Schuß. Paul erwartete Aufmunterung, Zuspruch, versicherte uns, daß er mit einer – also – Leiche, also – sexuell gesehen, nie was – also – anfangen würde. Um gleich an unsern Gesichtern zu bemerken, daß diese Behauptung uncool kam und die Bandbreite seiner Aura schmälerte, drum setzte er hinzu:
«Außer sie wäre – also – *sehr* schön.»
Diese verfluchten Zwänge über jedem Gespräch, etwas zu sein, und wenn noch nicht zu sein, wenigstens so zu tun.

«ICH WILL KEINE SPRITZEN IM HAUS!»
«WAS GLAUBST DU EIGENTLICH, WER DU BIST?»
Ich hatte diese Frage immer gefürchtet – und eine Antwort nicht zur Hand.

Einen Weg finden, das große Spiel neu zu spielen, ohne Schweiß und Leichen und alle sonstigen Parfümgestänke der Ambition. Wachsen. Elefantengroß wachsen. Wie?
Es ist sehr leicht, sich nicht mehr ernst zu nehmen. Dazu gehört nichts. Im Nichts-Mehr-Ernstnehmen-Von-Allem hatten die letzten Dekaden unübertreffliche Rekorde gesetzt.
Zuletzt hatten wir uns selbst in den Dreck gezogen. In Depression und Apathie.
Richard hatte vor seinem Weggang gemeint, was hier liefe, habe er vor 17 Jahren im Landhaus seiner verstorbenen Eltern schon genossen, damals unter dem Namen Kommune elfeinhalb, nur der Wein sei billiger gewesen. Damals habe er Impotenz geheuchelt, um sich nicht mit Frauen paaren oder als Homo outen zu müssen. Später hatte er alle Mitkommunarden rausgeschmissen, das Landhaus verkauft und von dem Geld ganz angenehm gelebt.

PSEUDONYM – (WETZEL, FRIEDRICH GOTTLOB): *Magischer Spiegel, darin zu schauen die Zukunft Deutschlands und aller umliegenden Lande. Hiebevor ein Wort von der Herrlichkeit unsers Reiches, edler deutscher Nation an Herz und Seele gelegt durch Theophrast, genannt Teutonicus.* 1806

BROCKES, B.H.: *Verteutschter Bethlehemitischer Kinder-Mord des Ritters Marino, nebst des Herrn Übersetzers eigenen Werken, Vorbericht, Leben des Marino und beygefügten Anmerkungen.* HAMBURG, KISSNER 1734

Silkes Philosophie war simpel: Alles ist gut, wenn es aus Schokolade ist. Ich dagegen betrieb Phantasien, wie aus der Realität mehr zu machen wäre, im Sinne einer dramatischen Verfilmung. Stellte mir vor, Hanna drehte durch, würde mit einem

Messer in der Hand Amok laufen und wir, ich und irgendwer, würden sie notwehrtöten und aus purer Faulheit, um uns die polizeilichen Verhöre zu ersparen, zerstückeln und verbuddeln. Na gut, das ist Kitsch. Dann das: Stellte mir vor, Clarissa hätte sich überfixt, man müßte sie nach Großhadern ins Klinikum verfrachten, alle würden rumstehn und beten für sie, aber irgendwann erschiene ein Arzt und schüttelte den Kopf, mehr wie ein Lehrer denn wie ein Arzt – und ich würde Val wecken und mich von ihr trösten lassen, während alle anderen rumstehn und rauchen und schweigen. Nichtwiedergutzumachend erwachsen geworden. Ein langer Flur. Dieses stählern-pelzige Licht. Ganz am Ende des Ganges, wo es zum Operationssaal geht, wird eine Bahre herausgerollt. Hagen geht durch die Gänge, sieht eine zugedeckte Leiche. Traut sich nicht, das Laken zu heben.
Naja. (*Ganz kurzes naja. Ganz ganz kurzes.*)

Silke und Heinz hatten, wie erwähnt, Zoff, wegen seiner Expedition zu Astrid, Silke ging ihm ein bißchen auf den Sack. Wenn es eine Chance gab, dann jetzt. Manchmal fanden gerade die wunderlichsten Phantasien einen Schleichweg in die Wirklichkeit. Bei einem Gespräch über Motorräder.
«Was kostet so ne Maschine neu?»
«Yamaha», meinte Heinz – es war seine Verfremdungsversion vom bayrischen *Ja mei*, «Dreizehn Mille Vogtareuth.» Mit Vogtareuth meinte er *vielleicht*.
«Du würdest sie verkaufen?»
«Nixon. Aber nie!»
«Und wenn du, mal angenommen, *eins von beidem* hergeben müßtest, Silke oder die Maschine, wofür würdest du dich entscheiden?»

«Für Silke natürlich.»
«Du würdest sie behalten?»
«Nein, weggeben.»
«Ah.»

Schweigen, Saufen, neuer Ansatz.

«Angenommen, jemand böte dir Geld für sie, wieviel müßte der hinlegen?
«Machst du mir gradn Angebot?»
«Ich? Nein, ich schacher doch nicht um Frauen, bist du kirre? Aber laß uns das mal besprechen – wieviel wär sie dir wert? Angenommen, der Scheich kommt vorbei, füllt seinen Harem neu auf, und du mußt dich sofort entscheiden. Nein, sagen wir nicht Scheich, der hat zuviel Kohle, da verlangt man ganz andere Summen, als wenn, was weiß ich, irgendwer, also ganz plötzlich, so wie jetzt hier, ich, dich fragen würde, was sie – kosten – täte – theoretisch.»
«Du meinst, wenn jemand mir so und soviel Tausender hinstreckt, bis ich nicht mehr Nixon sagen kann?»
«Genau.»
«Yamaha ... Drei, vier Mille. Vogtareuth.»
«Drei.»
«Hast dus da?»
«Grade so.»
«Schieb rüber.»

Ich holte mein gesammeltes Erschlichenes aus dem Versteck. Schäbige oder großartige Tat – in dem Moment war mir das sowas von egal, aber sowas von.
«Eichentisch», er nahm die Scheine, «sollt ich dir noch in die

Eier treten, andererseits – wer drei Mille für ne Braut zahlt, kommt im Leben eh nicht weit.»
«Du mußt noch offiziell mit ihr Schluß machen!»
«Ach, sag ihr nen schönen Gruß von mir.»
«Hey – das hier bleibt aber unter uns!»
«Klar doch.» So wie er grinste, wußte ich, er log.

In Valeries Zimmer stand ein Notbett, darauf saß Hanna und las in der Bunten.
Ich glaubte nicht, was ich sah, wollte gehen, aber Valerie verwies auf den Kontrakt zwischen uns. Darin gebe es keinen Passus, der das Beisein Dritter verböte.
«Schieb mich durch den Park!»
Ich stellte mich hinter den Rollstuhl, packte die Griffe und lief, lief schneller, rutschte aus im Kies, schlug mir das Knie auf, rappelte mich wieder hoch und schob und rannte, und Valerie johlte, Zuschauer sammelten sich.
Ich hatte einem Heinz Geld gegeben, um die Frau meines Lebens zu bekommen? Wer sollte mir daraus einen Strick drehen? Was ist schon Geld? In diesem Fall nur ein Liebesbeweis.
Der Kiesweg, ein Oval, verwandelte sich zur Rennstrecke. Unebenheiten der Bahn machten Val schwer zu schaffen, sie schrie auf vor Schmerzen, spielte zugleich Jockey, schwang die imaginäre Reitpeitsche, trieb mich zu neuen Bestzeiten, mir kroch die Lunge in den Hals. Ich ließ mich fallen, blickte in den kreisenden Himmel voller Schwalben.
«Fein», lobte Val.
Silke gegenüber würde ich selbstverständlich alles abstreiten. Die Wahrheit, je ans Licht gezerrt, würde sie nur eingebildet machen.

«Val, hör mal, angenommen, wir hätten einen Atomkrieg gehabt, und alles, was noch übrig ist, wäre ein Videorecorder, ein Fernseher und das Wissen, wie man Strom erzeugt. Wärs uns möglich, Strom mit der exakt richtigen Spannung zu erzeugen und sowas wie eine Steckdose zu bauen, damit wir den Videorecorder anschließen und den Film sehen können? Was meinst du?»
«Weiß nicht. Was für ein Film ist es denn?»
Selbst Hanna mußte lachen.
Schampus am Mittag, ein inneres Schaumbad. Tag ist, was man darin findet.
Nacht ist, was man daraus macht.

Im Garten brannte ein Feuer und über dem Feuer Souflaki. Da saßen sie alle und tranken vom Wein. Mit Silke im Arm ging ich von einem zum andern, alle gratulierten uns. Ein schönes Paar. Wie einfach alles sein kann. Und logisch. Das Riesenschwein mit seiner Elefantenkuh.
Natürliche Entwicklung. Wenn der Motorrad-Mann geht, nehmen die Frauen den Mann mit dem Haus. C'est ça. Your mother should know. Die Nacht war weiblich, warm und groß. Ab jetzt, schwor ich, sollte das Leben viel einfacher sein. Serenade aus Naturdarm und Trockengehölz, pizzicato, zwischen warme Luftschichten wie in Öl eingelegt, tropft herab, Abendbrot mit Streichmusik. Holz und Gedärm, von Schweinescheiße befreit und gezwirbelt – Gott klingt das geil.
Nächte sind Tatsachen, Tage sind Wortspiele.

Valerie: «Ich verändere mich. Es geht mir Tag für Tag besser. Ich freue mich, wenn ich aufwache. Dabei müßte es so langweilig sein, hier rumzuliegen. Manchmal, kurz bevor du kommst,

wünsch ich mir beinah, du kämst nicht. Andererseits – mit jedem Tag, den du hier bist, wirst du mir fremder, auf sympathische Art, verstehst du?»
«Logisch.»
«Weil *ich mir* fremder werde, die alte Valerie der neuen. Es ist, als gehörtest du zu einer zurückliegenden Phase, wärst aber auch die Initialzündung zu deren Untergang, von daher irgendwie ... willkommen.«
«Was jetzt? Soll ich bleiben oder gehn?»
Sie griff nach meinem Arm und streichelte ihn, auf eklig-mütterliche Art.
«Es ist gut, wie es ist. Das Krankenhaus – es ist ne Art Kloster, ich bin für Exerzitien hier. Zu Anfang war die Stille, die Untätigkeit nicht zu ertragen, aber dann ... Ich lese jetzt auch wieder – wie früher, ganz früher ... Damit eins klar ist: *Ich* habe *dich* benutzt.»
«Ja.»
«Daß ich hier liege, war mein freier Entschluß.»
«Klar.»
«Wenn du so alt bist wie ich, wirst du kommen und mich lieben.»
Sie wirkte tatsächlich aufgeblüht, frisch, aber ... Dauernd dieses selig-verklärte Lächeln. Zum Reindreschen. Sie zeigte mir ein Buch, ein regenbogenfarbiges, der Titel lautete ungefähr, ich weiß nicht mehr genau, *vom Blabla ins Karma ad Astra o Krishna*. Oder so.
«Schön. Spielen wir Karten? Oder Sex?»
«Du sagst es! *Spielen wir Sex.* Wir haben Sex immer nur *gespielt.*»
Sie war übel drauf und fand das auch noch toll.

Ich sah aus zwei Straßen Entfernung das Haus, und es war in der Sommerdämmerung, wenn es leicht nach Regen roch, schön und schrecklich zugleich. Das Licht aus angedunkelten Wolken voller glitzernder Scherben – es besaß eine dunkelblaue Kraft, wie es von Altarbildern herunterbricht, wenn dahinter Sonne und Ozean zusammenstoßen.
Frühe Fledermäuse rasen in späte Schmetterlinge. Man frißt sich so durch. Küstenstraßenserpentinensonnenbrillenmusik vom Dach. El Conde war auf Versöhnungsbesuch, saß auf dem Kupfergiebel des kleinen Erkers, spielte auf der A-Gitarre noch einmal unsre Version von *All Tomorrows Parties.* Was für ein großartiger Gitarrist. Was machte er auf diesem Dach? Was suchten wir alle hier? Und *suchten* wir? Silke, kindlich dankbar für das De-Niro-Poster, schmiegte sich an mich. Bernhard hatte im Garten zwischen zwei Bäumen eine Hängematte aufgespannt, schlief seinen Batida-Rausch aus. Silhouette von Jenny, vor einer Leinwand. Halbmond. Händchenhalten im Gras. Feuerstelle mit Kotelettknochen und Schaschlikspießen. Pizzaschachteln. Abgefressene Weidegründe. Silke schimpfte auf den untreuen Heinz, der sie so dreist ausgenutzt und weggeschmissen hatte. Mädchen, fragte ich, wie hast du bloß auf den reinfallen können? Drauf Silke: «Ich war halt noch jung.»

Das gesamte Haus hell erleuchtet. Bald, wenn Valerie zurückkehrte, würde alles vorüber sein. Und dann?

«Wenn du wirklich an die Côte d'Azur gehst – aber die Berufsschule mach ich auf jeden Fall fertig – was tu ich dann da unten, während du Backgammon spielst? Man muß doch ne Aufgabe haben, und meine Mutter wird sauer sein, wenn ich ihr nicht mehr helfe, gerade wo Karl tot ist und die Pacht für den

Kiosk so hoch – wie stellst du dir das vor? Willst du dir nichtn Auto zulegen oder ne Maschine, wir brauchen doch was Fahrbares. Und die Scheiße ist, daß ich bei meiner Mutter wohnen muß, hab doch kein Geld. Wenn wir zusammenziehen, muß die Finanzierung klar sein, ich zieh nicht aus und komm dann reumütig zurück, den Gefallen tu ich Mama nicht ... Nee.»
Dafür drei Mille. Vögeln wollte sie erst, wenn wir uns besser kennengelernt hatten.
«Wir werden nach Monaco fahren, auf den Yachten der Ölscheichs nächtigen, und wenn ich mal am Verlieren bin, bist du mein letzter Einsatz. Hält das Pech an, sorgt der Ölscheich für dich.»
«Na toll.»

Alles ging danach sehr schnell. Etwas beizte in meinen Augen. Aus zwei Erdgeschoßfenstern züngelte und flackerte es. Weißer Qualm blähte die Gardinen, der Stoff tanzte mit dem Feuer und zuckte hin und her.
«Das Haus brennt.»
Silke begann zu flennen, prompt. (Drei Mille.) Das halbe Parterre stand in Flammen. Olaf torkelte mir entgegen und hustete zur Tür hinaus. Im ersten Stock rannte ich brüllend von Zimmer zu Zimmer. Roland und einige andere, vermutlich Amateursatanisten, guckten ein Pornovideo, hatten noch nichts bemerkt, weil fast alle Kette rauchten. Löschen undenkbar. Das Feuer wanderte an Gobelins und Holzstreben hinauf, fraß die Teppiche, die glimmten sonderbar, die dünnen aus Seide glühten stellenweise fast wie Metall, schnelle Rauchentwicklung erzwang einen ganz schnellen Abgang. In diesem Moment war alles Kino, ohne Gefühl. Fremd und irreal. Keine Angst war da, keine Schuld, und ich bückte mich, legte eine

Platte auf. Drehte die Lautstärke auf Maximum. Danach ein Spurt durch Qualm und Flammen. Mein Hemd schien zu schmelzen auf der Haut. Ich wälzte mich schreiend auf dem Rasen. Unauslöschlich der Geruch von Rauch und Gras und Sternenhimmel.

Eine Sekunde Ekstase. Eine Sekunde.

Meine Gäste bildeten eine Gruppe Elend in der Mitternacht. Barfüßige traten in Scherben. Sirenen heulten heran. Manche von uns verzogen sich in ihre Autos, fuhren unrühmlich ab. Jenny floh zu Fuß, ein wahnsinnig gewordenes, magersüchtiges Gespenst, deren Plusbilder alle zerstört sein mußten.

Erst jetzt war es kein Kino mehr. Silke, völlig aufgelöst (warum eigentlich?), umklammerte von hinten meinen Hals. Was geschehen war, als real anzuerkennen, löste eine Art Taumel aus. Wie das höhenkranke Schwanken oben auf dem Zehnmeterturm im Freibad. Meine Knie wurden schwach. Feiste Nachbarn krochen aus ihren Domizilen, mit einem Lächeln taten sie hilfsbereit. Ob sie Bier hätten? Sie brachten welches.

Im brennenden Haus tönte die Stereoanlage. Mahlers Zweite Symphonie, erster Satz.

Die Platte schaffte es erstaunlich lange, dann verstummte sie, nach grausigen Klängen geblähten Vinyls. Es war eine klare, kühle Nacht. Wir Vertriebene rückten näher ans Feuer, um nicht zu frieren. Die Feuerwehr bat uns zur Seite.

El Conde büßte seine Gitarre ein. Clarissa ihr Fixbesteck. Verluste an Menschen gab es nicht. Bernhard, zugedröhnt, schlief stur durch, seine Hängematte schaukelte leicht. Spiegelungen schwankten durch die Luft. Funken stoben. Ängstliche Vögel flatterten im Himmel. Zauberhaft.

Am Ende der Straße stand eine Telefonzelle. Der Nachtportier wollte mich erst nicht durchstellen.
«Es ist wichtig!» behauptete ich. Mit dem Gefühl zu lügen. Warteschleifenmelodie. Alla turca.
«Was ist?»
«Dein Haus brennt ab.»
«Im Ernst?»
«Ja. Toller Anblick.»
«Mein Gott. Kannst du Fotos machen? Bitte! Bittebittebitte!»
«Deine Nachbarn knipsen. Frag die.»
«Ist das auch wirklich kein Scherz?»
«Nein. Kann ich jetzt gehen?»
«Ja. Danke!»

Das Feuer wurde bald eingedämmt. Da und dort flackerte noch was, viele Liter Wasser warfen sich drüber, ertränkten alles. Das Erdgeschoß war komplett ausgebrannt. So viele Bücher, die ich nicht rechtzeitig gerettet hatte. Im ersten Stock blieb einzig der Erker verschont. Jennys Bilder waren leicht angesengt, sonst unversehrt. Das war sehr lieb vom Feuer.
Ein Polizist mit Notizblock ging durch die Reihen, suchte nach Zeugen und Zuständigkeiten.
Ich nahm Silke bei der Hand, wir machten uns davon. Das letzte, was es zu sehen gab, war ein Polizist, der Bernhard an der Schulter rüttelte.

Val entschwand meinem Sichtfeld. Über tausend Umwege tauchte später das Gerücht auf, sie lebe wieder mit ihrem Ex zusammen. In Wien. Kann sein. Die Wahrheit ist wohl, daß sie mir egal war. Kommt vor.

Lieber wüßt ich, wie das Feuer entstand. Man sucht nach aufregenden Möglichkeiten, blättert das Kino nach Lösungen durch. Hanna konnte es getan haben. Oder die Eidechse. Beide leugnen. Oder ich selbst? Oder ich, der ein anderer ist? Alle leugnen sie.

Bei einer Sauferei viele viele Monde später rückte Olaf damit raus, daß er, bevor er im Eßzimmer einschlief, sich an eine Zigarette erinnern konnte, wenn auch, wie er betonte, eine ultraleichte. Neben Jennys Kerzen scheint das die plausibelste Möglichkeit.

Zur Editionsgeschichte

Die ursprüngliche Fassung von *Schweine und Elefanten* entstand 1987/88.

Im Herbst 88 bekam ich dafür meinen ersten Vertrag, bei Knaus, wo Michael Farin ein etwas anderes Programm aufzubauen versuchte. Euphorisiert schrieb ich in wenigen Monaten den zweiten Teil der Trilogie, *Könige über dem Ozean.*

Dem Verlag gefiel dieser Text noch weitaus besser, man entschied, daß er für ein Debut geeigneter sei. *Schweine und Elefanten* sollte im Jahr darauf erscheinen. Im Jahr darauf war ich mit dem Text aber nicht mehr zufrieden und steckte meine Energie in den dritten Teil, *Fette Welt.*

Schweine und Elefanten wurde erneut verschoben, mit meinem vollen Einverständnis. 1990 mußte Michael Farin den Verlag verlassen; die Autoren, die er bis dahin ins Haus geholt hatte, wurden nach und nach abgestoßen.

Zu diesem Zeitpunkt stand der Veröffentlichungstermin von *Fette Welt* bereits fest, sogar der Umschlag war entworfen, und ich kam zur Schlußredaktion, nur um von meinem damaligen Lektor zu erfahren, daß der Knaus-Verlag sich eine Publikation dieses Buches leider nicht mehr vorstellen könne. Es gebe allein die Möglichkeit, das 300-Seiten-Manuskript um alles Brisante auf die Hälfte zu kürzen, also auf die Liebesgeschichte Hagen-Judith einzuengen. Ein ebenso unglaubliches wie gar nicht ernstgemeintes Angebot. Farins Nachfolger hatte eine strikt kommerzielle Linie beschlossen, auf die das krude Psychogramm eines schizophrenen, sympathietragenden Kindermörders nicht passen konnte. Statt in einer Schlußredaktion fand ich mich, kaum eine halbe Stunde später, ohne Verlag wieder. Es folgte ein Jahr hektischer bis verzweifelter Suche.

Schließlich war es List, wo man den Mut besaß, *Fette Welt* unverändert zu drucken, geködert allerdings durch ein fünfzigseitiges Exposé zum Roman *Melodien*, was mir einen dankbar akzeptierten Koppelvertrag einbrachte.

Als *Melodien* 1993 erschien, lag die Entstehung von *Schweine und Elefanten* sechs Jahre zurück. Mein Interesse galt anderen Themen, und der Erstling, in seiner bis dato vorliegenden Form, hatte für mich keine Publikationsberechtigung mehr. Es folgten *Thanatos* und, als Gegenstück zum düsteren Monumentalprojekt, *Der große Bagarozy*. Erst 1997 bekam ich wieder Lust, mich mit der bibliographischen Lücke zu befassen. Wenn die Trilogie noch komplettiert werden sollte, mußte es jetzt geschehn.

In den Jahren hatte ich viele schriftliche Anfragen zu beantworten, wo denn jener ominöse, durch Nichtexistenz beinahe legendäre erste Teil geblieben bzw. erhältlich sei. Dieser Zweig der Korrespondenz, der immer gleiche Erklärungssermon, ist hiermit beendet.

Schweine und Elefanten wurde 1997/98 völlig neu geschrieben.

Helmut Krausser
Schweine und Elefanten
Roman,
Originalausgabe
3-499-22526-3
Der Rumtreiber Hagen Trinker beginnt mit der wesentlich älteren Valerie eine Affäre, die schnell außer Kontrolle gerät. Der erste Teil der Hagen-Trinker-Trilogie ist eine amour fou der Post-Punk-Generation, komisch, poetisch und ungeschminkt. Bald im Kino ist *Fette Welt*, die Verfilmung des Folgeromans.

Virginie Despentes,
Die Unberührte
Roman,
Deutsche Erstausgabe
3-499-22330-9
Louise ist Nackttänzerin in einer Peepshow – und sie ist Jungfrau. Eine heikle Kombination. Denn in dieser Situation trifft sie auf Victor, einem Mann so verführerisch wie bedrohlich. Die Geschichte einer obsessiven und tragischen Leidenschaft ist provokant, vielleicht sogar skandalös, und sorgte in Frankreich für viel Furore.

Susanna Moore,
Die unzuverlässigste
Sache der Welt
Roman,
Deutsche Erstausgabe
3-499-22427-5
Die junge Mamie Clarke genießt das wilde Leben in New York: Parties, Drogen, Sex. Welch ein Kontrast zu ihrer behüteten Kindheit auf einer hawaiianischen Insel ... Der neue Roman von Susanne Moore nach ihrem großen Erfolg *Aufschneider*.

Sarah Khan, Gogo-Girl
Roman,
Originalausgabe
3-499-22516-6
Wider jeder Vernunft verbringt die kluge, kritische Ruth ihre kostbare Zeit als Gogo-Girl bei der zweitklassigen Band Hirn. Und das rätselhafte Mädchen verschmäht behaarlich die Avancen aller Männer. Warum das Ganze? Sarah Khans Roman besticht durch Dialogwitz und ein feines Gespür für das Absurde.

Helmut Krausser

Helmut Krausser, 1964 in Esslingen geboren, lebt heute in München. Er war u. a. Spieler, Nachtwächter, Zeitungswerber, Opernstatist, Sänger in einer Rock 'n' Roll-Band und Journalist. (Halb)-freiwillig verbrachte er ein Jahr als Berber. Nebenbei studierte er provinzialrömische Archäologie. 1989 erschien sein erster Roman. Es folgten mehrere Erzählbände, Theaterstücke, Tagebücher und ein Opernlibretto.

Der große Bagarozy *Roman*
192 Seiten mit 8 Fotos. Gebunden
Ein merkwürdiger Besucher erzählt der Psychiaterin Cora von seinen Visionen, in denen ihm Maria Callas erschienen sei. Dann behauptet er, der leibhaftige Teufel zu sein. Cora verfällt dem subtilen erotischen Zauber ihres unheimlichen Patienten.
«Wer das sprachliche Handwerk so beherrscht wie Helmut Krausser, der hat eine große Zukunft.»
Hajo Steinert, Deutschlandfunk

Spielgeld *Erzählungen & andere Prosa*
(rororo 13536)

Fette Welt *Roman*
(rororo 13344)
«Bis zum Finale ist *Fette Welt* ein Roman zum Verschlingen, ein Buch, das in einer mitreißenden Sprache nie ein Klischee bedient.»
taz

rororo Literatur

Könige über dem Ozean *Roman*
(rororo 13435)

MAI. JUNI *Tagebuch des Mai 1992. Tagebuch des Juni 1993*
(rororo 13716)

JULI. AUGUST. SEPTEMBER
Tagebuch des Juli 1994. Tagebuch des August 1995. Tagebuch des September 1996
(rororo 22335)
«In diesen wunderbaren Skizzen aus dem Intellektuellenleben begegnet man allem, was dieses Leben eben wunderbar macht.»
Die Welt

Ein Gesamtverzeichnis aller lieferbaren Titel der *Rowohlt Verlage, Wunderlich* und *Wunderlich Taschenbuch* finden Sie in der *Rowohlt Revue*. Vierteljährlich neu. Kostenlos in Ihrer Buchhandlung.

Rowohlt im Internet:
www.rowohlt.de

3673/1

Herta Müller

Herta Müller wurde 1953 in Rumänien geboren und lebt seit 1987 in Berlin. Ihr Werk wurde mit zahlreichen Literaturpreisen ausgezeichnet, 1994 mit dem Kleist-Preis.
Im Rowohlt Verlag sind folgende Titel lieferbar:

Der Fuchs war damals schon der Jäger *Roman*
288 Seiten. Gebunden und als rororo 13503
Herta Müller, eine Autorin, «die in der deutschsprachigen Literatur nicht ihresgleichen hat» (*FAZ*), verbindet in ihrem – inzwischen verfilmten – Roman eine poetische Prosa mit der oft beklemmend eindringlichen Schilderung des Totalitarismus.
«Ein Roman, der viele Leser verdient.»
Verena Auffermann, Süddeutsche Zeitung

Herztier *Roman*
256 Seiten. Gebunden und als rororo 13709
«Ein seltsam, wunderbares Buch.»
Rolf Michaelis, Die Zeit

Heute wär ich mir lieber nicht begegnet *Roman*
240 Seiten. Gebunden
Herta Müller erzählt, wie das regelmäßige Verhör beim Geheimdienst das Leben und die Gedanken einer jungen Frau beherrscht.

Niederungen
(rororo 13360)

Reisende auf einem Bein
(rororo 13417)

rororo Literatur

Hunger und Seide *Essays*
176 Seiten. Gebunden und als rororo 13601
Essays über Macht und Widerstand in einer Diktatur, über Wahrheit und Lüge, Aufrichtigkeit und Betrug.
«Die mitleidlose Treffsicherheit ihrer Sprach-Bilder ist kaum zu übertreffen. Ein Satz von Herta Müller kann einen Roman ersetzen.
Verena Auffermann, Süddeutsche Zeitung

Der Wächter nimmt seinen Kamm *Vom Weggehen und Ausscheren*
96 Postkarten in einer Pappschachtel
96 Seiten.

Der Mensch ist ein großer Fasan auf der Welt
(rororo 13385)

Ein Gesamtverzeichnis aller lieferbaren Titel der *Rowohlt Verlage* finden Sie in der *Rowohlt Revue*. Vierteljährlich neu. Kostenlos in Ihrer Buchhandlung.
Rowohlt im Internet:
www.rowohlt.de

3696/2

Die Tagebücher von Helmut Krausser

„Ein reizvolles, aufreizendes Tagebuch, so spontan, wie es die Gattung verlangt, durchsetzt mit Übermut und Koketterie, doch zugleich von unmißverständlichem Ernst."
Eberhard Falcke, *Süddeutsche Zeitung*

MAI – Tagebuch des Mai 1992
777 Exemplare/Numeriert/Signiert
135 S. DM 28,– ISBN 3-923646-25-9

JUNI – Tagebuch des Juni 1993
888 Exemplare/Numeriert/Signiert
119 S. DM 28,– ISBN 3-923646-24-0

JULI – Tagebuch des Juli 1994
444 Exemplare/Numeriert/Signiert
93 S. DM 28,– ISBN 3-923646-46-1

AUGUST – Tagebuch des August 1995
555 Exemplare/Numeriert
101 S. DM 28,– ISBN 3-923646-90-9

SEPTEMBER – Tagebuch des September 1996
555 Exemplare/Numeriert
120 S. DM 28,– ISBN 3-923646-91-7

OKTOBER – Tagebuch des Oktober 1997
555 Exemplare/Numeriert
117 S. DM 28,– ISBN 3-923646-92-5

NOVEMBER – Tagebuch des November 1998
555 Exemplare/Numeriert
157 S. DM 28,– ISBN 3-933510-22-8

belleville Verlag Michael Farin - Hormayrstr. 15 - 80997 München

Genie & Handwerk

Von der Band **Genie & Handwerk** um Sänger Helmut Krausser und Gitarrist El Conde erschien während der Zeit ihres Wirkens (1985–1988) weder eine Platte noch eine Single, da die verschiedenen Fraktionen der Band sich zuletzt nicht auf eine gemeinsame Haltung zwischen Avantgarde und Mainstream, zwischen Selbstverlag, Independent Labels und Industrie einigen konnten. Dennoch erspielte sich **Genie & Handwerk** mit insgesamt nur sieben (!!) Konzerten, darunter zweimal in der Alabamahalle, den Respekt der Zeitgenossen. SPEX schrieb im Juli 87, **Genie & Handwerk** sei „die größte Hoffnung des deutschen Pop".

Nun, zehn Jahre nach Auflösung der Band, liegt ein geremasterter Live-Mitschnitt der Spätphase vor, aus Anlaß der Publikation von „Schweine und Elefanten" (Rowohlt Paperback), dem ersten, jetzt nachgereichten Roman Helmut Kraussers, in dem die Band eine zentrale Rolle spielt.

Zwischen Wave, Folk, Punk und Gothic, vermengt mit Einflüssen aus der orientalischen, slawischen und klassischen Musik, bewegt sich das Spektrum der zwölf ausgewählten Lieder, deren ungebrochene Frische und Melodienmagie die manchmal dürftige Aufnahmequalität vergessen läßt. Musik, die sich – erstaunlich zeitlos – aus ähnlichen Achtziger-Jahre-Produkten heraushebt.

„1988 waren wir die beste Band der Welt, und zwar vom siebten Mai bis zum zwölften Mai. Am dreizehnten lösten wir uns auf."
Helmut Krausser

Die einmalige Auflage der CD beträgt 400 Stück, ihr Preis: 30,–
Exklusiv beim

belleville Verlag Michael Farin - Hormayrstr. 15 - 80997 München